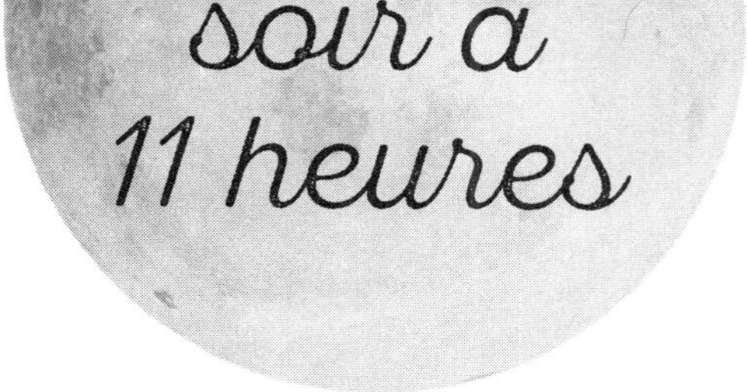
Chaque
soir à
11 heures

87, quai Panhard-et-Levassor – 75647 Paris Cedex 13
ISBN : 978-2-0802-5292-0

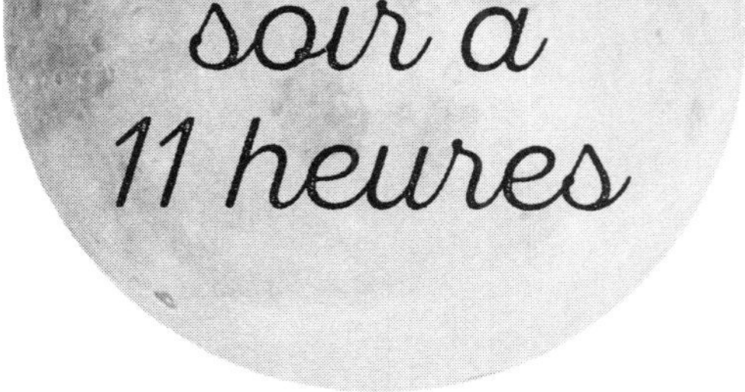

Chaque soir à 11 heures

Malika Ferdjoukh

Flammarion jeunesse

Pour Alain Garsault, notre professeur,
qui parlait si bien de Madame Muir et de Jane Eyre.

1

Cendrillon existe, elle a un drôle de nom, et elle s'en va au bal

Jusqu'à un certain jour de mes onze ans, tout le monde m'appelait Wilhelmina. Pas facile à écrire, pas facile à prononcer, pas facile à porter. Seule une fille mentalement robuste peut espérer se tirer indemne d'un pareil prénom.

Ce n'est pas mon cas. Robuste, je ne le suis pas.

D'après ma copine Fran, on me classe dans les petits chats mouillés. Qui griffent parfois, pour donner le change. Mais bernique, ils ne trompent personne. Mouillés, petits, et chats ils restent.

Wilhelmina donc.

Au mois d'avril de ma onzième année, est passée dans la vie de mon père une jeune femme qui portait le prénom divinement reposant de Jennifer. Elle avait un accent à couper au hachoir venu du centre de l'Europe, d'un de ces pays où, au petit jeu *on part où en vacances, cet été ?*, le routard avisé s'empresse de changer la direction de son index pointé sur le globe si le hasard l'a fait tomber dessus.

Jennifer avait une jupe écossaise fort courte, un cardigan fuchsia, les jambes enduites d'un autobronzant dont la teinte m'évoquait irrésistiblement les caramels au beurre salé de ma mère.

— Wilhelmina ?! grimaça-t-elle lorsque papa nous présenta.

— Jennifer ?! m'écriai-je du tac au tac.

Elle se tenait debout, pile-poil devant *Obturation de l'espace-temps*, la dernière sculpture de Thomas Ayre, mon père. Elle me la dissimulait en grande partie... ce qui ne me gênait nullement. Il n'est jamais agréable de découvrir que son géniteur a fait une razzia sur les poêles, casseroles et mixeurs de la maison, même si c'est pour les ériger en *Obturation de l'espace-temps* ! Surtout à l'insu de votre mère qui va gueuler, sûr et certain.

J'ouvre ici une parenthèse : j'avais bien compris, et depuis belle lurette malgré mon jeune âge, que les Jennifer que papa me présentait dans les expos, vernissages et galeries d'art où on le vénérait, devaient faire l'objet d'une ab-so-lue discrétion. On n'en avait jamais parlé, lui et moi, bien sûr. Mais j'ai su très vite qu'en aucun cas, on ne devait aborder ce sujet avec Catherine Ayre. Ma mère.

— Trop difficile prononcer ! continua Jennifer (dont je me demandai soudain si elle ne s'était pas donné bêtement un pseudo, y avait-il tant de Jennifer en Europe du centre ?). Je peux... euh, appeler vous... Will... Willi... Willa ?

Je hais les diminutifs. Un jour, une fille en primaire a essayé Vilma. Puis Elmie... Je ne lui ai plus jamais adressé la parole.

Mais... Willa ?

Ça faisait Pancho. Ça faisait Viva.

Willa me donnait incroyablement des allures d'héroïne de la révolution. Aussitôt je me dis : Banco ! À partir d'aujourd'hui, Willa je suis. La simplification n'empêche pas l'exotisme. Au contraire.

Vraiment oui, Willa me plut superlativement.

J'aurais encore à convaincre ma mère. Ce serait un vrai combat, voire une... révolution. Car Wilhelmina, c'était son idée à elle.

J'ai regardé Jennifer avec les yeux de Gratitude et de Reconnaissance réunies. Viva Willa ! Comment avais-je pu vivre sans ?

À l'automne suivant, nouvelle expo de papa. Cette fois, les tabourets du garage avaient été mis à contribution dans un échafaudage intitulé *Jusqu'à l'éternité ?* (ne surtout pas oublier le point d'interrogation). Tout en sirotant mon smoothie cerise-céleri, je cherchais dans la galerie celle qui avait eu le génie de ma nouvelle identité. Grâce à elle, depuis six mois que j'avais adopté Willa, j'en ressentais tous les effets bénéfiques.

Où était Jennifer ? Je voulais la remercier du confort de ne plus redouter l'annonce de mon nom.

Nulle Jennifer, nulle part. Pour la première fois de ma vie j'ai regretté la vie sentimentale volatile de mon père.

Lequel père apparut soudain, me tira par le coude et me présenta à Samantha, pantalon corsaire vert prairie, cache-cœur coquelicot. Sa dernière conquête.

— Willa, ma fille.

J'eus une bouffée de vraie nostalgie pour Jennifer et son accent à trancher à la lame.

— Willa ? répéta Samantha avec une mimique comme si elle avait entendu « Adolf ».

Elle leva son verre de Quatre-Roses, en vida d'un trait toute la contenance dans le but, je suppose, de s'en donner une. Je n'arrivais pas à imaginer qu'on pût boire du bourbon par plaisir.

— Willa, oui.

J'avais alors pas tout à fait douze ans, et je m'interrogeais déjà furieusement : Thomas Ayre cesserait-il un jour d'être un collectionneur infantile de Jennifer et de Samantha ?

Là, maintenant, tout de suite, j'ai seize ans bien tassés *going on seventeen,* comme dit la chanson ; je suis en Première S depuis la rentrée, j'ai lu un tas d'auteurs sérieux sur une foule de sujets graves, j'ai appris à ne plus forcément détester le bourbon...

Mais je m'interroge toujours sur l'avenir de mon père.

*

Ne vous y trompez pas. J'adore Thomas Ayre. Encore plus, même, depuis que lui et ma mère se sont séparés il y a quatre ans. Je le vois moins souvent, il devient plus rare, donc plus précieux. Ou, si vous préférez, papa me donne moins l'occasion d'être agacée par lui.

Ce jour-là, le jour où je devais me rendre à l'anniversaire de Fran, j'avais passé la journée chez lui. Il me proposa un retour en voiture ensemble. J'en fus ravie : le RER bondé d'humanité automnale, engoncée dans ses boots et imperméables ruisselants est une perspective aussi attirante qu'une chenille baveuse sur votre échine.

— Mais pas de conduite assistée aujourd'hui ! dit-il.

— Jamais je n'ai eu d'accident, je te signale, rétorquai-je avec une moue. L'assurance t'a même offert un bonus grâce à moi.

Allusion perfide à son ex-collection de malus. Il a souri. Le sourire de papa est une des trois ou quatre choses sur terre qui me mettent le cœur tête en bas. (Avec, en vrac et dans l'ordre qu'on voudra : l'intro au saxo baryton de Wexter Webb sur *Hangover,* les artichauts *alla romana* de maman lorsqu'elle daigne quitter ses « Miss » pour s'occuper de sa fille, et... quoi d'autre ? Ah oui, me débarrasser de mes chaussures quand je les ai portées dix heures d'affilée et fouetter mes orteils sous un jet d'eau glacée. Je sais, on peut avoir du mal à le croire.)

— Cendrillon va au bal ? a demandé papa en me voyant me pavaner sous la verrière de son atelier.

J'ai plié la robe que je tenais plaquée contre moi.

— Su'l'pont de Nantes un bal y est donné, fredonnai-je. Fran a dix-sept ans cette semaine. Tu me déposeras vers l'Opéra ? Je m'habillerai chez elle.

J'ai rangé la robe avec soin dans le sac équitable prêté par papa.

— Suspends-la plutôt à un cintre. Il doit y avoir une housse quelque part… je ne veux pas que ma fille danse en Cosette.

— Cosette, Cendrillon… Quelle image as-tu de ta fille, Thomas Ayre ? À propos d'argent… Les petites Deshoulières ont déménagé, ça y est. Je cherche un nouveau baby-sitting. J'ai posé des affichettes au Franprix. En attendant je dois trois séances à ce vieux hibou de Masquin.

Thomas Ayre a plongé dans ses poches, en a tiré pièces et billets : 32 euros et 68 centimes après comptage. Masquin ferait la grimace, mais c'était toujours ça.

— Dis donc, continua mon père sur le mode nonchalant. Dans la voiture… nous serons trois.

Thomas Ayre, malgré ses cinquante ans tout récents, est un grand enfant. Pour cela, il garde toute ma tendresse et toute mon indulgence.

— La voiture sera plus lourde, le taquinai-je. Quand l'arthrose bloquera tes orteils raides sur la pédale de frein, préviens-moi. Je prendrai la relève.

— Merci.

Il a horreur des allusions à son âge, au temps qui passe… *Obturation de l'espace-temps.*

On ne se refait pas.

*

Nous avons pris la route de Paris. Le ciel était crépusculaire, l'orage et la fin du monde menaçaient. La Ford Stardust de mon père ne vaut pas la Fiat Monterosa de ma mère, ni pour le confort, ni pour le silence et la souplesse du freinage. Mais la Monterosa empeste à longueur d'année cette horrible odeur de fard gras et de colle à faux cils que portent les filles aux concours de beauté.

La Stardust, elle, ne sent que l'automobile. Elle a du mal dans les montées (et sur le plat), sur les quatre voies (et les petits sentiers), elle dérape sous la pluie (et s'essouffle au soleil). Mais quand je sors de l'habitacle, je ne retrouve pas mon pull constellé de paillettes microscopiques dont s'arrosent les futures « Miss Région Paca » ou « Miss Basse-Normandie » aux finales pilotées par ma mère.

— Ça va ? s'enquit mon père, alors que nous franchissions la bretelle de Villeneuve.

J'étais prête à parier mon bras droit qu'au moment de leur séparation, maman avait dû secrètement penser : « Chouette, je vais enfin cesser d'habiter cette foutue zone ! » Le mois suivant, en effet, on quittait Chantigny que, en bonne Parisienne, elle avait toujours trouvé *tellement riquiqui, tellement province,* et on réintégrait son bon vieux IIIe arrondissement à Paris.

Je hochai la tête et jetai un coup d'œil à Thomas Ayre. Son front s'était beaucoup agrandi ces deux dernières années... En surface visible, je veux dire.

— Qu'est-ce que tu regardes ?

— La jauge à essence, dis-je. Si on ne fait pas le plein, on n'ira pas plus loin que l'entrée de l'autoroute.

— Il n'est pas prévu qu'on prenne l'autoroute.

— Tu comptes passer par la Patte-d'Oie ?

— Exact.

Il arborait son petit air malin. Un vrai bébé de cinquante ans, je vous dis.

— C'est pas le plus court, soulignai-je.

— Je sais. Mais ça évite de conduire avec le soleil dans les yeux.

— Y a pas de soleil.

Il me tapota le poignet, et la Stardust fit un léger bond de côté.

— Tu sais ce qui me ferait plaisir ? susurra-t-il.

Pas besoin de me faire un dessin : Numéro 3 n'allait pas tarder à montrer le bout du nez.

— Libérer la place du mort ? M'installer sur la banquette arrière à la prochaine station-service ?

On a pouffé ensemble.

— « Elle » nous attend à la cinquième pompe sur la droite.

Cinquième pompe à droite, Numéro 3 s'y trouvait en effet ; et cinq minutes plus tard, s'asseyait dans la voiture.

Une Jennifer pas si éloignée de ses vingt ans, avec une masse de cheveux noirs qui éclataient dans tous les sens autour de sa figure maquillée à la Cléopâtre. Elle portait un sac à dos en PVC indigo et son gros chandail à poches, ton citrouille, portait l'inscription : *Don't be afraid it's only me.*

— Deanna, s'annonça-t-elle quand je descendis de la voiture pour lui céder le siège avant. Sa voix avait un parfum de, je ne sais pas, gingembre, muscade, genre.

— Willa, me présentai-je (avant que mon père ne s'autorise un « Wilhelmina » qui m'aurait mise de mauvais poil).

Le chauffage chauffait. Trop. Papa n'arrive jamais à le régler. La voiture réclamait à boire. Et moi je me demandais pourquoi je n'avais pas pris le train. En certaines circonstances, ce n'est pas pire que la bagnole. Surtout si la bagnole en question est encombrée d'une pouffe qui sent le gingembre ou le curcuma.

Et d'un père qui conduit comme l'as de pique et se la joue as de cœur.

La compagnie de Deanna cependant se révéla moins désagréable que prévue. Bien sûr il n'était pas question de lui demander de vous expliquer l'effet de Foehn, ni même d'aligner une critique du dernier Guillaume Musso... Mais son humeur était plutôt joyeuse et, comme avec la soufflerie à 30 degrés Celsius son eye-liner Cléopâtre ramollissait et qu'elle ne le savait pas, on pouvait même la trouver touchante.

J'ai fini par poser la question qui me taraudait depuis le début :

— Après que vous m'aurez déposée à Paris, vous allez où ?

Deanna s'est retournée d'un bloc.

— Quoi ? Passque t'en sais rien ? i' t'a pas dit, ton père ?

— Non, i' m'a pas dit, mon père.

Elle ne remarqua pas mon imitation subtilement persifleuse. Sous l'empilement de bouclettes qui lui servait de chevelure, elle m'a toisée.

— On va à Venise ! Deux jours. C'est super, non ?

Elle se pencha vers lui, lui picora le menton façon Woody Woodpecker.

— Il est trop gentil, ton père. D'habitude les types, euh, les types comme lui ne se montrent pas aussi galants, ni aussi attentionnés.

Les types comme lui. Elle voulait probablement dire *de cet âge-là.* La Stardust fit encore un petit bond de côté. Pauvre Thomas, j'avais envie de lui pincer amicalement la joue.

— Ils prévoient de la neige sur la lagune, dit-il platement.

Mon portable signala un message. Maman.

Est-il possible que tu sois déjà arrivée à destination ?

Maman est certainement la seule personne au monde qui écrit « est-il possible que » dans un texto. Je n'ai pas répondu. Pour m'éviter de ne pas lui parler de Deanna.

Malgré la pluie qui tombait depuis dix minutes, on a atteint Paris avec un peu d'avance. Papa m'a déposée place de l'Opéra, à deux rues du Hilbert Opéra Palace Hôtel.

J'ai bondi hors de la voiture, extirpé du coffre mon fidèle Flannagan et fait le tour sous l'averse pour embrasser mon père. Il avait baissé la vitre. Le vent dressait la mèche qu'il laisse pousser un peu plus longue pour couvrir sa calvitie en expansion.

— À bientôt, papa. Amusez-vous bien à Venise. Au revoir, Deanna. Ravie de, euh... vous avoir connue.

C'était un peu bizarre de vouvoyer une créature dont vous aviez contemplé le cou et les oreilles pendant trois quarts d'heure, et qui, surtout, n'avait que trois ans de plus que vous. Quatre, grand maximum.

Elle hocha la tête. À elle aussi, ça devait faire drôle. Elle plongea la main dans sa poche citrouille, en tira une barre de Milky Way qu'elle m'offrit. Elle a souri. *Don't be afraid... it's only me.*

— Ciao, Willa.

J'empochai la barre et souris à mon tour. Et puis je me suis dépêchée de m'engouffrer dans l'hôtel par la porte à tambour.

Retrouver Fran, ça voulait dire retrouver Iago. Son frère.

Mon amour.

2

Lover nice et hydrogénocarbonate

La voiture de papa redémarra dans une clameur gershwinienne de klaxons tandis que je pénétrais dans le hall de réception du Hilbert Opéra Palace Hôtel. Le HOPH, pour les initiés.

Si vous entrez là un jour, il ne peut y avoir que trois motifs :

1. Vous êtes l'affreux gosse d'un affreux riche ;

2. Vous connaissez quelqu'un qui bosse pour un de ces affreux riches ;

3. Vous vous trouvez là par erreur.

J'appartiens définitivement à la troisième catégorie. Fran et Iago à la première évidemment. Mais ils ne sont pas affreux. D'abord parce que Fran est mon amie. Et Iago... eh bien, parce que c'est Iago.

J'ai calé Flannagan sous un bras : c'est lourd un sax alto ; surtout avec l'autre bras embarrassé du gros sac équitable qui contenait ma tenue Cendrillon-va-faire-sa-virée-au-bal-on-est-priés-de-ne-pas-renverser-son-gobelet-de-Nespresso-dessus-please.

Au reste, le gobelet n'est pas, mais alors pas du tout, le genre du HOPH. Ici, tout n'est que cristal taillé, lustres, ors, et velouté.

— Mademoiselle Ayre, s'exclama Hughie. Mademoiselle Fran vous attend.

S'exclama n'est bien sûr pas le terme exact. Un portier du HOPH ne *s'exclame* point. Hughie avait modulé les mots comme des notes sur une portée de musique. Do ré ré sol si si fa.

— Merci infiniment, Hughie ! dis-je, adoptant illico et sans vraiment y réfléchir un ton très HOPH. Pour une fois je ne suis pas en retard.

— Nous savons tous que Mlle Fran a toujours deux heures d'avance sur le monde, répondit-il avec sérieux.

J'ai ri et je me suis ruée (« ruée »... façon HOPH of course) vers l'un des ascenseurs où Claudio le groom m'a aidée à porter le plus élégamment possible mes paquets. Omar, le persan mascotte de l'hôtel, y est entré lui aussi.

Un ascenseur du HOPH pourrait être mis en location dans la rubrique « deux pièces » d'une agence immobilière des beaux quartiers ; et Claudio est un groom à l'ancienne. Lui-même est très ancien. Il a en permanence des stries rouges sur ses pommettes roses, comme si une jolie fille indignée lui avait flanqué une gifle dix secondes plus tôt. Il a soulevé Omar pour le caresser. Le chat a reçu l'hommage comme un pacha qu'il était.

Claudio m'a conduite à l'étage privé où aucun client ne va jamais. Accès avec clef uniquement. C'est là que la famille Hilbert possède l'un de ses pied-à-terre parisiens. Des pieds qui ne touchent pas véritablement terre d'ailleurs. Ils voleraient plutôt, sur le tapis volant de la très grande fortune.

Jamais entendu parler de Julien Edgar Hilbert III ? Fils de Julien Edgar Hilbert II ? Lui-même fils de... ? Probablement que vous ne lisez que les Marvel Comics ou La Pléiade.

L'ascenseur m'a déposée puis s'est refermé sur Claudio et Omar.

Fran m'a ouvert en grand, string et soutien-gorge en soie lavande ; sur la tête un genre de turban en éponge dont le vaste nœud lui donnait l'allure de Daisy Duck, fatal sur toute autre qu'elle. Cette fille se fiche de tout, même d'un couloir d'hôtel. Trop facile, rétorquerez-vous, quand on est l'héritière dudit hôtel.

— Top en lamé Praducci ou bustier Puces de Clignancourt ? interrogea-t-elle avant que je puisse placer un mot et avant même de se laisser embrasser.

Iago n'était pas avec elle. Peut-être se trouvait-il dans sa chambre, dans les hauteurs du duplex. L'appartement Hilbert est un paquebot, avec rampes, ponts et entreponts.

— Le bustier ? suggérai-je au hasard mais en fermant à demi un œil pour la persuader que je pesais mûrement mon choix.

— OK. Je mets le top ! conclut-elle en se mettant à fureter dans une commode en laque violine.

— Ravie que mon avis vaille quelque chose, dis-je nullement offusquée (et plutôt parfaitement rodée), en posant sac et saxo sur le parquet au satiné de dragée.

— Mais si. Mais non. J'avais déjà choisi de toute façon. Tiens, je te fais cadeau du bustier.

Elle le balançait à bout de bras, scintillant, compliqué, ravissant.

— Pourquoi ?

— Pour que tu sois laide et qu'on te jette des pierres.

Fran est grande. Juste assez. Et ses yeux tellement, tellement bleus qu'on les voit même lorsqu'on regarde ses ongles.

Elle jeta le bustier sur un tabouret en Z, tira d'un geste sec les voilages où des flamants ton sur ton parurent s'envoler telles des âmes par les baies vitrées.

— Tu es chargée, reprit-elle. Y a quoi dans ce sac ?

— De quoi m'habiller. Faire de la zique.

Elle tendit les doigts, esquissa un pas de deux. Sa bretelle lavande tomba sur son mignon biceps gauche. Tout ça en double exemplaire car nous nous trouvions en face d'un large miroir, vénitien bien sûr.

— Il me faut ma robe noire ! s'agaça-t-elle, reprenant ses farfouilles.

— Qui est mort ?

— Ma seizième année jeudi à 4 h 32, vive la dix-septième. Mes illusions sur l'amour. Le petit chat de Molière of course, et... ma vie en blonde !

En un mouvement preste, elle ôta son turban Daisy Duck...

Je poussai une exclamation. Ma blonde amie était devenue ma rousse amie. Une riche teinte qui allumait des étincelles dans ses yeux. Si vous ne l'avez pas encore compris, en plus d'être fortunée, sympa, intelligente, Fran Hilbert est à tomber.

— Juste pour ce soir. Ça part au premier shampooing.

Je ne l'ai jamais enviée. Quand on possède autant d'atouts qu'elle, il faut vite apprendre la différence entre une qualité et une habileté parmi les trente millions d'amis qui vous tournent autour. Et puis, quand les bonnes fées font trop les fières... on sait comment ça finit. Une seule Carabosse et zou, cent ans de dodo dans la tour d'une ruine poussiéreuse.

Bon, d'accord... L'appartement du HOPH est le contraire d'une ruine. Il brille un peu trop, même, pour mon goût.

— Y aura qui, à cette fête ? demandai-je tandis qu'elle me conduisait dans sa salle de bain perso où plusieurs exemplaires de la mienne auraient pu s'imbriquer à l'aise, façon Lego, à la verticale comme à l'horizontale.

— Toutes les Premières de Saint-Lyco, of course. Même Jean-Juan et ses potes relous. Quelques Terminales.

Elle cessa de fureter pour avaler une fraise dont Liliane, la cuisinière, lui avait préparé une assiettée. Puis elle compta sur ses doigts en éventail :

— J'ai même invité Gros-Colin, c'est dire. Pourvu qu'il ne s'endorme pas par terre, quelqu'un pourrait shooter dans sa tête ronde. Et aussi les garçons du club d'escrime de mon frangin. Parce qu'ils ressemblent tous à Ashton Kutcher. Et puis les, hum, les *obligatoires,* côté business de papa : les jumeaux Hubschtroumph, la nièce Machin-Nouille, *see what I mean.* Aucun adulte. Sauf si on considère que Melville Sieber est vieux.

L'ironie de Fran manqua un peu de détachement. M. Sieber, en effet, n'est pas vieux. Vingt-neuf ans c'est même plutôt jeune pour un prof de physique-chimie (le seul qui ait réussi à lui ancrer dans le crâne l'oxydoréduction ou la formule de l'hydrogénocarbonate de sodium). Fran est folle de Melville Sieber. Le hic pour elle, c'est qu'il préfère les messieurs. Liselotte (profession : commère du lycée) les a croisés par hasard au resto, lui et son petit ami, un soir qu'elle y dînait en famille.

— Il viendra seul ? repris-je.

Fran haussa une épaule. La bretelle rebondit à sa place comme par enchantement. Preuve que, d'une façon ou d'une autre, l'univers entier finit toujours par obéir à Fran Hilbert.

— *No sé.*

Son détachement manqua lui aussi de détachement.

— Tu sais que le jour le plus important dans la vie d'une femme, c'est le jour de ses dix-sept ans ? dis-je pour changer de sujet.

— Mmh, soupira-t-elle. À égalité avec le 1er mai…

— …

— … On vous offre du muguet, on a donc une chance de bonheur.

Elle enfila la robe noire enfin débusquée et se mira dans la psyché. Avec une moue elle reprit :

— J'ai invité cette fille, en Première L, tu sais… celle qui ressemble à Guillaume Canet ? Ah, et un type, tu ne le connais pas, un fou furieux, il va à l'université, nos parents se connaissent. Se connaissaient, car les siens sont morts. Et puis il y aura… Tu m'écoutes ? Tu rêves ? À quoi ?

— Que je reprends l'Alsace et la Lorraine, dis-je après un soupir.

Que faisait Iago ? Pourquoi ne descendait-il pas ? On avait pourtant convenu de se retrouver avant la fête.

Elle m'offrit une demi-fraise et fila hors de la salle de bain. Je la suivis jusqu'au dressing où elle disparut. L'appartement était plongé dans le silence. J'ai soupiré. J'ai déballé ma robe du sac équitable.

— Oh… laissa tomber négligemment la voix de Fran au fond du dressing. Iago a appelé. Il terminait une partie de poker.

Bien qu'étouffée par les kilomètres de vêtements sur leurs portants, sa voix contenait le discret triomphe de celle qui a deviné vos préoccupations.

Poker ? Gagner de l'argent quand on en a beaucoup déjà peut-il être une telle source de joie qu'on joue pour en obtenir davantage ? D'évidence, oui. Mais il aurait pu m'appeler, zut.

— Il faut absolument que je m'initie au poker, dis-je, dépitée. Tu m'apprendras à bluffer ? ajoutai-je avec une pointe de perfidie. Tu es tellement meilleure que moi.

Fran reparut au seuil du dressing, dans un éclat de rire dénué de rancune :

— Je suis meilleure que toi en tout, ma biche !

Elle retourna déambuler en face du miroir. Pour finir, elle avait revêtu une robe en foulard, très rouge, très échancrée, très courte, très légère, très tout. Fran avait raison. C'était elle ZE meilleure. Elle s'amusait en tout cas bien plus que moi dans la vie. Moi, j'étais l'anxieuse, la pétocharde indécrottable, celle qui se demande si elle a du noir sur le nez quand un garçon un peu mignon la contemple plus de trois secondes.

— Est-ce que j'ai l'air vulgaire avec ça ? s'enquit-elle. D'une fille facile ? D'une fille perdue ? Prête à tout ?

— Sans l'ombre d'un doute.

— Alors je la garde. Tu ne t'habilles pas ?

Je suis allée m'enfermer dans une autre salle de bain, mon sac dans les bras. Je ne me suis pas préparée tout de suite. J'ai pris une douche. Ensuite, serrée dans une ample et chaude serviette, j'ai allumé une cigarette, fumé lentement.

Était-ce ce soir... ?

Ce soir que Iago allait vouloir un peu plus que les baisers et les caresses que nous échangions depuis deux mois... ? *Presque* deux mois.

Je n'en revenais toujours pas qu'on sorte ensemble. Iago, c'est le garçon que les filles repèrent au premier jour de la rentrée. À cause de sa beauté. De sa façon de prendre le temps quand il vous adresse la parole... s'il vous adresse la parole. De vous regarder ou de ne pas vous regarder. De caler son pouce dans sa poche. Iago choisissait. Ses mots, le moment, la manière, son interlocuteur.

Il m'avait choisie, moi.

*

Ça s'était passé peu après la rentrée de septembre. Halli Touré, ancien élève de Saint-Lycomède, en troisième année à la FEMIS section réalisation, était venu pour le casting de son court-métrage. À la sélection finale, il restait deux filles et un garçon. Le garçon était Iago Hilbert. J'étais l'une des filles. La panique m'avait saisie ! Jamais je n'avais pensé aller si loin. J'avais consenti à ce casting uniquement pour ne pas me faire remarquer. Toute ma classe y était allée, sauf Christèle Dabe qui s'était fait huer. Je ne voulais pas être huée. Mais je ne voulais pas non plus me ridiculiser !

J'ai couru en urgence avertir Halli Touré. Il a souri, placide :

— Tu veux savoir ? Dès que je t'ai vue, tu étais choisie.

— Pourquoi moi ? protestai-je. Je n'ai strictement aucun intérêt ! Je suis transparente comme l'eau.

— Ça tombe bien... quand on a soif.

— Pourquoi tu ne choisis pas une bombasse ? Je suis tellement neutre.

— J'aime bien la Suisse.

— Ma figure n'imprime pas la pellicule !

— C'est du numérique. No pellicule.

— Je ne retiens jamais les poésies, a *fortiori* des dialogues.

— Y aura aucun dialogue.

— Je peux lire le scénario ?

— Y en a pas. On va faire ça à la Jean-Luc G.

— J'ai une voix qui bousille les micros.

— C'est muet. Dis donc... T'as peur ?

Il y eut des ricanements dans les coins. J'ai secoué vivement la tête. Je n'avais pas peur. J'étais folle de terreur !

Une silhouette a remué. Iago Hilbert, Terminale, plus beau mec du lycée, s'est avancé vers moi, Willa Ayre, Première invisible. Il a mis sa figure près de la mienne.

— Je t'aiderai, dit-il, feutré. Et tu m'aideras. Moi non plus je n'en mène pas large.

Première fois qu'il me parlait. Première fois que j'entendais sa voix. Première fois que tout.

Voilà. Ça s'est passé comme ça.

Au troisième jour de tournage (il y en avait cinq, tous dans le pavillon des parents du réalisateur), vint la séquence du baiser. Halli T. voulait le filmer en un plan, à la Alfred H.

— Willa, tu restes immobile près du canapé. Iago, tu pivotes, tu la prends par la taille, un seul bras, tu la serres mais tu ne l'embrasses pas tout de suite. Attention à la mandarine, Iago. Tu attends mon signal, OK ?

Le sourire de Iago me traversa littéralement. Mon sang battait à une telle puissance dans mes artères que j'en avais le souffle court.

— On la fait ? cria Halli, très loin. À la Woody A. ?

Iago fit signe que oui et ferma les yeux. Ses épaules s'inclinèrent. J'eus un léger vertige, sans bien savoir s'il m'était agréable ou menaçant. Je me trouvais debout, dans l'éblouissement d'un spot, le sourire et les dents de Iago à quelques centimètres de ma joue. Mon coude fut saisi par ses doigts. Ensuite...

Il n'a jamais attendu le signal. Le bras de Iago Hilbert m'a enlacée, serrée, plaquée, sa bouche a cherché la mienne et m'a engloutie tout entière.

*

Ma cigarette était éteinte. Je l'ai mouillée avant de la jeter.

Je me suis lavé les dents, envoyé un *pschht* de parfum, et j'ai glissé dans ma robe, une étroite chose en satin de coton caramel qui s'évasait à mi-cuisses, pêchée dans la garde-robe des « Miss » de ma mère. Il me restait deux minutes. J'ai tressé mes cheveux *speedy style* autour de ma tête, bloqué les mèches en cavale avec des minibarrettes en strass, le tout en trente secondes. J'étais loin, oh très loin, d'être une bombe comme pouvait (et savait) l'être Fran. Mais ça me suffisait. Je déteste tout ce qui me sort du lot.

J'ai retrouvé Fran lovée dans un des fauteuils club, à l'endroit baptisé *petit* salon (immense !), sur une hauteur de l'appartement, les ongles abandonnés à une manucure en blouse berlingot, les cheveux livrés à une coiffeuse en blouse jonquille. Lorsque vous vivez dans un palace, chacun de vos caprices est satisfait dans la minute. Il y a toujours un *room service* au taquet. Et si vous avez envie de voir le dernier Tom Croisière ou Sharon Lapierre, il y a la salle de projection privée, le groom avec le pop-corn.

— Suis bientôt prête, assura Fran. Je fais monter du champagne.

Vous voyez ?

J'ai sorti Flannagan de son fourreau. Je l'ai briqué même s'il n'en avait pas besoin. J'ai choisi une anche ferme. J'avais presque fini de ranger quand une employée est arrivée avec le champagne, toute jeune et tout intimidée. Je l'avais déjà aperçue parmi le personnel du HOPH.

— C'est vous, Rosemonde ? s'enquit Fran, derrière un rideau de cheveux que brossait la coiffeuse.

— Oui.

— Posez ça là.

La jeune fille disposa en silence les coupes, le seau à glace avec la bouteille, ainsi qu'un ravier en argent empli de tranches de pêche aussi fraîche que hors-saison. Elle jetait de rapides coups d'œil autour d'elle. Elle se voulait discrète et l'était sans doute... mais j'éprouve un certain plaisir à guetter la réaction des gens normaux de la vie normale, quand ils découvrent l'appartement des Hilbert. On a les amusements qu'on peut. Moi aussi, un jour, j'avais eu cet air de dinde ébahie.

— Merci, dis-je, une fois le plateau installé.

Fran glissa un peu de bleu par une fente de cheveux. Elle s'exclama :

— Waow. Stylée, ta robe. De chez qui ?

Elle ne peut s'empêcher. C'est ce qui me la rend si attachante. Fran ignore qu'une robe *peut* ne pas être « de chez ». En l'occurrence, j'avais la chance d'avoir la même absence de rondeurs (mais douze centimètres en moins) que les Miss Arrière-Pays Niçois ou Miss Pays Berrichon anorexiques qui l'avaient portée...

J'allais répliquer mais Iago est arrivé à ce moment-là.

Il était essoufflé, pressé, décoiffé, très beau. Son regard a croisé le mien. Il n'est pas du même bleu que celui de Fran. Le sien est plus... calme, plus intrigant, plus ironique. En allant vers lui, j'ai heurté la jeune femme de chambre qui amorçait une volte-face vers la sortie. Nous nous sommes retrouvés tous les trois à nous gêner mutuellement le passage.

La jeune fille a rougi de confusion, reculé d'un pas. Son plateau vide sous le bras, elle s'est éclipsée en murmurant une excuse. Iago a fait une mimique derrière elle, à mon intention. Il a attendu qu'elle soit sortie pour dire :

— Elle te va bien, cette robe.

Maman assure que je suis la reine des chipoteuses. N'empêche. J'aurais préféré qu'il me dise « Tu es jolie » ou « Tu me plais ».

Après une courte hésitation, je me suis approchée. J'aurais aimé me jeter à son cou, l'embrasser, me blottir dans ses bras... J'ai bêtement attendu que ce soit lui qui me prenne contre lui. Pour la centième fois en vingt-quatre heures, et probablement la dix millionième en deux mois, je me suis demandé quelle incroyable chance, quel hasard incongru, avait placé Willa Ayre, terne maigrichonne, ni blonde ni brune, ni grande ni petite, ni peu ni beaucoup, *so middle*, *so* tiède, juste passable, entre les bras de l'époustouflant Iago Hilbert.

— Tout va bien ? murmurai-je en réalisant qu'il ne m'embrassait pas et fronçait légèrement les sourcils.

Il s'est rattrapé aussitôt, et ses lèvres furent une caresse, un trouble obscur.

— Tu es jolie, murmura-t-il.

Je suis à battre, n'est-ce pas ? Reine des chipoteuses. Elle a raison, Catherine Ayre, ma mère.

— Tu comptes te rendre à MON anniversaire dans ta tenue de poker ? a lancé Fran.

Elle a quitté son fauteuil dans un glissement, échappant aux petits soins attentifs des brosses, peignes et limes qui lui papillonnaient autour.

Comme elle n'était pas assez stupide pour réduire à néant vingt minutes fastidieuses de brosse et de vernis, elle resta droite, battant l'air de ses paumes telle une jeune otarie. Ses boucles drues, insoumises et flamboyantes donnaient l'impression qu'elle allait rugir. Eh bien, elle a rugi ; je veux dire : elle a ri. Son frère a souri avec nonchalance.

— Non, bien sûr. Je vais me changer.

Quand je les vois l'un près de l'autre, le frère et la sœur me font penser à Basil et Joséphine, les héros charleston de Francis Scott Fitzgerald.

Iago s'est écarté de moi pour donner une petite tape sur le front de Fran. Il a disparu par l'escalier intérieur. Je me suis demandé si je devais le rejoindre.

Je me suis demandé pourquoi je me le demandais.

L'interphone a sonné. Fran a répondu.

— Les premiers invités arrivent ! dit-elle.

Elle m'attira à ses côtés, devant le miroir, et contempla quelques secondes le duo que nous formions avec, me sembla-t-il, un je-ne-sais-quoi de guérillero dans son expression.

Fran n'avait aucune crainte à avoir. La tiède Willa ne pouvait pas lui faire d'ombre.

— On va les faire attendre un peu ! décréta-t-elle en riant. Faut toujours faire attendre un peu.

3

Le freak sur la terrasse

L'orage – un orage froid, au vent violent – éclata dès le début des réjouissances. Il fallait cependant un peu plus qu'une tempête pour troubler une fête organisée par Fran Hilbert. Elle considérait simplement que le ciel lui octroyait, en juste récompense, un bonus son et lumière.

La fête se tenait dans la suite impériale du palace (137 m², deux mille trois cents euros la nuit, taxes non incluses) qui portait le nom de Fran, « suite Francesca », vaste penthouse isolée sur le toit de l'immeuble, telle une cerise – une cerise rectangulaire de pierre, verre et marbre, par-dessus la chantilly Belle Époque du HOPH.

Nous sommes entrées par la terrasse. Lady Gaga hurlait « *I'm no goooooood* » à fond les amygdales. Fran a hurlé plus fort qu'elle, plus fort que l'orage, agitant bras et cheveux à la cantonade :

— J'arriiiive ! Je suis làààà !!!

— Super ! On envoie la nouvelle à la presse ! a tonitrué le grand Gernoux de Terminale L.

Fran avait laissé le dos de sa robe déboutonné aux deux tiers. Les côtés bâillaient sur sa peau nue comme la coque ouverte d'une amande, et elle frétillait à l'intérieur. Elle a lancé à pleins poumons :

— Wesh tout le monde ! Va être chanmax, la soirée ! Zyva !!

Elle a été avalée par un cercle de tenues colorées comme par une anémone de mer géante ; et la fête a démarré. Au bout de trois secondes tout le monde dansait. Y compris moi qui me sens pourtant très sotte quand je gigote.

— Il est où, ton chéri d'amour ? a demandé Loulou Larriaga quand je me suis déhanchée à sa hauteur.

Je me le demandais. J'avais cru que Iago nous suivait, sa sœur et moi. J'ai piqué du nez. Je devais *absolument* résister à mon regard qui voulait *absolument* le chercher. Marie-Cécile Desormais nous a agrippées par un bras, des feux d'artifice dans les prunelles :

— Z'avez vu ? ! Ya Beppo, mon bel hidalgo de l'épicerie italienne... Comment s'est-elle débrouillée, notre Fran, pour l'inviter ?

— Hum, dis-je après une gorgée. Un hidalgo, c'est pas plutôt andalou ? Fran a dû convaincre ton *Romeo* en lui achetant tout son stock d'*involtini* qu'on voit là.

— Rhôô, ses cils... a gémi Marie-Cécile. Pourquoi les Italiens sont-ils si, si, si romantiques ?

Loulou a trempé une lèvre dans la coupe emplie d'un liquide bleu brandie par Marie-Cécile, avant de suggérer platement :

— À cause des jeans serrés... ?

« *I'm no gooood... !!* » braillait la méchante Lady de plus en plus gaga. J'ai envoyé un clin d'œil à Loulou et suis allée me servir un Coca. On ne pouvait avancer que les bras en l'air. J'ai progressé, bras en l'air donc, et en crabe, vers la partie abritée de la terrasse. La musique et la foule y étaient avantageusement lointaines.

J'adore cette terrasse. Pas seulement parce que Iago me l'a fait découvrir la semaine de notre premier baiser.

Sur 360°, rien qu'en pivotant sur un pied, on est le roi de Paris. Avec, sous le nez, l'Opéra doré, les Capucines et les Italiens en lumières, et autour, la ville entière. Sous l'orage, je ne l'avais encore jamais vue... C'était proprement grandiose.

Si on est petites souris, ou grands amoureux, on peut se cacher derrière les oliviers en vasques, la haie de troènes et les camélias. Il y a une tonnelle à glycines. Mais là, à cause des trombes et des rafales, mieux valait s'abriter sous le dais à rayures.

Un éclair a couru dans le ciel nocturne, maigre et blanc comme un squelette en fuite. Où était Iago ? Pourquoi ne venait-il pas nous rejoindre ?

Me rejoindre.

À ma droite, un pilier a bougé. Le halo des projecteurs de façade éblouissait le marbre, capturait les paquets de pluie comme des bancs de petits poissons, ou des essaims d'insectes.

Ce n'était pas un pilier mais une silhouette. Il y avait quelqu'un, debout, à cinq pas. J'ai repensé à une lecture de mon enfance, *Daddy-long-legs.* L'héroïne aperçoit dans des phares d'auto un inconnu dont les jambes projetées en ombres chinoises lui apparaissent démesurées. Elle le surnomme Daddy-long-legs.

Je me suis penchée, prudemment pour ne pas me mouiller. Le Papa-longues-jambes de la terrasse, une main dans la poche, tenait un verre dans l'autre et se fichait royalement de la météo. Une gouttière sournoise crachotait par intervalles des giclées de la taille d'un œil sur sa manche de veste.

— Sous l'auvent, il pleut moins, lançai-je.

Il n'a pas pu m'entendre, car au même moment le tonnerre a engueulé Napoléon sur sa colonne Vendôme. J'ai attendu qu'il veuille bien se taire pour répéter. Mon Papa-longues-jambes a pivoté, comme surpris de n'être pas seul. Un comble quand on est invité à une fête de Fran Hilbert.

Il a reculé, balancé vaguement la main qui tenait le verre. Je suppose que ça équivalait à une espèce de remerciement. Ou de dédouanement. Car après avoir fourni ce dixième de seconde d'extrême sociabilité, il s'est détourné côté balustres et toits de Paris.

— Une verrine ? Un feuilleté ? proposa-t-on derrière mon épaule.

Un plateau d'argent, tenu par une extra en spencer noir, vogua sous mes narines. J'ai pioché une minibrochette de minicourgettes, offert un maxi sourire à l'extra qui repartit slalomer vers d'autres aventures. Je reconnus après coup la jeune Rosemonde de tout à l'heure. J'ai fait demi-tour et j'ai replongé à l'intérieur, dans la fête.

Les danseurs s'étaient regroupés dans le salon où officiait le DJ. Les basses de la sono faisaient vibrer les vitres, en alternance avec les colères du tonnerre. Dans l'autre salon – moins mouvementé disons – on discutait. Une main s'agita dans ma direction.

J'aperçus le sourire de Melville Sieber, notre prof bien-aimé, et, juste à côté, levé vers lui, le petit visage rose, tout échauffé, de Fran. Je ne l'avais encore jamais vue ainsi. Elle était vraiment amoureuse. Pauvre biche, et du seul élément mâle qui n'eût pas un faible pour elle, ici !

Pourquoi tout est-il si compliqué ?

— Willa ! s'exclama notre professeur du ton réjoui de celui qu'on délivre d'un poids ou d'un souci. Fran m'apprend que vous jouez du saxophone ? Et que vous avez le vôtre, ici même, avec vous ?

J'ai piqué un fard. J'avais emporté l'instrument chez mon père pour étudier et le ramenais tout bonnement au bercail. Je devinais trop bien ce que Melville Sieber allait me réclamer. J'ai lancé un regard de reproche à Fran. L'amour fait vraiment raconter n'importe quoi. Avait-elle cité Flannagan afin de remplir un blanc dans la conversation, vous savez, quand le silence s'emplit de choses embarrassantes... ?

— Je ne l'ai pas avec moi, rectifiai-je. Je l'ai laissé dans l'appartement, au-dessous. Désolée, M. Sieber.

J'ai adressé une subtile mimique à Fran. Elle m'a suppliée en silence, sans que je réussisse à interpréter ce qu'elle désirait dire. Que je lui pardonne d'avoir parlé à tort et à travers ? Ou que j'aille *vraiment* chercher Flannagan pour *vraiment* jouer ? Je n'avais aucune envie de caler un concert privé entre les hululements de Lady Gaga et les pulsations slammées des Stabbing Turtles Crew!

— Le sixième étage n'est pas si loin, argua notre professeur en m'offrant son légendaire sourire.

Le sourire de Melville Sieber n'est pas aussi renversant que celui de Thomas Ayre. Néanmoins, tous deux jouent dans la même catégorie, celle des charmeurs charmants et tuants. Ardu de leur résister.

— Tout à l'heure ? tentai-je (juste pour la forme et pour ne pas avoir l'air de succomber trop vite). Quand Mylène Farmer aura terminé ses élégies ?

M. Sieber a ri. Il a un beau rire aussi, même si un poil trop carnivore à mon goût. Fran en a été toute retournée, je l'ai bien vu. Fran est elle-même une ravissante carnivore.

— Ça marche. Merci, Willa.

Il m'a effleuré le menton avant de s'éclipser. Fran a ingurgité en silence deux goulées de ce qui semblait être un jus de pomme... mais qui floutait un peu le bleu de ses yeux. Elle s'efforça de réprimer l'émotion que son bustier trahissait.

— Tu as vu ? dit-elle à voix basse.

— Quoi donc ?

— Il t'a caressé la joue.

— Correction : il m'a griffé le menton. Tu n'aurais pas du tout aimé, je te l'affirme.

Elle sourit, se pencha pour me planter un bisou sur la tempe.

— Merci, mon pote, dit-elle, un peu triste. Ceci est la troisième gorgée de mon quatrième verre, je crois que je pars en *live*. Où est le frangin ? Pas avec toi ?

— Non.

J'attendis une indication, un éclaircissement, mais elle haussa une épaule fataliste et regagna la pièce où ça dansait. Je suis restée un moment seule. Jusqu'à ce que Solal Mercier, le cancre le plus poétique et le plus drôle de Saint-Lycomède, c'est-à-dire du monde, vienne me présenter son assiette de pizza :

— Une quatre saisons. On partage ? J'ai mangé l'hiver, j'attaque l'été.

J'ai mordu le printemps à belles dents. La mauvaise humeur me donne toujours faim. Devais-je descendre à la recherche de Iago ? Les deux sœurs Vitex nous ont rejoints, et on a achevé l'automne à nous quatre.

— C'est un vrai Picasso, là, au mur, croyez ? a interrogé Malika Vitex en réussissant le geste complexe d'à la fois lécher une trace de tomate sur son pouce et de pointer l'index mitoyen vers le tableau en question.

On a contemplé ce qui figurait un nez qui jaillissait d'une oreille debout pour entrer dans une oreille couchée.

— En tout cas, tu vois ce qui arrive quand on va dormir sans se démaquiller ? a noté Fatima, sa jumelle.

— Je me démaquille ! a protesté Malika. Seulement mon mascara waterproof est trop *proof*, il ne s'efface pas. J'ai tout essayé : l'extrait de takamaka, la crème de luzerne, l'huile de thon, le coton à gratter, le gel de foie, la mousse de saké... Rien n'y fait.

— T'as essayé le feu ? s'enquit Solal, de retour avec une nouvelle pizza.

Du tranchant de son assiette, il montra d'abord une sérigraphie qui représentait un orage sur une ville, puis l'orage, le vrai, qui grondait par les fenêtres au-dessus du HOPH et de Paris.

— La voilà, la réalité augmentée ! pouffa-t-il en mâchant un triangle de pizza. Manque plus qu'un flashcode et une...

Je l'ai coupé abruptement :

— Qui est le garçon, là-bas ? Au bar ? Celui en costard de croque-mort ?

Daddy-long-legs-de-la-terrasse venait de ressurgir à l'instant. À la lumière normale, il paraissait plus maigre, plus long, plus noir, encore plus bizarre. Il était plus âgé que la moyenne des lycéens qui peuplaient cette fête. Je lui donnais vingt ans.

— Connais pas. Mais il est strange.

— Strange de chez Zarb, même, dit Solal. Un *geek* ?

— Freestyle je dirais, l'évalua Fatima.

— Attends... sa tête me dit quelque chose. Il jouait pas un vampire dans *Twilight* ?

— Tu craques pour lui, Willa ? J'ignorais que tu kiffais le genre antéchrist.

— Espèce de zboobs ! dis-je en riant.

En vrai, ils m'agaçaient.

— Les toilettes, c'est où ? supplia Loulou qui repassait en sautillant au rythme des spasmes de sa vessie et du DJ.

— Tu repères ce nuage toxique de Guerlain, d'Elnett et de bla-bla de pipelettes ? C'est la porte en dessous.

— Iras-tu te battre pour nous, chevalier Solal, afin de nous ramener ces ravissants petits-fours rayés noir, vert et rouge ? susurra Malika.

Solal avisa avec une moue la foule qui s'étripait au buffet.

— J'y vais ! le devançai-je.

— Ouaille, Willa. Tu vas vraiment le faire ? Mortel.

Je pris une déviation par le bar où il y avait moins de monde, où les serveurs étaient plus nombreux.

— Les glaçons sont à l'eau minérale, confiai-je à mon voisin.

Il me dépassait d'une tête, d'un cou et d'une épaule additionnés. Il me dévoila son visage en pleine lumière pour la première fois.

Il était... Je ne sais pas. Ni laid, ni beau. Il suffisait d'un rien pour qu'il bascule complètement vers l'un, ou complètement vers l'autre. Étrange de chez Bizarre. Ils avaient raison, les copains. Je fus saisie par son impénétrable et insolite regard, au moins aussi ténébreux et aussi barré que son costume funèbre au milieu de tout ce chic décontracté. Lui n'était pas du tout décontracté. Il m'a toisée :

— On se connaît ?

— Depuis dix minutes. Sur la terrasse.

Il a simplement haussé un sourcil, puis s'est penché par-dessus le bar. Les basques de sa veste glissèrent de chaque côté de ses *long legs*. De dos, il évoquait un corbeau. Il a fait un signe de l'index au barman afin que celui-ci se penche aussi. L'homme consentit à une inclinaison d'un degré, le minimum pour avoir l'air poli.

— Je suis sûr que vous êtes un type génial, lui déclara Long-legs avec un rictus entendu en direction des rangées de bouteilles. J'ai décidé de ne pas vous quitter de la soirée.

L'homme a souri avec indulgence, puis a entrepris de mixer divers liquides dans un shaker.

— Ça a l'air bon, dites ? continua l'autre, très intéressé.

— Tomate-lychee-tonic, fut la laconique réponse.

Long-legs marqua un silence où la consternation le disputait au dégoût.

— Ça *avait* l'air bon, conclut-il, stoïque.

Il lui tourna le dos. Je me suis esclaffée. Il a baissé les yeux vers moi :

— Cesse de me suivre. On va croire que tu es désespérée.

— Nous élaborons ce cocktail depuis cent dix-sept ans, précisa le serveur.

— On vous en donne à peine quatre-vingt-treize, grommela le jeune mufle.

Je cherchais une réplique qui n'admettrait aucune réplique, une qui clouerait le bec à l'insolent... Mais la main de Fran est arrivée sur ma droite, m'a fermement empoigné le coude et m'a pilotée vers le buffet où la dénommée Rosemonde, qui officiait avec un autre extra, me servit une pleine assiette.

— Ça va ? demanda Fran. Pas trop *boring,* ma soirée ? Apporte ces petits fours aux copains. Ils t'attendent.

Je pris l'assiette, remerciai Rosemonde, et tout en désignant Long-legs qui s'était accoudé au bar :

— Il sort d'où, ce freak ? demandai-je à Fran qui suivait.

— Qui ça ? Oh... C'est Edern. Je t'ai parlé de lui.

— Je m'en souviendrais !

— Mais si. Le fou furieux dont les parents connaissaient les miens...

— Ah. Celui-là. Il est... intense.

— Ses parents sont morts, il y a quatre ans. C'était dans les journaux. Fais attention à lui.

— C'est vrai qu'il mord. Il est enragé ?

— Non, je veux dire : « Attention, fragile. » Quand on était petits, c'était lui le plus sympa de nous tous. Il relâchait les mouches qu'on attrapait. Il pleurait aux enterrements de lézards et de mites.

— Il a raison, Solal. Un vampire a dû croiser son chemin depuis.

Fran secoua la tête.

— Il a changé. Ça m'étonne de le voir là. Il ne sortait plus. Il est à peine plus âgé que nous mais il avait déjà un an d'avance à l'école. Il va à la fac. Sa matière préférée c'est *Massacre à la tronçonneuse*. Il ne s'est plus montré depuis cette histoire…

— Quelle histoire ?

— La mort de ses parents, s'impatienta-t-elle. Il ne se coiffe pas, c'est vrai. Il se fringue comme l'as de pique, c'est vrai. Mais la vie l'a chamboulé comme… un pull en cachemire un samedi de soldes aux Galeries Lafayette.

J'aurais pu sourire si ce bref résumé d'une vie ne m'avait pas scotchée.

— Depuis, reprit Fran en picorant une bouchée vert tendre, on dirait qu'il est deux. Qu'il va te dire : « Minute s'il te plaît, je vais chercher mon cerveau, il est juste à côté, je l'ai posé sur une chaise. »

Sans que j'y prenne garde mes yeux restaient agrippés à Long-legs. Il a fait volte-face. Je me suis détournée en hâte. Je ne m'imaginais pas perdre Catherine et Thomas Ayre. C'était une pensée intolérable qui me remplissait de larmes. Ses parents avaient-ils eu un accident ? J'étais sur le point de poser la question à Fran mais elle m'a désigné les copains qui piaffaient et réclamaient les petits-fours promis. J'ai bravé la foule pour les leur apporter.

— Paraît que tu vas faire une démo de saxo, Willa ? a clamé Loulou Larriaga. Oh, ces petits-fours... des amoouurs !

— Qui a dit ça ? grognai-je.

— Moi. Goûte. Ils sont à tomber.

— Je parle du saxo. Qui a dit que j'allais jouer ?

— Oh. Gwyneth l'a dit à Angelina, qui l'a répété à Beyoncé qui l'a répété à Scarlett qui l'a répété à Sharon... Ça s'appelle un bruit qui court.

— Je note, ai-je rétorqué acerbe, que tu n'as énoncé que des prénoms féminins. Un bruit qui court, pour toi, ça porte forcément des balconnets ?

Je me suis éloignée, mécontente.

— Quelle mouche la pique ?

J'ai respiré lentement. Ça ressemblait plutôt à un soupir. Bon. Autant en prendre mon parti. J'étais bonne pour un récital de saxo, soit. Au moins ça me fournissait un alibi pour redescendre à l'appartement... voir si Iago s'y trouvait.

Avant ça j'ai un peu rajusté ma coiffure, mon décolleté. Le maquillage, pas besoin. C'est une denrée que j'ai toujours évitée, y compris les soirs de fête et en dépit de Fran pour qui mon aversion des fards reste une énigme. Elle ignore l'odeur écœurante du fond de teint pour le corps qui plane en permanence dans la Fiat Monterosa de maman. Je l'inhale depuis trop longtemps.

J'ai aligné six petits fours dans une assiette et j'ai abandonné la « suite Francesca ».

Sitôt refermées les doubles portes à capiton, on basculait dans une autre dimension : le feutré, tapissé, moquetté monde du silence du Hilbert Opéra Palace Hotel. On aurait juré qu'aucune fête n'avait lieu nulle part.

Je suis passée par l'escalier central aux paliers ornés de miroirs en bronze, de palmiers griffus comme des perroquets. Un homme montait.

Je l'ai reconnu avant que lui me reconnaisse. Julien Edgar Hilbert III (l'homme, le député, le rayonnement international, les colères, 1,88 m d'énergie et d'allant !) devait le rose fleuri de ses joues à la flasque de Lagavulin – trente ans d'âge – qui ne le quittait jamais et, en cette minute même, à la montée au pas de course de l'escalier du palace dont il était propriétaire, sous l'escorte d'un secrétaire. Le père de Fran et de Iago.

— Wilhelmina ! s'écria-t-il en me voyant.

Jamais je n'avais osé le briefer sur mon diminutif. Vous n'auriez pas osé non plus.

— Bonjour, monsieur Hilbert.

Il m'a saluée. Plutôt gentiment, pressé comme le sont ces gens-là. Il a disparu dans une coursive, suivi du secrétaire.

Quand j'ai atteint l'appartement, tout était silencieux. J'ai sonné.

— Iago ? appelai-je. Tu es là ?

Pas de réponse. J'ai poussé la porte. Elle n'était pas fermée. J'ai allumé. J'ai très vite localisé Flannagan dans son étui, près du sac équitable. J'ai appelé à nouveau, puis j'ai fait demi-tour.

J'ai poussé un cri.

— Iago... Tu étais là ? Je t'ai appelé.

— J'ai entendu.

Il était plié dans un sofa. J'ai posé mon assiette et me suis agenouillée près de lui. Il a éteint. Une fois dans le noir, il m'a enlacée et je me suis allongée contre lui. Il me serrait fort, sans m'embrasser, sa joue sur ma tempe.

— Tout le monde t'attend, dis-je à voix basse. Fran, les copains... Moi.

— Je n'ai pas envie, dit-il dans un souffle. Je suis un peu...

Il y eut un silence.

— Souffrant ?

Son menton fit non contre mon oreille. Je mourais d'envie de savoir ce qui le jetait ainsi dans un si profond trou de solitude. Mais je me retins. Il me le révélerait quand il le voudrait. S'il le voulait.

— C'est l'anniversaire de ta petite sœur.

Il s'est dégagé, s'est redressé, a rallumé.

— Je n'irai pas.

— Même si j'insiste ?

— Non. Plus tard.

— Iago... Qu'est-ce qui se passe ? C'est ton père ? Je viens de le croiser.

— Papa n'a rien à voir, répondit-il agacé. S'il te plaît. Retourne à la fête.

— Je ne veux pas te laisser.

— S'il te plaît, répéta-t-il (sa voix était calme, et en même temps au bord de l'exaspération). Par pitié, Willa. Tu comprends ? Pars. J'ai envie d'être seul.

Ses dents mordaient sa lèvre du bas. J'eus la sensation d'avoir plongé dans une eau pleine de glace. Sa voix, ses yeux, tout devenait subitement effrayant. Il a ramassé Flannagan, l'a placé dans mes bras. On voyait qu'il se retenait pour ne pas éclater. De colère ou en sanglots, je ne sais pas.

— Veille sur ma petite sœur, dit-il avec un difficile sourire. Je compte sur toi.

Je suis repartie sans un mot, le cœur en boule.

4

Miss Jane A., appellation contrôlée

Je n'ai eu aucun mal à jouer, finalement. Flannagan est ce qui me console le mieux de ce que maman appelle « ces vilaines équations de la vie ».

Je possède peu de moyens d'autoconsolation. Mais entre une mère débordée-absente, et un père ado *forever,* j'ai compris très tôt qu'il me fallait des recours. Gamine, j'avais l'habitude de me ruer sur une plaque de Truffy-choco ou sur le maxi-pot de *peanut butter* Newman's Own. Plus tard, je découvris la menthe extraforte, celle qui fait éternuer même le cuir chevelu. Une série d'atchoums me faisait un bien fou.

Puis, un jour...

Un jour, la vraie sérénité m'est tombée dessus... Un doudou, un vrai, sans calories, ni éternuements incongrus : *Out of nowhere* par Charlie Parker. Voilà.

À cause de lui, j'entame ma huitième année de saxophone alto.

Ce soir-là, pour les dix-sept ans de ma copine, pour les copains qui m'attendaient au tournant, mais surtout pour moi, j'ai soufflé. Et comme toujours, ça m'a réconfortée.

J'ai joué *Out of nowhere.* Bien sûr, rien à voir avec la flamboyance déchirée de Parker. Mais la mélodie était là, apaisante, ondoyante. *You came to me from out of nowhere... You took my heart and found it free...*

Je joue paupières closes. Mais les regards, les respirations, je les sens qui touchent mon front, caressent mes joues gonflées, et mes doigts, et l'or étincelant de mon instrument de musique. J'ai enchaîné sur *Slumming on Park Avenue,* et *My Fair Lady,* ça s'accordait bien avec la situation.

Après les bravos et les mercis, on m'a apporté une coupe de champagne, des macarons à la violette. J'avais un peu mal au cœur. Sûrement la pizza. Ou les petits fours rayés. Ou bien...

M'ont succédé Rihanna, Michael Jackson, et Mischka Bing. Je suis partie m'asseoir à l'écart, dans une pièce déserte où je pouvais m'occuper tranquillement de Flannagan. Avec cet instrument, j'ai l'impression d'avoir un cheval. Je l'étrille, l'essuie, le bouchonne, le graisse, le nourris...

— Je t'ai écoutée. Tu joues pas mal, dis donc.

Je n'eus pas besoin de lever la tête pour le reconnaître. J'ai grommelé :

— Arrête de me suivre, on pourrait te croire désespéré.

— Super bien même.

— Merci.

— Tu fais quoi, là ?

— J'enfourne un absorbeur d'humidité dans le corps du saxophone pour l'empêcher de rouiller.

— Quelle cruauté. Et après ?

— Je vais sans doute aller faire pipi.

Sa chaussure vernie (oui, vernie !) a tapoté d'impatience sur le tapis Niki de Saint Phalle.

— Et après ?

Cette fois, j'ai levé le nez. Il attendait, sérieux.

— Tu proposes quoi ? dis-je.

Il a haussé les épaules. Il avait une façon très spéciale de hausser les épaules. Raide et élégante. Ridicule et séduisante. Il m'évoquait Anthony Perkins dans *Psycho,* Edward-aux-Mains-d'Argent. J'ai eu le frisson.

— Euh. Danser ? suggéra-t-il.

Sur une piste de danse, il devait avoir l'allure de Valentin le Désossé. J'ai ricané, sans lui expliquer pourquoi.

— Boire un smoothie ? ai-je proposé en retour.

Il eut l'air soulagé. Danser n'était pas son truc, ça se devinait vite. Nous sommes allés carrément rafler une bouteille au bar, un truc rose orangé au cactus, avec deux verres, et un artichaut qui servait à la déco du buffet. On est allés se poster sur un autre tapis Niki de Saint Phalle.

— D'ici on aura toujours la possibilité de fuir par la gouttière, dit-il le plus sérieusement du monde.

— Tu ne t'amuses pas ? questionnai-je. Pourquoi es-tu venu ?

Il a soupiré.

— Il faut parfois embrasser quelques crapauds, a-t-il conclu.

Je l'ai scruté, yeux dans les yeux.

— C'est naturel chez toi ? Ou bien tu t'exerces ?

Il m'a fixée avec perplexité. Bon. OK. Tout était naturel.

Maintenant ça dansait un peu partout sur les 137 m^2 de la « suite Francesca », même sur la terrasse où il faisait frisquet, mais où la pluie avait cessé.

— Je m'appelle Edern.

— Willa. Avant l'artichaut, tu aurais une cigarette ?

Il déplia de sa poche un roulé-boulé de paquet blanc et rouge.

— Ah, dis-je. C'est ta dernière. Garde-la.

Il a insisté. J'ai secoué la tête. Alors il a cassé net la cigarette en deux. Il m'a tendu une moitié, gardé l'autre :

— Lucky pour toi, dit-il. Strike pour moi.

J'ai souri et je l'ai laissé allumer ma moitié. Dans un rond de fumée, j'ai soufflé :

— Tu es bizarre.

— Dieu merci.

J'ai contemplé ma Lucky. Puis sa Strike.

— Ça me va, dis-je. La Chance pour moi. La Beigne pour toi.

J'ai regretté aussitôt. Côté beignes la vie l'avait servi, il me semble. Mais il a rigolé en exhalant sa fumée et en regardant autour de nous. Loulou balayait l'espace avec son portable et mitraillait. Edern a tendu la main pour se protéger des flashes, façon Hollywood vampire.

— C'est qui, le beau mec cool, là-bas ? demanda-t-il. Celui qui fait éclater de rire toutes les filles agglutinées autour ?

— Maxime. Il est dans ma classe.

— Il est si drôle que ça ? Si spirituel ? Tout à l'heure, quand il parlait de sa collection de montres... Je l'ai casé dans la catégorie p'tit con.

— Je ne sais pas encore tout de lui. On ne sort ensemble que depuis 3 jours.

Son verre a vacillé, s'est redressé très vite. Des gouttes sont allées corriger en cactus rose orangé le bleu du Niki de Saint Phalle.

— Hump. Pardon ! bredouilla-t-il. Je... J'ignorais que ce type et toi, vous étiez...

— Je plaisante. Si ça se trouve, il s'appelle vraiment Maxime. Mais ce serait un gigantesque hasard, car je ne l'ai jamais vu avant aujourd'hui.

J'ai cessé de rire comme on s'étrangle. Je l'avais blessé, je crois.

— Une vieille blague, expliquai-je pour me rattraper. La galerie est censée s'amuser.

Il a écrabouillé sa Strike avec une expression comme s'il se plantait un clou dans l'ongle. Et puis zut. Ce n'était qu'une innocente plaisanterie après tout. Qu'il se la joue Edgar Poe, Sweeney Todd, Edouard le Vampire, Marcel Proust et Mister Darcy réunis... Soit, c'était rigolo. Mais à petites doses (sous peine de devenir rasoir, si je puis me permettre)...

— Toi, tu as trop lu Jane Austen, ai-je lancé. Très tendance en ce moment. Particulièrement la version zombies.

— Jane Austen ? répéta-t-il. Kézako ? Une marque de chocolats ?

Je l'ai observé en douce, et de travers. Ma Jane ! Des chocolats ! Impossible de savoir s'il se fichait de moi ou non.

— J'ai une petite sœur, reprit-il. Elle joue du piano. Elle rêve de boogie-woogie. Elle formait un duo avec ma mère... Elle est morte. Ma mère, je veux dire. Elle était clarinettiste.

J'ai retenu ma gorgée de cocktail cactus entre mes joues. J'ai attendu la suite. À l'écart, dans une pièce voisine, la jeune Rosemonde et deux collègues pâtissiers étaient en train de piquer des fontaines lumineuses ainsi que dix-sept bougies dorées sur le gâteau à étages de Fran. Fran qui avait opportunément disparu.

— Ça lui manque. À ma petite sœur. La musique en duo.

J'ai hoché la tête en déglutissant enfin ma gorgée. J'ai soustrait deux feuilles à l'artichaut, offert l'une à Edern, mâchouillé l'autre. Soudain, un frisson, une onde de joie m'a secouée de l'échine aux talons. Iago !

Iago était là ! Il se tenait dans l'embrasure d'une porte. Enfin ! Il était venu. On serait ensemble pour voir Fran souffler les bougies.

Je me suis redressée. J'ai bafouillé une brève et vague excuse en direction de mon interlocuteur, et j'ai bondi pour rejoindre mon amoureux. Iago m'a reçue contre sa poitrine et il m'a gardée.

Un bruit de vaisselle qui se brisait dans la pièce du gâteau d'anniversaire n'a même pas réussi à nous séparer. Le DJ a stoppé la musique, les lumières ont baissé et tous les invités ont braillé en chœur *Joyeux anniversaire...*, j'ai reçu la chaleur de Iago sur ma joue. Et enfin, enfin, enfin, j'eus ce que j'avais tellement attendu, tellement désiré durant cette fête: sa bouche sur la mienne.

Lorsque Fran (opportunément réapparue) eut soufflé les bougies, que le gâteau rose et blanc (« Quel amoouur de gâteau ! » se pâmait Loulou) fut découpé, distribué, avalé, le DJ jugea qu'il était temps de repasser aux choses sérieuses.

D'un coup, la musique enfla. Se parler à travers le mur de décibels devint mission impossible. On dansa donc. Pour ma part, ce fut divinement, et langoureusement, avec Iago, et tout le temps.

Tout à coup, à un poignet qui passait dans mon champ de vision, j'aperçus l'heure.

Catherine Ayre, ma mère, n'est pas une emmerdeuse. J'ai la permission de minuit, voire plus si affinités, mais à condition de la prévenir. C'est la règle, et elle est sacrée.

Il était 2 heures 20 du matin !

Cendrillon a décollé sa joue de l'épaule du beau prince, s'est arrachée à ses bras pour se précipiter sur son portable et expédier illico un texto dégoulinant d'excuses et de smacks +++ à sa môman.

La fête s'était vidée des deux tiers des invités. M. Sieber nous a salués du seuil, lui aussi sur le départ. Je n'avais plus qu'à en faire autant et zyva. Sauf qu'avant, j'avais encore à dire au revoir à tout le monde. J'ai embrassé Fran, les copains et copines qui restaient, j'ai embrassé passionnément Iago. J'ai remercié le maître d'hôtel, les serveurs, les extras, ça peut paraître idiot, mais ma mère m'a appris ça. J'ai embrassé Iago, encore, oui, et puis encore, même s'il parut absurdement gêné par cette démonstration en public. J'ai été voir sur la terrasse, des fois que l'Edward-aux-Mains-d'Argent et aux *long legs* s'y serait trouvé. Mais il était parti.

J'ai embrassé Iago. Je sais, je sais… mais pour la toute dernière fois de la soirée, je le jure.

Je suis sortie. Oups ! je suis revenue prendre Flannagan que j'oubliais. Puis ouf ! je me suis éclipsée… Cette fois pour de bon.

Boulevard des Capucines, j'ai vérifié l'heure de passage du bus de nuit en direction de République. Zut, je venais de le rater. Dix-neuf minutes d'attente… J'ai compté ma monnaie. Je devais pouvoir payer un taxi.

Encore fallait-il en trouver un.

J'ai commencé à grelotter dans l'aquilon polaire qui balayait le boulevard. Sous mon manteau j'avais gardé ma robe de fête, je n'avais pas pris le temps de me changer. Il devait bien y avoir une station de taxis du côté de…

— Willa ?

M. Sieber se tenait devant moi, interrogateur. Tout ce que j'ai pu penser, à cette seconde c'est : « Hou ! Ma vieille Fran, qu'est-ce que tu dis de ça ! »

— Vous avez raté le bus ?

— On dirait.

— Vous connaissez le numéro d'un central taxi ?

— Non. Juste celui de mon dentiste, soupirai-je, morose.

— Vous voulez que je vous en appelle un ?

— Oh non. Je meurs d'envie de faire la roue jusqu'à République.

Il a souri et a pianoté sur son portable. C'est là que j'ai remarqué qu'il n'était pas seul. En retrait, une moto, dont le phare trouait un tunnel phosphorescent dans le vent glacé, ronronnait. Le motard portait un casque dont la visière à demi relevée plaquait des ombres sur sa figure, un blouson de cuir au col haut.

Était-ce là le fameux, le mystérieux ami de notre professeur ? ZE boyfriend ? Allais-je faire partie des happy few qui auraient l'heur de l'apercevoir ? De lui parler ?

L'examiner, de nuit, en détail, n'était cependant pas gagné ; d'autant qu'une bourrasque lui fit remonter son écharpe.

— Voici... Jim, dit M. Sieber qui avait suivi mon regard. Jim, je te présente Willa, une de mes meilleures élèves à Saint-Lycomède... Ah, ils m'ont mis en attente. Musique d'avion, évidemment.

Je me suis avancée, main tendue, vers Jim. Il l'a serrée. Il avait des doigts très fins, une paume osseuse. Tout ce que je pus distinguer sous les halos du boulevard, entre la mentonnière, la laine de l'écharpe et la visière, fut un bref sourire aux dents blanches et irrégulières, des prunelles claires. Sa poignée de main fut avenante bien que brève. Il grommela ce que je présumai être un salut. Il n'ajouta rien d'autre et détourna la tête car brusquement M. Sieber s'était mis à agiter les bras comme s'il était un champion sur le ring, en criant : « Hep ! Hep ! »

Un taxi !

Je m'y suis engouffrée après un dernier au revoir, un dernier merci, et me suis affalée dans la tiédeur de la banquette.

Fort heureusement, le taxi était sans musique et le chauffeur pas bavard. La moto nous a rattrapés rue du Quatre-Septembre. J'ai agité la main par la vitre, à un feu rouge où on avait tous stoppés. M. Sieber m'a répondu d'un signe. C'était assez marrant, une image assez insolite, que de voir son prof juché sur une moto, casqué, agrippé au dos de son mince compagnon. Il perdait à jamais son statut de *Captain of The Enterprise* pour redevenir le banal *Numéro Six*, simple humain sur la Terre.

J'ai soupiré. Maintenant, j'allais devoir affronter *M. Spock :* ma mère.

5

Ma mother a des yeux

À l'instant exact où ma clef ouvrait la serrure de l'appartement, la pendulette de la cheminée a tinté trois coups dans le salon. *Ding ! C'est à cette heure-ci que tu rentres ? Ding ! Ding !*

Cafteuse...

Je m'y attendais : maman n'était pas couchée. Ou bien s'était relevée... ? Le genre de truc qui demeurerait un mystère.

Elle devait bosser dans son lieu favori, la cuisine. À sa place habituelle : sous le chauffe-eau à gaz (bruit de bouilloire quand il chauffe, de poivrot quand il vidange) et à la droite du congélo qu'il n'y a qu'à chiquenauder du pouce pour s'offrir un Bounty glacé.

Bosser de nuit, pour ma mère, c'est taper devant un écran aux multiples fenêtres juxtaposées. Dans la n° 1, il y a invariablement un vieux film, de préférence une comédie musicale. Dans les suivantes s'affichent, dans l'ordre : sa messagerie, les têtes de ses futures Miss (son job), une plage de Zen TV avec des vagues tropicales qui font *pschhhh,* enfin sa dernière enchère sur un pull, un râpe-zeste, ou une pendule de cheminée cafteuse...

Avec un œil sur chaque fenêtre, j'ai donc une mère-mouche qui a cinq yeux, six ou sept parfois.

— Je suis là ! dis-je en jetant mes clefs dans le renne creux qui sert de vide-poches et auquel il manque les bois côté gauche car il a quarante ans de plus que moi. Tu fais quoi ? ai-je ajouté pour dévier, avant qu'elle ne la commence, une conversation que je ne souhaitais pas.

— J'entre dans l'Histoire, rétorqua placidement ma mère plantée devant la cuisinière. Je suis en train de mijoter un chocolat. Un vrai. Tu en prendras ?

Je la connais suffisamment pour deviner qu'elle le fabriquait exprès pour moi. Toutefois le Coca, la pizza, les macarons, le jus de cactus rose, l'artichaut, le taxi, et le reste, me barbouillaient un tantinet... D'autant que, son chocolat, maman y fait fondre de *vrais* carrés. Mais étais-je dans la position de pouvoir dire non ?

— Comment on graille là-bas, chez les *cheuris ?* persifla-t-elle en singeant l'accent caillera. Raconte-nous comment c'est, sur la 5e Avenue !

Elle s'est remise à son ordi, m'a tendu une joue. Je l'ai embrassée. Elle pas. Son visage était chaud. Le mien gelé. Fenêtre n° 1, Fred Astaire virevoltait tel un farfadet, en smoking queue-de-pie, évidemment.

— Quand j'en suis partie, dis-je, il restait assez de sandwiches aux huîtres pour le reste de nos deux vies.

— Hou. Donner à bouffer des sandwiches aux huîtres est une torture sophistiquée. À propos de torture... tu aurais pu appeler.

— Je t'ai envoyé un texto.

— À 3 heures du mat'.

— *Maintenant* il est 3 heures du mat'. À ce moment-là il était 2 heures 20.

Dites-lui que ma robe est coincée suppliait Ginger Rogers dans la fenêtre n° 1. *Petit, j'ai enlevé un chat d'un puits* lui rétorquait un Fred irrévérencieux.

— Maman chérie... ai-je susurré.

— *Don't* maman-chérie *me,* s'il te plaît. Ça fait 120 minutes de retard sur notre règlement intérieur. Désolée. Je m'angoissais.

On ne s'engueule pas. C'est comme ça entre elle et moi. Mais si le ton reste uni, calme, quasi cordial, les reproches de ma mère sont réels et j'ai intérêt à lui fournir motifs et alibis imparables. J'optai pour le mensonge de courtoisie.

— Mon portable était à plat, arguai-je. Et après il n'y avait plus de réseau.

— Il y a encore des téléphones publics avenue de l'Opéra.

— J'ai essayé... Mais ça ne distribuait que des préservatifs.

Elle est restée sans voix. Puis elle a éclaté de rire. Ouf. Merci au dialoguiste de la série *Girls and Cornelius Parker's Heart.*

— C'est sympa d'avoir attendu, dis-je doucement, mais tu devrais aller te coucher maintenant.

— J'y go. Juste avant... Tu peux me dire laquelle tu préfères ? Miss Gâtinais ? Ou Miss Pays du Léon ?

Dans la fenêtre « job », elle cliqua en alternance sur deux filles pleines de cheveux. J'ai dit :

— La première a le genre blonde qui tourne la roue dans un jeu télévisé.

— Elle est brune.

— *So what?*

— Bon, soupira Catherine Ayre. Et l'autre ?

— L'autre a le genre blonde qui tourne la roue dans un jeu télévisé... sur la chaîne rivale.

— Conclusion... ? Miss Gâtinais ou Miss Pays du Léon ?

— Miss Gatiléon.

Un homme m'a arraché ma robe ! racontait Ginger à une dame, dans la fenêtre comédie musicale. *Oh !* s'exclamait la dame. *Un ami, j'espère ?*

J'ai regardé le titre du DVD sur la table : *The Gay Divorcee.* J'ai filé dans ma chambre. Notre appartement compte trois pièces. L'avantage est qu'on y est audible de partout, contrairement à chez les Hilbert.

— Pourquoi vous ne divorcez pas, papa et toi ? ai-je lancé en me déshabillant.

— Ça baigne avec ton amoureux ?

Maman croit à une stratégie. Les questions traquenards, je les pose toujours quand on me croit en veille. Ce n'est pas une stratégie, je le jure. Elle n'avait qu'à ne pas regarder ce DVD de divorcée joyeuse après tout.

— Tu crois qu'en répondant à ma question par une question j'abandonnerai ma question ? Nenni ! Pourquoi vous n'êtes toujours pas divorcés alors que vous ne vivez plus ensemble depuis plus de 4 ans ?

Elle a répondu :

— Cet exposé de géo que tu dois rendre jeudi, tu l'as fini ?

— Au fond, ni lui ni toi n'en avez envie, hein ? C'est ça ?

— Dans le chocolat cuit avec de vrais carrés, ce que j'aime c'est le dépôt mou au fond de la casserole. Pas toi ?

— Maman ! Oui, j'ai fini mon exposé pour jeudi. Oui, j'aime le fond mou du chocolat cuit avec des carrés. Maintenant, tu me dis pourquoi mes parents qui ne se voient plus, qui ne se parlent plus, qui ne couchent plus ensemble, veulent quand même rester mariés ?

Je l'entendis dans le salon installer deux sets, deux bols, deux cuillères.

— C'est coûteux un divorce, soupira-t-elle enfin. Et puisqu'aucun de nous ne se remarie, y a rien qui presse... Si ?

Dans ma poche, ma main a touché la barre de Milky Way un peu écrasée de Deanna. *It's only me...*

Il est parti à Venise avec une Deanna ! pensai-je. Mais je n'eus pas eu le cœur de le lui dire à voix haute. Pour papa ce n'était qu'une *Jennifer* de plus, une *Jennifer* nommée Deanna, mais pour maman...

Pour maman quoi ? Je n'en savais rien. Elle non plus, probablement. J'aurais tant aimé qu'elle sorte, qu'elle voie du monde, retombe amoureuse.

En pyjama, je suis retournée dans le salon boire deux gorgées de son chocolat. Il était délicieux. Mais plus rien ne passait. Je suis allée me laver les dents, me suis rincée la bouche à l'eau dentifrice.

J'ai fait une bise à ma mère avec l'intention me fourrer au lit et de m'endormir au plus vite. Cette fois elle m'a embrassée.

— Le monde est vaste, ai-je soupiré. Il est rempli d'hommes qui ne demandent qu'à te rencontrer.

— Le monde est vaste, répéta-t-elle en chatouillant ma joue. Encore faut-il penser à changer à Châtelet-les-Halles.

Sur le court chemin qui menait à ma chambre, ce fut à mon tour de sourire.

— À propos de voyage, lança-t-elle derrière moi. Je serai absente trois jours. Sélections régionales à Lyon. Tu diras à ton père de venir te chercher en voiture ? Je serai plus rassurée.

Pfff. *Angoissée. Rassurée.* Ma mère... m'inquiète.

J'ai buté sur Flannagan que j'avais posé par terre en arrivant. Je l'ai emporté et rangé sur son étagère.

Mon geste s'est figé quand un papier blanc est tombé. Jusque-là il était resté niché, plié, coincé dans la poche à anches du fourreau. Je l'ai gardé, regardé, pincé entre deux doigts.

Était-ce Iago... ? Je l'ai déplié :

Marni joue bien du piano. Tu joues <u>*super bien*</u> *du saxo. Pourquoi ne pas former un duo ? Tu lui ferais tellement plaisir. Vraiment. Ce serait rémunéré bien sûr. Pour te convaincre totalement, j'ajoute qu'on a une chocolaterie, rue Lepic, à la réputation mondiale, qui vend des Jane Austen de toutes sortes, à tous les parfums. Appellation contrôlée. Ceux que je préfère sont à 83 % de cacao.*

C'était suivi d'un numéro de portable et d'une adresse :

Edern Fils-Alberne
Fausse-Malice
Impasse du Docteur Praetorius, 75018 Paris.

6

Un visage dans la misty light...

Le lundi matin, Saint-Lycomède n'avait que l'anniversaire de Fran à la bouche. Pour quelques heures encore, elle était la reine du cirque.

Même si Hugo racontait comment il avait vomi du vert dans l'écuelle du chat (ou dans le saladier de magrets fumés, il ne savait plus trop) ; même si Sixtine avait chopé la crève à danser dans ses salomés Jimmy Choo sur la terrasse frigorifiante ; et même si Cameron (qui s'appelle Kévin en réalité mais il déteste, allez savoir pourquoi) avait retrouvé dans ses poches trois capotes usagées dont il n'avait aucun souvenir de l'utilisation (mais précisons que c'était juste après ce jus d'orange qui n'avait absolument pas le goût d'orange...).

Les garçons concédaient que Melville Sieber ne dansait pas mal, les filles clamaient que le prof de chimie tournoyait de la hanche comme un dieu, Loulou avait plein la bouche de ces *amoouurs* de bouchées au crabe... Les sœurs Vitex avaient fait la connaissance des frères Hubschwarb, jumeaux eux aussi. Finalement je n'ai pas rapporté cette histoire de taxi avec M. Sieber et son boyfriend. Surtout pas à Fran qui ne sait pas garder ces choses-là.

Dans la cour, on l'a croisé. Fran l'a dévoré des yeux mais il était plongé dans ses papiers. Didier Nucci dit Nuche, notre pion préféré qui surveillait l'heure de perm', a fait entrer la classe dans la salle informatique. Nuche avait été invité à la soirée par Fran, mais le week-end il part voir sa mère, Alzheimer, dans un établissement à Bordeaux.

— Quand tu auras fini de faire le pitre, Jean-Juan ! a-t-il crié.

Une de ses paupières saute toute seule dès qu'il s'énerve. Ça amuse beaucoup Jean-Juan et ses deux (affreux) copains. Ils lancent des paris sur le nombre et la fréquence des sauts, les comptabilisent sur leurs portables. Au reste, Jean-Juan et ses potes font des paris sur n'importe quoi, profèrent des âneries n'importe quand, font les zboobs tout le temps.

— Je peux entrer ? a demandé Olympe de Première L, en passant une tête à la porte de la salle.

Elle a expliqué à Nuche qu'elle faisait des recherches en anglais sur Mildred Davis. Tous les ordis étaient occupés par deux élèves, sauf celui de Jean-Juan. Il était seul à sa machine et, pour être franc, ça n'étonnait personne.

— Jean-Juan ? a dit Nuche. Tu laisses une place à Olympe ?

— No problemo, a-t-il répondu, matois. Le service de dératisation passe demain.

Il a poussé un hennissement auquel ses deux compères, non loin, ont fait chorus. Méritaient des baffes.

— Ah ouais ? ai-je demandé dans le silence qui retombait. Il repasse demain ? Parce qu'il vous a raté la dernière fois ?

Les rires se sont déchaînés.

*

C'est un peu la raison pour laquelle je ne suis pas descendue en récré. Je savais que les copains allaient me rejouer la scène du film, rire, me féliciter, tout ça. Moi, j'avais plutôt envie que ça se calme du côté des trois abrutis. Alors j'ai demandé à Nuche de pouvoir rester en salle de perm'.

J'avais un second excellent motif : je voulais faire des recherches tranquillement. On n'a pas accès à tout le réseau sur les ordis du lycée. J'ai tapé « Fils-Alberne » sur mon iPhone, sur le site du *Monde*, sur celui du *Parisien*.

Articles et photos ne manquaient pas. Tous dataient d'avril, il y a quatre ans. Tant que j'y étais j'ai jeté un œil aux archives de *Paris-Match*. Les photos qui revenaient le plus fréquemment révélaient une très belle femme de l'âge de ma mère. L'âge étant d'ailleurs leur unique point commun.

Mort de Carlotta Fils-Alberne

L'épouse de l'héritier et directeur général des laboratoires Fils-Alberne a été retrouvée morte dans la gentilhommière familiale. De source proche de l'enquête, il semble que la thèse retenue soit celle du suicide. L'autopsie en cours démontrera si…

Quelques jours plus tard, des faits nouveaux étaient intervenus :

Mort de Carlotta Fils-Alberne :
Les amants mystérieux

Il semblerait que la trop belle, trop riche, trop solitaire épouse avait des amants non identifiés pour l'instant. Des textos, des mails ont été découverts sur son iPhone, ainsi qu'un organiser où l'épouse infidèle consignait ses rendez-vous. Son mari, le P.-D.G. des labos Fils-Alberne a été longuement interrogé puis relâché…

Puis, environ deux semaines après :

Coup de théâtre tragique
dans l'affaire Fils-Alberne

Henri Fils-Alberne, 53 ans, des célèbres laboratoires éponymes et époux malheureux de Carlotta, a mis fin à ses jours dans sa maison de campagne. Il a envoyé un mail d'adieu à ses fils à Paris pour avouer qu'il était bien le meurtrier de sa femme. Il y annonçait également son intention de se tirer une balle dans le cœur. Mais c'est un incendie qu'il a déclenché. Que s'est-il passé ? On ne peut que faire des suppositions. Lors de sa chute a-t-il entraîné des braises et du bois enflammé hors de la cheminée ? Au final tapis et rideaux ont pris feu. Henri Fils-Alberne était seul chez lui ce soir-là. Il avait pris soin de donner congé aux domestiques. Les flammes avaient déjà fait d'énormes et irréversibles ravages quand l'alerte a été donnée. La bâtisse, très isolée, était une véritable fournaise quand les premiers secours sont arrivés. Elle a brûlé de longues heures malgré les pompiers intervenus en nombre. Il n'en reste que des cendres. Ses deux fils et sa petite fille, qui ont eu la douleur de perdre leur mère il y a quelques semaines, sont désormais les orphelins d'un père assassin…

— Hé ! Tu es trop occupée à soliloquer sur ton iPhone pour, je ne sais pas moi, rejoindre les copines par exemple ?

Je me suis tournée dans un sursaut. J'ai cligné des yeux en cherchant quoi répondre à Marie-Cécile et Fran qui attendaient sur le seuil de la salle de perm', mon cerveau encore submergé par tout ce qu'il venait de télécharger.

— Hou hou, a chantonné Fran en agitant la main. Combien de doigts ?

— Tu as l'air de celle qui a dormi super longtemps et qui découvre à son réveil que la mode a changé.

— Je ne soliloque pas. Je faisais des recherches.

J'ai rangé mon iPhone et je les ai suivies sans cesser de penser à la famille Fils-Alberne, à la mère, au père, tous deux morts avec tant de violence. Pas étonnant qu'Edern fût… tel qu'il était.

*

— Les Terminales S sont sorties ?

L'élève haussa les épaules en signe d'ignorance. Une minute plus tard, j'ai posé de nouveau ma question en ajoutant « s'il vous plaît » car je m'adressais à Mme Lo Pais, la prof de latin-grec.

— Mais oui, dit-elle, relevant son col de fourrure synthétique dans la nuit qui tombait. Voilà un bon moment que j'ai croisé M. Desnouettes qu'ils avaient en dernière heure. C'est lui que tu veux voir ?

J'ai secoué la tête en remerciant. Avec un sourire, Mme Lo Pais s'est éloignée sur ses talons pressés.

Je me suis retrouvée seule dans le crépuscule glacé de novembre. De brefs fantômes jaillissaient de la bouche des passants pour s'évanouir aux lumières des réverbères de l'avenue.

— Tu attends ton chéri ? s'enquit Loulou Larriaga, libérée de son cours d'économie. Il n'est pas là ?

J'ai fait oui, puis non. On a échangé deux phrases ; à son tour elle est partie, emportée par l'automne, le froid et le vent. Fran parut à la porte, en compagnie de Marie-Cécile et de Malika.

— On va voir les bottes Jil Sander et DKNY, aux Ternes. Tu viens ?

Pour la troisième fois en cinq minutes, j'ai dit non. Elles se sont éloignées à leur tour. J'ai attendu encore, frissonnante. Il sortait de moins en moins de monde du lycée. Desnouettes fut le dernier à apparaître. Je l'avais eu comme prof une année et je l'aimais bien mais il était très intimidant. Je pris mon courage à deux mains pour l'aborder et lui demander si les élèves de son dernier cours étaient tous sortis.

— Depuis longtemps, dit-il. Tu cherches quelqu'un en particulier, Willa ?

Je faillis répéter que non, avant de me raviser.

— Iago Hilbert, admis-je.

— Il est sorti dans les premiers. Il paraissait même fort pressé.

Je remerciai, le saluai et partis dans la direction opposée. Je réfléchis. Depuis que j'étais avec lui, Iago et moi on s'attendait après les cours et on faisait un bout du chemin ensemble. Quand ce n'était pas possible, on se prévenait.

Au feu rouge, trottoir d'en face, l'image d'une physionomie familière, sous un bonnet de laine rose, s'enregistra soudain sur ma rétine avec un bref décalage. Quelqu'un que je connaissais... là-bas. Qui guettait.

Ce fut rapide, car la jeune fille, ou jeune femme, s'éclipsa et disparut à l'angle dès que le feu passa au rouge. Elle ne souhaitait pas être vue... Qui était-ce ?

Je ne connaissais pas ce bonnet rose. Mais le visage dessous, oui, il me rappelait...

Qui ?

Une fois j'avais pris pour un artiste connu notre fromager rencontré dans la foule sortante d'une représentation de théâtre. Hors de sa fromagerie, il était insituable.

Si j'ôtais virtuellement le bonnet rose, c'est sûr, j'allais finir par identifier cette fausse inconnue.

*

Rudy Masquin roupille avec ses instruments de musique. Je le suppose du moins, car c'est là, sur les coussins crasseux du lit, qu'il les éparpille et que je les trouve, deux fois la semaine, quand je viens prendre mes leçons de saxo.

Peut-être dormait-il par terre, après tout ?

Il a ouvert, arborant ce qui semblait tenir du pyjama ou de l'uniforme de justiciable et des lunettes épaisses comme des semelles compensées. Ses cheveux blancs sont coiffés (j'ai dit coiffés ?) en brosse. Mais le plus étonnant est son appartement.

Aucune fenêtre. Toutes ont été barricadées par des étagères de livres. Le repère, c'est le *vrouc vrouc* des pigeons, parfois, derrière les bouquins. Dans l'entrée, était disposé sur une longue table basse un jeu de guerre napoléonienne. On y voit des bataillons de soldats, des canons, des arbres, des collines en carton. Rudy Masquin en a créé les règles. Mais personne n'a jamais voulu le lui acheter, son jeu. Vingt ans de poussière figent les soldats et les arbres dans une espèce de farine grise, comme des pâtisseries périmées.

— Tu es en retard, m'accueillit-il avec ce drôle de sourire défoncé par des décennies de trombone et de saxophone. Tu es Giulietta, toi, hein ?

C'est sa blague favorite depuis presque huit ans qu'il me fait bosser, feindre de se tromper d'élève. Selon mon humeur, je marche ou non. Aujourd'hui ce sera non.

— Giulietta, c'est ma cousine, dis-je sèchement. Moi c'est Wilhelmina et je joue beaucoup mieux qu'elle.

Son ongle dur et strié, à classer dans la famille des coquilles d'huître, m'indiqua la salle insonorisée où se déroulent nos leçons.

Je voulus attaquer avec *I've got my love to keep me warm* d'Irving Berlin, c'était de saison. Et surtout je l'avais super bien préparé comme il l'avait ordonné à la séance précédente. Le vieux filou m'a arrêtée.

— Ttt. Ttt.

Il se pencha vers moi, m'inondant de son haleine de vodka, de somnifères mal digérés et de foie de volailles du petit déjeuner. Oui, chaque matin à 7 h 30, Rudy Masquin petit-déjeune des restes de son dîner de la veille. Quel qu'il soit. Le pire sont les sardines grillées.

— On va travailler *Laura* aujourd'hui.

Il a attrapé son saxo et il a joué.

Bien sûr ce fut absolument grandiose. Rudy Masquin a une haleine de chien, un sourire à faire peur et des blagues à la con, mais il joue du saxo comme un ange des cieux. Il vous arrache des sanglots ou un rire rien qu'en respirant dans son instrument. Il a accompagné les grands, les mythiques. Par exemple Duke Ellington dans ce fameux concert à l'église Saint-Sulpice.

Laura is a face in the misty light... De la magie pure.

Rudy Masquin est le genre de type auquel je ne jetterais pas un regard (ou alors réprobateur) si je le croisais dans la rue. Mais je remercie Catherine et Thomas, mes géniteurs, de lui avoir confié mon avenir musical.

Laura is a face in...

Tout le jazz a joué *Laura.* C'est une rengaine. Mais pas avec Masquin ; avec lui tout redevient découverte. C'est un professeur magnifique. J'ai entamé ma reprise quand soudain, Flannagan a dérapé sous mes doigts.

— Ho, quoi, Giulietta ? On prend un bémol pour une fadaise ?

Une autre de ses blagues à la con. Je n'ai pas relevé. Car soudain, le visage dans la *misty light* n'était absolument plus celui de *Laura*... mais celui de la jeune employée du HOPH.

D'autres images ont défilé aussitôt. *Un plateau avec le champagne dans l'appartement.* Et aussi *un plateau avec ces amours de bouchées* qui avaient tant charmé Loulou à la fête.

Il y avait un dénominateur commun à tout cela.

Sous le bonnet de laine rose, en face du lycée tout à l'heure c'était... Rosemonde !

J'ai reposé brutalement mon saxophone.

— C'est l'heure, dis-je, après une pause où je sentis mon cœur taper comme un fou sur mes côtes.

La notion de temps est totalement étrangère à Masquin. Une leçon peut durer l'après-midi ou trente minutes, il ne voit pas la différence.

— Tu travailles mon Irving Berlin pour la prochaine fois, hein ? dit-il avec ce sourire qui se levait sur ses dents comme un rideau de théâtre sur les squelettes de Shakespeare.

D'ordinaire j'aurais riposté. Qu'il me l'avait déjà donné à étudier la fois d'avant. Que docilement j'avais obéi. Que perfidement il l'avait ignoré aujourd'hui.

J'étais trop bouleversée. Mes mains tremblaient en rangeant Flannagan dans la boîte.

— Bonsoir, Rudy, dis-je simplement. À jeudi.

— *Arrivederla,* Giulietta.

Je suis partie. Le vent soufflait fort, encombré de feuilles qu'il entassait dans le caniveau et les coins de murs, en forme de gros chats roux. J'ai donné un coup de pied dans une bogue de châtaigne. Elle n'est pas allée bien loin.

J'ai serré Flannagan contre moi, comme si je voulais l'écraser.

Qui Rosemonde attendait-elle devant le bahut ? Elle avait pris la fuite sitôt que je l'avais vue, ce n'était donc pas moi. Ni, à l'évidence, Fran qui m'avait précédée et qu'elle aurait rencontrée. Alors... Restait Iago. Pourquoi ? Était-ce pour l'éviter qu'il avait quitté le lycée si tôt ? Qu'était-elle pour lui ? Était-ce à cause d'elle qu'il s'était isolé à la fête de Fran ?

Je me suis arrêtée sous un réverbère parce que la vérité me coupa le souffle avec bien plus de violence que le vent qui se démenait sur le boulevard. Je me rappelais sa confusion, à l'appartement, en présence de Iago. Le bris d'assiette, à la fête, quand il m'avait enlacée au moment de l'allumage des bougies sur le gâteau. Était-ce Rosemonde qui, sous le coup de l'émotion ou du dépit, l'avait cassée ?

Qu'y avait-il entre cette fille qui travaillait au Hilbert Opera Palace Hotel et mon amoureux qui avait si bien fait semblant de si peu la connaître à la soirée d'anniversaire ?

*

Je suis rentrée à la maison avec une seule envie : être seule, me coucher sur le ventre et penser à Iago jusqu'au matin. Malheureusement, il y avait Catherine Ayre, ma mère.

On peut lui reprocher un tas de choses. Mais quand elle regarde les gens, elle les regarde vraiment. Hélas pour moi.

— Linguine aux palourdes ! annonça-t-elle quand elle entendit ma clef tomber dans le renne creux. Tu en dis quoi ?

Elle attendait un cri de joie. Je fus incapable de le lui donner.

— Super, dis-je, sinistre.

Elle a quitté la cuisine, crayon à l'oreille, spatule dans sa poche de tablier. Elle m'a scrutée par en dessous, un petit moment, bras croisés.

— Question à choix multiples, dit-elle. Tu coches les bonnes réponses. Tu as besoin : petit a) d'un câlin ? petit b) d'une engueulade maison ? petit c) d'argent de poche ? petit d) qu'on te fiche la paix ?

— Tout ça à la fois.

— Engueulade et argent de poche sont incompatibles. J'y perdrais ma crédibilité, dit-elle doucement.

Elle m'a ouvert les bras et je m'y suis jetée, le cœur trop lourd pour pleurer.

— Vous vous êtes disputés ? demanda-t-elle au bout d'un silence réconfortant.

Je n'avais pas envie d'en parler. Il fallait d'abord que je voie Iago, qu'il m'explique. (Cette fille... était-elle sa petite amie d'avant ? D'avant moi ?)

Ma mère est retournée en cuisine, en est revenue avec un saladier plein de vermicelles orange. Elle a planté une fourchette dedans, a goûté, s'est extasiée :

— Oh, Dieu... Il y a là les meilleures carottes que j'aie jamais râpées. J'ai prévu une soirée pasta-Simpson. Tu en dis quoi ?

J'ai esquissé un sourire. Il m'a semblé que ça la soulageait. Au milieu de la soirée, bien après les carottes et les linguines que je touchai à peine, et alors que Homer Simpson naufragé sur une île déserte léchouillait le dos de petites grenouilles roses car il leur trouvait le même goût qu'à sa bière préférée, ma mère s'est brusquement exclamée :

— J'oubliais. On a appelé pour toi. Une histoire de boogie-woogie, de petite sœur et de piano. Le type bafouillait un peu. Visiblement il ne s'attendait pas à tomber sur la *mother*. Un nom compliqué, j'ai pas osé lui demander d'épeler ni de répéter. Martin Eden... euh, Fishburn ? Genre.

J'ai adopté un visage neutre parce que Catherine Ayre n'a pas son pareil pour vous décortiquer un cil, un point noir, et en déduire *Guerre et Paix* et *Le Roi Lear* réunis.

Edern Fils-Alberne avait appelé. Ma mère dut décrypter sur mes cils et mes points noirs qu'il valait mieux rester discrète pour ce soir... Elle ne posa aucune question.

*

Le lendemain, Iago ne vint pas au lycée. Il avait une super grosse crève, cette grippe que tout le monde avait en ce moment nous apprit Fran. Le médecin était venu tôt l'ausculter.

Au cours de la journée, je tentai de le joindre sur son portable où j'alternais messages vocaux et textos. Sans réponse.

Le matin on avait DST de physique-chimie. En apprenant que Melville Sieber surveillait, Fran devint littéralement une planète hors d'atteinte. Je pouvais la questionner fébrilement sur son frère, je n'eus en retour que des phrases du type : « Alors ça, ma pauvre biche », ou « Qui peut savoir, hein ? », ou « Cesse de ruminer, va », tout en tortillant autour de son index une boucle de sa chevelure revenue à son blond originel, l'œil braqué sur l'objet de sa flamme.

Au DST je barbouillai tel un automate quatre pages sur la décomposition thermique de l'hydrogénocarbonate de sodium et le calcul de sa masse résiduelle. Je rendis mes feuilles avant tout le monde pour avoir le temps de m'isoler et rappeler Iago avant le déjeuner.

Mais après un nouvel appel dans le vide, je dus me contenter de laisser un énième message. Il en fut ainsi le reste de la journée.

La nuit arriva tôt car un brouillard épais sombrait sur Paris. J'interceptai Fran avant qu'elle ne quitte le bahut.

— Fran, écoute. Iago n'a pas répondu de la journée à mes coups de fil. Tu crois que je peux aller le voir ou bien… ?

À la même seconde, mon portable sonna. C'était Iago. Je souris à Fran tout en prenant fébrilement l'appel. Elle m'envoya un baiser du bout de l'index et s'éloigna.

— Iago ?! J'ai inondé ta boîte vocale de messages…

Sa voix était calme. Pas exactement fatiguée mais lointaine.

— Je sais. Je les ai écoutés. Je t'appelle là, parce que je me doute que tu voudras passer me voir. Mais ne viens pas aujourd'hui. S'il te plaît.

— Demain ?

— Je ne sais pas. Je te dirai. Promis. Pour l'instant, ne fais rien. J'ai besoin… de réfléchir.

De réfléchir… Il n'était donc pas simplement question de grippe. Mais de quelque chose d'autre.

De *quelqu'un* d'autre ?

J'ai ouvert la bouche pour demander : « Tu m'aimes, Iago ? Ou bien est-ce que tu es en train de me dire que notre histoire est finie ? » Mais ça sonnait vieille série doublée des années quatre-vingts.

J'ai simplement dit « d'accord » et j'ai raccroché. J'ai pris le premier bus qui passait.

Je me suis calée dans la banquette du fond. Il n'y avait pas trop de monde. Pour éviter de cogiter, j'ai écouté la conversation entre mes voisins... que je serais pourtant bien en peine de vous restituer. Un monsieur s'est penché soudain à mes pieds et s'est redressé en me tendant un papier blanc. Je faillis dire que ce n'était pas à moi.

Je m'en suis emparé cependant, car il me parut, après coup d'œil, pas si inconnu que ça.

Marni joue bien du piano. Tu joues super bien du saxo. Pourquoi ne pas former un duo ? Tu lui ferais tellement plaisir. Vraiment. Ce serait rémunéré bien sûr. Pour te convaincre totalement, j'ajoute qu'on a une chocolaterie, rue Lepic, à la réputation mondiale, qui vend des Jane Austen de toutes sortes, à tous les parfums. Appellation contrôlée. Ceux que je préfère sont à 83 % de cacao.

Edern Fils-Alberne
Fausse-Malice
Impasse du Docteur Praetorius, 75018 Paris.

Il était tombé de la poche où je l'avais fourré l'autre soir. J'ai vérifié par la vitre embuée : le bus dépassait une place Clichy noyée de brume clignotante pour amorcer la grimpée de la rue Caulaincourt.

J'ai enclenché le GPS sur mon iPhone, validé l'adresse et le code postal. Le plan fléché est apparu.

7

La maison dans l'ombre et la brume

En dépit du GPS (ou à cause) j'eus un mal fou à dénicher l'impasse du docteur Praetorius dans le dédale qui encercle les pentes du Sacré-Cœur. Et ce, malgré le zoom. Outre que je connaissais peu cette partie de Montmartre, le brouillard n'arrangeait rien. Je décidai de demander mon chemin à l'ancienne, c'est-à-dire au premier passant qui aurait l'air du quartier.

Ce ne fut pas si simple. Une dame avec des Ugg jaunes, qui fronçait les sourcils en marchant mais sourit lorsque je l'abordai, m'indiqua une direction sur la droite. Une autre, roulant un Caddie écossais, désigna une rue à gauche. Finalement la troisième, en balade hygiénique avec son scottish, m'expliqua qu'on tombait dessus à droite *et* à gauche.

— Comme à Venise, dit-elle en riant.

Je ris aussi, même si l'humour de la remarque ne me sautait pas aux yeux.

Je tombai sur l'entrée de l'impasse par hasard, croyant m'être égarée après avoir déambulé autour de la place du Tertre et des ruelles voisines.

…mpas… d… D… eur Praet…r… Voie privée. Accès interdit sauf aux riverains,

déchiffrai-je entre deux tentacules de brouillard. On eût dit qu'une armée de traders fumivores avait tenu réunion là puis vidé les lieux, ayant grillé trente cigares chacun.

J'avais dû passer plusieurs fois devant. Il s'agissait d'un maigre espace entre deux masses d'immeubles où un lampadaire solitaire éclairait la première portion. Au moment de m'y engouffrer j'eus une hésitation.

Elle n'était guère engageante, noyée dans toute cette brume et cette obscurité. Aucune porte cochère. Les pavés noirs, mats comme les vertèbres d'un animal préhistorique assoupi et à demi enterré, cahotaient avec les allures d'un Londres de Wilkie Collins. Un décor parfait pour Edern Long-legs. On ne distinguait rien au-delà de sept pas, sauf le bruissement d'une cascade, fort incongru pour une oreille parisienne.

D'accord. Je me faisais un film. Mais il y avait autre chose : je n'avais pas prévenu de mon arrivée ; et ça, ce n'était guère poli, regimbait la Catherine Ayre qui m'avait à l'œil en permanence dans un coin de mon esprit. En outre, si Edern Fils-Alberne ne se trouvait pas chez lui, pourquoi aller affronter cette purée de pois ?

J'ai appelé au numéro inscrit sur le papier. On a décroché à la cinquième sonnerie.

— Allô ! répondit sa voix hors d'haleine.

À l'arrière, les *bong bong bing* réguliers d'un marteau.

— Edern ? dis-je. C'est Willa. J'étais à la fête des Hilbert... tu me remets ? Je dérange ?

Silence (si l'on exceptait les *bong bong bing*). Puis :

— Salut ! Je, euh, t'avais appelée et, euh, j'ai eu une dame qui, euh, m'a... Non, tu ne me déranges pas.

— Ma mère.

— Comment ?

— La dame. C'était ma mère.

— Oui, bien sûr. C'est ce qu'elle m'a dit. Et, oh, euh, dis voir, c'est sympa de m'appeler. Est-ce que tu serais, euh, d'accord pour ce que je t'ai proposé ? La musique, tout ça ? Est-ce que tu penses que tu pourras commencer la semaine prochaine par exemple ? Ce n'est pas trop tôt ? Parce que sinon je...

Son débit était soudain monté à 25 images par seconde comme s'il avait préparé.

— Je suis ici, coupai-je. Enfin, je suis là.

— Ici ? Là ?.. Où ça ?

Je me sentis lasse et déprimée tout à coup. Celui qui me parlait en cet instant ressemblait davantage à un banal crétin qu'au fêlé grave mais drôle de la fête de Fran.

— Au début de l'impasse du Docteur Praetorius.

Autre silence martelé de *bong bong bing*...

— Je me trouve impasse du Docteur Praetorius, répétai-je (pas loin de tout laisser tomber et de m'en retourner). Je passe tout de suite si ça ne dérange personne. Indique-moi juste le numéro. Ce n'est pas écrit sur ton papier.

— Le numéro ? Oh. Il n'y en a pas. C'est la seule habitation. Tout au fond. Il y a un portail. Tu ne peux pas te tromper.

— OK. Si dans cinq minutes je ne suis pas arrivée à destination, c'est qu'une sorcière à nez crochu m'aura offert une pomme rouge.

J'ai éteint mon portable.

— … ou que Jack l'Éventreur aura croisé ma route, achevai-je.

Après une profonde inspiration, j'ai fendu la pieuvre de brume. Sur les pavés terreux, mes semelles se raclaient la gorge pour se donner du courage. L'impasse était un canyon entre des dos d'immeubles, sans porte ni accès, si étroit que personne n'aurait pu y avancer les poings sur les hanches (mais qui s'amuse à marcher les poings sur les hanches dans une impasse pleine de brouillard ?). Les uniques trouées étaient des vasistas de cuisines, des lucarnes de salles de bain ou de cages d'escaliers.

Le milieu de l'impasse bifurquait en coude. La météo n'était donc pas le seul élément qui bouchait ma perspective. Passé ce virage, la rue, laissée derrière, disparaissait ; passé ce virage on était infiniment seul entre de hautes murailles sombres.

L'envie me saisit de rebrousser chemin. Mais juste à ce moment une lanterne s'alluma dans le fond du passage, révélant un portail vert et rouillé entre deux pilastres de pierre. S'il y avait un bâtiment derrière, il était soigneusement caché par un écran d'arbres obscurs.

« *Fausse-Malice* », m'indiqua l'anémique lumière qui s'éteignit d'ailleurs sitôt que je poussai le portail.

Lequel s'ouvrit avec un craquement (et pas entièrement) sur un jardin. Des pierres, de la terre, des mousses freinaient. J'ai refermé par saccades, puis j'ai levé les yeux et la maison m'apparut.

Étrangement, il n'y avait presque pas de brouillard autour. On y sentait là un vent qui était absent dans l'impasse confinée. La cascade n'était que l'agitation des peupliers et des cyprès. Sur le côté de la maison, un gros arbre se tordait le cou pour surveiller la façade, appuyé sur son étai comme un vieillard pris de douleurs. Le reste était une jungle, tout en herbes sèches, feuilles et branches mortes. J'avais peine à me figurer que j'étais encore à Paris.

De même qu'on ne voyait ni le jardin ni la maison depuis l'impasse, cette dernière était dorénavant invisible.

La piste en friche qui avait dû être, un jour, une allée, était en partie plongée dans l'obscurité. Une bosse de taupinière a bien failli me précipiter dans une flaque de boue, mais les *bong bong bing* se précisaient. Des points de lumière éclairaient médiocrement la façade à travers un masque de lierre, tels des yeux mal réveillés dans une figure. Fausse-Malice était un hôtel particulier. Mais la beauté de ses balustres, de ses mascarons, de son fronton, de sa tourelle, avait connu des jours meilleurs.

En haut d'un perron à colonnes recouvertes de lichen, j'ai cherché une sonnette à la lueur bleue de mon portable, sans la trouver. Mais sur la porte une tête de renard me fixait, un léger sourire au coin de son museau en bronze. Je l'ai soulevée. Un carillon a résonné au loin. Les *bong bong bing* ont cessé.

Une jeune femme blonde, aux belles épaules droites et musclées, en jeans et jacquard roulé aux manches, un marteau à cheval sur sa clavicule, a ouvert à la volée. Elle m'a tendu une main fine et ferme :

— Si vous me donnez une pièce de cinq centimes là tout de suite, vous serez doublement bienvenue.

J'ai cherché dans mes poches.

— J'ai dix centimes, commençai-je.

— Non. Cinq. Impératif.

— On entre ici avec péage ? m'étonnai-je tout en poursuivant la fouille de mon manteau. Ah. Voilà. Cinq centimes.

Elle s'en empara prestement et repartit dans la maison, laissant la porte ouverte.

— Entrez ! Entrez ! invita sa voix depuis les entrailles de la maison. Seule la pièce de cinq centimes a le bon diamètre pour stopper un tuyau de 12 !

Après quoi, les *bong bong bing* ont repris. Je suis entrée dans un grand hall désert et sombre. Je me suis dirigée vers la seule double porte qui était ouverte. Mon pied heurta durement un obstacle au pied du mur et je me suis rattrapé *in extremis* à une console. D'après ce que je pus déduire de la pénombre, il s'agissait d'un lourd bloc en pierre ou en métal tout hérissé de rondelles. Je l'ai contourné et suis entrée dans un salon éclairé.

Haut et vaste, lui aussi avait connu des jours meilleurs. Meubles, abat-jour, parquet, tapisserie, cheminée, tout était... Non, tout *avait été* beau. Le gris et le jaunâtre du temps avaient passé sur tout comme une éponge sale : sur les coquelicots du papier peint, les citrons de la nature morte, les pivoines des rideaux.

Un chat orange, suivis de trois autres, vinrent s'enquérir de qui j'étais.

Un personnage survint alors, un homme sans âge mais quand même d'un certain âge, en veste ardoise et pantalon à bretelles, portant un seau en plastique rose et une serpillière.

— Asseyez-vous, je vous prie, Mademoiselle, dit-il. M. Edern va descendre dans un instant.

Il disparut dans un couloir. L'avais-je vu brièvement s'incliner comme dans un de ces films en noir et blanc ? J'ai cligné des paupières. Je rêvais. Sûrement.

J'attendis dans un canapé dont le cuir trop doux de l'usure était un témoin supplémentaire de la splendeur évanouie. Les chats orange m'entourèrent avec sollicitude. J'alternai mes caresses à l'un, à l'autre, quelques minutes durant.

— Bonjour, fit-on derrière moi. C'est avec toi que je vais faire le duo musical ?

Une petite fille de neuf ou dix ans, debout, souriait. Je lui reconnus les yeux noirs d'Edern en plus flous, les mêmes cheveux en plus disciplinés, le même sourire sans la dérision.

— Je ne sais pas, répondis-je. On ne m'a pas encore engagée.

Elle vint délicatement s'asseoir à côté de moi et fixa la cheminée en pierre.

— Moi, c'est Marni. Tu as apporté ton saxophone ?

— Non. Ma visite ce soir n'était pas prévue, en fait. Tu aimes le boogie-woogie, il paraît ?

— J'adore. Je le *chabadabada* grave même. Schubert aussi. Mais le boogie-woogie, ça me *joyeuse*. Je ne *joyeuse* pas tellement sinon. Avec maman... on jouait souvent ensemble. On s'était donné comme nom *Ze*

Esther Williams Duetto. Esther Williams, la nageuse des comédies musicales. Tu connais ?

— Il me semble avoir entendu ce nom. J'ai une mère qui *chabadabada* énormément les vieux films où ça danse.

— Si vous voulez du thé, cria dans le couloir la voix de la jeune femme qui m'avait ouvert, il faut attendre que la fuite soit réparée ! J'ai coupé l'eau.

— Vassoula Amphithéatrikis a été enlevée, continua la petite sans s'émouvoir. C'était ma prof de musique de la rue du Bateau-Lavoir. Avec Philibert de Boëzon, ils ont *poudredescampetté* au Costa Rica il y a un mois.

Un des chats vint se blottir en rond sur ses cuisses. Marni agita les doigts vers les trois autres. Quelque chose m'a étonnée, un détail court, incongru, et qui prit la fuite immédiatement sans que je puisse le nommer ni le retenir.

— Tu connais Philibert de Boëzon ? reprit-elle.

— Pas du tout. Qui est-ce ?

— Il est beau. D'ailleurs quand on parle de lui, on ne dit jamais Philibert de Boëzon mais toujours « le beau Philibert de Boëzon ». Mme Pécoud de la supérette dit que c'est du gâchis quand on décroche un diplôme de chirurgie dentaire, qu'on a un baron parmi ses ancêtres, et qu'on se classe troisième au tournoi régional de tennis de Lannemezan d'aller *mariagedamourer* avec une Chypriote au nom bizarre, et que ses parents, elle veut dire les parents du beau Philibert, n'ont plus qu'à aller se pendre. Moi, je pense comme Edern, qu'en réalité Mme Pécoud meure d'envie de *lunedemieler*.

J'ai éclaté de rire.

— Je m'appelle Willa Ayre, dis-je. J'ai *diminutivé* Wilhelmina. Marni, c'est aussi un diminutif ?

— Oui. De Marie-Ninon.

Tout au long de son bavardage, elle n'avait cessé de contempler la cheminée en pierre. Je l'avais interrompue afin de l'obliger à se tourner vers moi. En vain.

— Lui, c'est O'Connor, dit-elle avec une caresse de présentation à chacun. Celui-ci, O'Brien. Celui-là, O'Henry, et le tout léger, O'Poulos.

— O'Poulos ?

— Edern a dit qu'il ne faut pas avoir l'air de privilégier l'Irlande. Alors il a saupoudré un peu de Grèce. On a aussi des lapins. Qui restent sur le balcon sinon ils *miam-miamment* les bouquins...

En passant, ça ne *bong-bong-binguait* plus depuis un bout de temps à côté. Brusquement une cavalcade a retenti dans les escaliers... Edern apparut.

— Désolé, dit-il. J'étais avec Bob et Bill. Je me suis occupé du pied de l'un, du bras de l'autre.

Il portait un col roulé trop large, un pantalon côtelé, noirs tous les deux. Si on le comparait à quelqu'un comme, au hasard, Iago Hilbert, Edern Fils-Alberne n'était absolument pas à la mode. Il y a dix ans même, il ne l'aurait pas été. Cependant, pour être franche, je trouvais sympathique et lucide que ce soit le cadet de ses soucis.

— Tu as proposé à boire ? demanda-t-il à sa sœur.

— Je n'ai pas soif, dis-je pour ne pas embarrasser la petite.

— Isebelle répare le tuyau du couloir. Il n'y a pas d'eau.

— J'ai fini ! clama l'intéressée, quelque part, à un étage supérieur. Je me douche en vitesse, tu t'occupes du thé, Edern ?

Une dame un peu maussade entra en pantoufles chinoises, s'essuyant les mains sur son tablier pied-de-poule :

— J'ai mis l'eau à bouillir. Je prépare combien de thés ?

— Remplis la théière, Seconde, dit Edern. Je ferai le service.

— Pour que tu casses encore mes tasses ? ronchonna-t-elle. Sûrement pas. Dimanche c'était moins une. Tu voudras du cake, ma poulette ? ajouta-t-elle, s'adressant à Marni qui répondit oui merci, toujours absorbée par les chats.

La petite se pencha vers moi quand Seconde eut fait demi-tour côté cuisine.

— Seconde *moinsune* souvent, confia-t-elle. Avec moi, elle *mapoulette* aussi pas mal.

— Seconde, c'est quatre en un, dit Edern. Nounou. Cuisinière. Gouvernante.

— Tu as dit quatre.

— Et Mme Doubtfire.

— Seconde... Quel drôle de nom ! notai-je.

Il me coula un regard égayé :

— C'est vrai, dis donc. Imagine qu'elle se soit appelée Wilhelmina ?

S'il connaissait mon prénom entier... c'est qu'il avait demandé.

— Elle est mariée avec elle, indiqua Marni.

— Pardon ?

— Seconde et elle sont mari et femme ! insista la petite avec une pointe d'impatience.

— Marni veut dire « El ». Seconde a épousé Eleuthère, tu as dû l'apercevoir, c'est lui qui t'a fait entrer. Papa avait raccourci Eleuthère en « El ». Bien avant notre naissance à tous. El et Seconde sont entrés dans la famille quand Bonaparte était Premier Consul.

— On est trois, expliqua Marni. Moi, Edern, et Roch qui est grand. Roch travaille. Il est fiancé avec Isebelle.

Le thé fut bientôt prêt. Seconde posa la théière sur la table basse qu'Edern avait rapprochée du canapé. Elle disposa un plateau d'argent où l'on avait aligné les tranches de cake dans la position des dominos après la pichenette fatidique.

— Et Bob et Bill ? questionnai-je lorsqu'elle fut repartie. Ceux qui ont mal aux pieds et aux bras ? Ce sont les lapins ?

Marni tomba à la renverse dans le canapé et gloussa dans les coussins. Son frère afficha le demi-sourire détaché que je commençais à connaître. L'un des chats, O'Connor (ou O'Brien… ?) me coula un regard à la fois amusé et apitoyé. J'allais demander ce que j'avais proféré de si drôle… quand Seconde revint avec le sucre, suivie presqu'aussitôt d'Isebelle.

— Qui en veut ? fit cette dernière en s'inclinant pour me proposer le plateau du cake.

Elle sentait le gel douche parfumé à la verveine.

— O’Henry ! indiqua Marni. Et moi aussi.

Elle avança des doigts gourmands vers le cake. Son frère lui fourra vivement une tranche dans la main. J’eus la même et fugace impression que tout à l’heure. Celle de surprendre un élément biscornu sans être capable de le définir ou le nommer.

— C’est d’accord pour le boogie-woogie alors ? s’enquit Isebelle avec un sourire amical. D’accord pour faire de la musique avec Marni, Willa ?

Elle disciplina sur sa joue une de ses boucles qui rebiquait. Son serre-tête noir la dotait d’un petit air raisonnable qu’accentuaient ses belles épaules bien droites. Je lui donnais vingt-six ans.

— Eh bien...

— Le prix n’est pas un problème, dit Edern précipitamment.

Six heures sonnèrent quelque part dans la maison. Ma tasse était vide. Catherine Ayre était probablement déjà rentrée. Je me suis levée.

— Demande cher ! me conseilla Marni. Profites-en pour *horsdeprixer* !

— Hum, dis-je.

Marni se redressa. Dans sa hâte, elle renversa le sucrier.

— J'ai renversé quoi ? demanda-t-elle en promenant le bout de ses doigts sur la table basse. Le sucre ? C'était le bruit du sucre, hein ?

Voilà. J'ai enfin posé un nom sur l'élément biscornu qui me taraudait depuis que cette gamine avait pénétré dans cette pièce. Marni fixant la cheminée. Fixant un chat. Fixant mes genoux… Pas une fois ses yeux n'avaient trouvé les miens. Parce que ça lui était impossible. Marni était aveugle.

J'ai attrapé mon manteau. Je me suis demandé si quelqu'un avait deviné ma méprise, ma bêtise. J'ai baissé le front et fait semblant d'avoir du mal à me boutonner. Quand je me suis redressée, j'ai senti qu'Edern avait deviné. Il a eu son sourire détaché, mais je ne crois pas qu'il m'en voulait.

— On se revoit bientôt alors ? demanda Isebelle en rassemblant les tasses et les cuillers.

— Oui…, répondis-je. À bientôt.

— Je te raccompagne au bout de l'impasse, dit Edern.

Il a enfilé un autre pull flottant, les bras d'abord, la tête après, et m'a précédée dans le hall. On y voyait toujours aussi mal et j'ai oublié le bloc à rondelles posé au pied du mur. Pan. Je me suis planté le pied dedans pour la deuxième fois. J'ai murmuré aïe.

— Désolé, soupira Edern. Le lustre n'a qu'une lampe. Il faudrait réparer ça... Ça et tellement d'autres choses, ici !

— C'est quoi ce truc par terre qui a décidé de me bousiller le gros orteil et la vie ?

— Jean-Marie.

— Jean-Marie. D'accord. Magnifique pour un bloc informe.

— Il y a longtemps, un plasticien l'a offert à ma mère. On n'a jamais su ce que ça représentait. Alors on l'a posé là. On l'a appelé Jean-Marie, et chaque fois qu'on passe on lui dit : « Bonjour Jean-Marie ! » Tu ne l'as pas fait, il se venge.

— Salut, Jean-Marie, chuchotai-je.

— Dans cette maison, tout pousse, tout grandit. Les animaux. Les tuyaux. Les fuites. La poussière. Les mauvaises herbes. Les coquelicots du papier peint. Les poireaux dans le tableau. Tu as remarqué que les coussins avaient davantage de rayures après le thé qu'avant ?

J'ai souri. Nous parvenions au milieu du jardin. Edern s'était muni d'une lampe de poche à leds qui jetait la clarté sinistre des lampes à leds. Le portail s'est ouvert avec le même craquement. Et le brouillard est entré comme un rouleau de surf. On aurait dit qu'il attendait derrière.

Edern m'a escortée jusqu'au début de l'impasse, sous la plaque :

...mpas... d... D...eur Præt...r... Voie privée. Accès interdit sauf aux riverains.

J'ai dit :

— Salut. Dis à Marni que je *chabadabada* grave à l'idée de faire de la musique avec elle.

— Je lui dirai. Salut.

J'étais au centre de la purée de pois lorsqu'il a appelé :

— Willa ?

J'ai pivoté. Le faisceau du lampadaire unique était un phare extraterrestre qui allait aspirer sa silhouette noire dans un vaisseau spatial ou bien la disperser en particules de brouillard. Dans une seconde, Edern Fils-Alberne pouvait disparaître.

— Oui ?

— Tout le monde te *chabadabada* à la maison, dit-il. À mort.

8

Pourquoi toujours celui qu'il ne faut pas ?

Paris revêtit ses premiers habits de Noël. Les arbres des boulevards s'illuminèrent d'un faux printemps électrique, un printemps d'artifice qui affichait trois frisquets degrés le matin.

Iago appela pour m'annoncer que le médecin lui avait prescrit une semaine de convalescence, qu'il partait la passer dans la propriété familiale en Normandie. Je lui suggérai de nous parler, de nous voir via la webcam. Il déclina. Lors de conversations décevantes, il me répétait :

— J'ai une tronche de malade. Je ne veux voir personne.

— Je ne suis pas « personne ». Je suis Willa.

Cette semaine-là une visite au Conservatoire national des Arts et Métiers était programmée pour les Premières S à l'initiative des profs de sciences et de physique. Fran ne tenait plus en place : Melville Sieber nous accompagnait ! Quant à moi, je songeais simplement que Iago ne serait pas là.

Le matin, Fran débarqua au lycée en retard, leggings en peau de serpent crème, cache-cœur cachemire myosotis, sa chevelure dorée en queue-de-poney savamment bordélique, hâlée à l'autobronzant Tayakimido. Elle était somptueuse. Tout Saint-Lycomède lui tournait autour. Sauf le seul qu'elle désirait.

Je la pris à part :

— Iago va mieux ?

— Ronchon, soupira-t-elle. C'est bon signe. Mais à l'hôtel, le personnel en a marre. Il va probablement se tirer dans la maison de Deauville. Peut-être qu'il sera content que tu lui rendes une petite visite avant.

Mon cœur s'autorisa une pirouette de joie (modeste toutefois, et silencieuse). Fran vérifia autour qu'on ne l'écoutait pas et chuchota :

— Cet aprèm, au musée, s'il se passe quelque chose... Tu t'arranges pour que je ne me retrouve pas aux urgences, OK ? Tu es la seule à savoir. Alors je compte sur toi, hein ? Je ne veux pas qu'on m'emmène aux urgences.

— Hein ? m'alarmai-je. Les urgences ? La seule à savoir quoi ? Tu vas faire quoi ?

— Je ne sais pas encore. J'aviserai selon la géographie du lieu.

En chemin, Fran fit la tête, murée dans un silence hautain parce que M. Sieber paraissait fasciné par la conversation d'Émilienne Valton, la prof de japonais qui encadrait la sortie avec lui. Fran avait remisé Valton à la case « laideron ». Je lui trouvais pour ma part un sourire merveilleux de mélancolie.

Au bas du grand escalier d'honneur du CNAM, tout le groupe leva le nez vers l'aéroplane chauve-souris de Clément Ader.

— Le mot « avion », c'est lui qui l'a inventé, expliqua M. Sieber.

— J'espère qu'il a déposé le copyright ! commenta Marie-Cécile.

Et comme cela faisait sourire Melville Sieber, Fran décocha un regard de panthère à Marie-Cé. Laquelle riposta par un petit bruit railleur du coin de la bouche.

La suite de la visite déclencha chez Fran des associations d'idées pitoyablement neuneu : le pendule de Foucault (*mon cœur qui bat*), la pile de Volta (*je me sens tout électrisée*), le Cyclotron (*le vide réel c'est quand il n'y a pas l'amour*), l'astrolabe d'Arsenius (*le soleil dans mon zodiaque, c'est qui vous savez*), et tutti quanti. Lourde, pénible, insupportable, voilà ce qu'elle était. D'autant que je me sentais obligée de l'avoir à l'œil après sa confidence. Si on pouvait appeler ça une confidence.

Je crois que c'est Lavoisier. Lavoisier fit exploser sa mauvaise humeur et sa jalousie. Il faut dire que Melville Sieber était transporté par l'enthousiasme. Devant les gazomètres de 1785, il expliquait, vibrato dans la voix, que Lavoisier était à l'origine de la révolution chimique du siècle des Lumières.

— Il était météorologiste, physiologiste ! Géologue ! Chimiste ! Sa curiosité a fait de lui le fondateur de la chimie moderne, conclut-il.

Valton elle-même en perdit son japonais. Nous étions tous agglutinés autour des gazomètres (et de M. Sieber) lorsque je m'aperçus que Fran n'était plus avec nous. Je quittai discrètement le groupe pour chercher dans les salles voisines. Fran n'y était pas. Je repartis en sens inverse. Je crus voir, en haut d'une rampe métallique une tache myosotis. Je la suivis en hâte en prenant garde de ne pas courir.

Je me suis retrouvée dans une galerie où des instruments acoustiques étaient en exposition derrière des vitrines. Il n'y avait qu'un seul visiteur, penché sur un Vitaphone. La tache de couleur que j'avais attribuée à Fran était son écharpe bleue. J'ai rebroussé chemin. Où était-elle passée, cette idiote ? À l'extrémité de la salle, une autre issue. Une passerelle de métal descendait en pente jusqu'au rez-de-chaussée. Je me suis penchée par-dessus la rampe en verre, j'ai scruté en plongée les groupes de visiteurs sur l'échiquier des dalles. Vues d'en haut, leurs têtes roulaient comme des fruits. Où était passée Fran ?

Un coup d'une violence inouïe me projeta par-dessus la rampe. J'ai pensé qu'un arbre me tombait dessus. Qu'un camion me renversait. Mon corps s'est tordu si fort que j'ai cessé de respirer. Ma hanche a frappé une surface dure. Je me suis raccrochée à la rampe, désespérément raccrochée. Mes mains ont glissé sur le métal lisse. Entre mes pieds et le sol, le vide avait une distance vertigineuse. Mortelle.

Le plus incroyable est que je n'ai pas crié. Mes doigts ont agrippé le garde-fou en verre. Et j'ai compris, enfin compris que j'étais suspendue. À travers la paroi transparente, j'ai vu le visiteur à l'écharpe bleu disparaître en courant de la galerie où je l'avais laissé deux minutes plus tôt.

Je pendais dans le vide, agrippée à une paroi mince qui me sciait les phalanges. Les larmes ont jailli de mes yeux. Mes doigts devenaient le verre auquel ils se retenaient. Ils allaient casser. Me lâcher. J'ai hurlé quelque chose qui voulait dire que j'allais mourir, tout lâcher, mais c'est un abominable petit gargouillis qui est sorti à la place.

Après un temps interminable, interminablement interminable, à l'instant où je n'arrivais plus à respirer, où le verre de mes doigts se changeait en huile qui glissait, glissait pour me projeter sur les dalles où mon corps allait exploser, ma jambe a eu une vie propre. Mon genou s'est plié. Ma chaussure a trouvé appui dans un espace entre la rampe et le verre. Mon autre pied a rejoint l'autre. Mon poids s'est déplacé de mes mains à mes talons. Et je me suis hissée.

J'ai basculé, toute molle, de l'autre côté de la rampe, et j'ai roulé, toute molle, vers le mur. Là, je me suis effondrée en sanglots de silence.

Je suis restée quelques minutes. Je serrais les paupières, douloureusement. Je n'avais pas basculé par accident. Mon dos sentait encore, avec l'exactitude d'une empreinte, l'endroit où l'on m'avait poussée. La silhouette à l'écharpe bleue... était-ce un homme ? Une femme ?

On avait voulu que je meure. Pourquoi ? Qui ?

— Qu'est-ce que tu fabriques par terre ? Ça va ?

Fran se tenait sur le seuil de la galerie aux instruments acoustiques. J'ai essuyé mes larmes d'un revers de poignet.

— Tu pleures ?

— J'ai failli passer par-dessus cette rambarde. Tu la vois ?

Fran ne téléchargea qu'un faible pourcentage de mon information, trop absorbée par ses projets mystérieux. Fran, telle qu'en elle-même, quoi.

— Ah bon ? dit-elle. Fais gaffe, quand même, c'est haut. Tiens, tu me donnes une idée. Mais pas ici, il n'y a personne. C'est une zone interdite pour travaux. Or, il me faut des spectateurs...

— Interdite pour travaux?

Elle désigna un écriteau qui se balançait à une chaînette qui condamnait la galerie. Il y avait la même à l'autre extrémité. Or, je n'aurais pas pu entrer dans la galerie si les deux chaînettes s'étaient trouvées là où elles se trouvaient maintenant. On les avait retirées pour moi. Afin de m'isoler. *Pour me tuer en toute tranquillité.*

Ma tête a tourné. J'ai mis quelques secondes avant de pouvoir respirer. Fran m'a dévisagée avec inquiétude.

— Tu es sûre que ça va ?

— Est-ce que tu as vu quelqu'un ici ? Quelqu'un avec une écharpe bleue ? ai-je demandé à voix basse.

Sa bouche émit un petit pet d'ignorance.

— En hiver, ce ne sont pas les écharpes qui manquent. On descend ?

On a retrouvé la classe dans la salle des communications. Les élèves et la prof de japonais écoutaient toujours M. Sieber.

— Tu étais où ? me chuchota Loulou.

— Pipi, éludai-je. Vous avez fait quoi ?

— On a résolu le problème du réchauffement climatique en six minutes. Là, on nous explique le triangle de Bermudes et on va remettre la main sur l'Atlantide.

Un bris de verre éclata sous la voûte à caissons, suivi d'un gémissement de douleur. Tout le monde se tourna. Mais j'avais deviné. Un socle en albâtre qui exposait un poste à galène était renversé... La cheville de Fran était coincée dessous.

Les profs, un gardien, les autres élèves, moi, et toute la planète s'est précipitée. Fran, sur le plancher agrippait son mollet droit en se balançant de douleur. La mâtine. Elle simulait super bien. Si elle ne m'avait pas briefée auparavant, j'y aurais cru.

Melville Sieber s'est agenouillé pour la relever. Elle a gémi en se retenant au cou de notre cher professeur. Il l'a portée dans ses bras jusqu'au café du musée. *À toutes vapeurs* était le nom du lieu.

Être emportée entre les bras de Melville Sieber ! Ma Fran pouvait-elle rêver mieux ? Quelques garçons de la classe ont ululé façon loup de Tex Avery. Une fille a marmonné:

— Fran avalerait une armoire pour que Melville Sieber lui spéléologue l'estomac et...

Je n'ai pas entendu la suite car Émilienne Valton a sonné le rassemblement. Les élèves ont suivi. Marie-Cécile, Loulou et moi – statut meilleures copines – sommes restées.

— On a appelé l'ambulance, prévint le gardien.

Comme convenu, et en loyale camarade, je me suis interposée :

— Non. Non. Ce n'est pas si grave, on va la ramener. On l'attend chez elle. Pas vrai, Fran ?

Elle gémit, le cache-cœur myosotis plié en deux par la souffrance, le visage chiffonné. Très Kate Winslet pour la tonalité Shakespeare, très Reese Witherspoon pour la blondeur tête à claques. Elle m'épatait.

— Pas question, répliqua M. Sieber. Il faut lui faire une radio, des examens. Je l'accompagne aux urgences.

Catastrophée, j'ai osé chercher le regard de Fran.

— Désolée, lui chuchotai-je. Qu'est-ce qu'on fait ?

Bon sang ! Elle était grandiose. Où s'était-elle déniché ce magnifique teint livide ? Avait-elle mis une crème ? Et cette fine sueur sur son front ? Elle avait dû profiter d'un moment d'inattention pour s'envoyer une lichée de son brumisateur de poche. J'ai murmuré à son oreille :

— Trop forte, ma pote. On jurerait que tu vas tomber dans les pommes.

— Je vais tomber dans les pommes ! éclata-t-elle. J'ai mal... C'est atroce.

Elle leva le bleu chaviré de ses yeux :

— Je me suis fait *vraiment* mal, Willa !

— J'aimerais qu'une ou deux de vos amies nous accompagnent à l'hôpital, Francesca, dit Melville Sieber.

Il s'est tourné vers moi ; je me suis tournée vers Loulou et Marie-Cé :

— Vous venez avec nous aux urgences ?

— Que voilà une perspective émoustillante ! soupira Marie-Cé.

*

Je suis rentrée – il faisait nuit – épuisée par quatre heures d'hôpital et une tentative de meurtre sur ma personne. Mais j'avais presque oublié cette dernière après les urgences de l'Hôtel-Dieu.

Je trouvai ma mère en train d'expliquer au livreur de Télémarket qu'il ne fallait pas poser les cartons du frais par terre dans l'entrée vu que les tuyaux du chauffage passaient sous le parquet, que par conséquent les produits frais perdraient leur frais.

Le garçon s'en fichait comme de l'an onze. Tout ce qu'il voulait c'était qu'elle signe le bordereau pendant qu'il descendait chercher le reste des cartons.

Ma mère ouvrit un sachet de macarons, en croqua un.

— Bon. Je débarrasse ces cartons ! ai-je décrété.

— C'est vrai ? Tu sais faire ça ? s'exclama-t-elle surjouant l'émerveillement.

— Les jours en i uniquement, dis-je.

— Mmmm. Ce macaron couleur moutarde est très bon. S'il te prend l'envie d'un macaron moutarde...

— Tu as commandé, j'espère, la crème de cerise tellement divine qu'on se baignerait dedans ?

— Et comment. Ainsi que ce frisbee déguisé en kouign-amann surgelé.

Devisant, nous avions empilé les cartons dans la cuisine. L'ascenseur revint avec sa cargaison dans l'estomac, et le livreur. Ma mère donna un généreux pourboire qui fit hoqueter le garçon. Du Catherine Ayre tout craché. Elle râle, grommelle, ronchonne, persifle, mais.

— Tu m'aides à ranger pour commencer ? fit-elle. Ensuite, tu pourras t'occuper de pacifier le Moyen-Orient et clôturer tes recherches sur la sclérose en plaques. Dis donc, toi, tu nous fais la tête ou bien... ?

— Je viens de passer quatre heures aux urgences.

Tout en déballant et rangeant, j'ai raconté la visite au CNAM, la chute volontaire de Fran. J'ai omis que j'avais failli me fracasser le crâne en jouant malgré moi les filles de l'air. Ma mère serait allée hurler, faire un esclandre auprès du musée et du proviseur de Saint-Lycomède à propos de la surveillance déficiente.

J'avais envie de tout sauf ça.

— Quatre heures d'urgences, ce n'est rien. Quand ton père s'est fendu la fesse droite en s'asseyant sur le bocal de mirabelles qu'il venait de casser... On y a passé la nuit.

— Je me souviens. J'ai beaucoup regretté le bocal... Cet été-là, la mirabelle était particulièrement succulente. Sieber nous a accompagnées. Le prof de chimie. Il y avait aussi Marie-Cé et Loulou pour soutenir Fran.

— À propos, elles vont comment tes copines friquées ?

— Elles sont friquées. C'est toi qui m'as inscrite dans cette boîte à bac, je te rappelle. Donc, je disais que nous étions avec...

— OK, fit ma mère en reniflant tel un chien de chasse le filet de clémentines pour y débusquer le fruit pourri. M. Sieber, n'est-ce pas lui à qui j'ai fait remarquer, lors de je ne sais quelle réunion de parents, qu'il avait oublié d'ôter son tensiomètre et qui m'a rétorqué qu'il s'agissait de sa Rolex ?

— Ça, c'était M. Verecchia, un parent. Je te parle de Melville Sieber, notre prof. ZE Sieber. Qui sent bon le sable chaud. Et porte toujours du gris... du même gris que ses yeux.

— Hou. Je vois très bien. Ta copine Fran en pinçait pour lui, sauf erreur.

— Elle pince toujours. Mais lui, il aime un Jim. Mais ça n'a pas empêché Fran de se luxer la cheville pour lui.

— Pour un Jim ?

— Pour Melville Sieber, ai-je soupiré un peu lasse. Maman, si tu m'interromps tout le t...

— Aucun homme ne mérite qu'on se luxe une cheville pour lui.

— Ne change pas de sujet. D'ailleurs, M. Sieber est parti au bout d'une heure. Il avait cours.

— Quoi ? Il vous a laissées seules à l'hôpital ?

— En cas de problème, tu connais un meilleur endroit ?

— Non, admit ma mère. Mais quand même, un prof, il aurait dû rester.

— Fran le draguait si ouvertement ! C'en était gênant. On a compris qu'il ait envie de se carapater.

— Je ne sais pas toi, mais moi j'ai fini de ranger, notifia ma mère.

— Tu triches. Je m'évertue à te distraire en te racontant mes aventures palpitantes et pendant ce temps-là tu...

— D'accord. Je t'aide à ranger.

— Hé ! Au départ, c'est TOI qui te fais aider par moi !

— Ton père m'a enseigné la mauvaise foi.

— Je peux t'étrangler ?

— Pas avant d'avoir dégelé le kouign-amann, steuplê.

Elle m'a embrassée, a murmuré :

— Je repars trois jours en fin de semaine, ça ira ?

— Tu rigoles ? Ils m'envient tous, au bahut. Mes potes rêvent de parents qui les laissent seuls chez eux trois jours.

Elle a froncé le nez et m'a tendu un macaron moutarde. Je l'ai croqué d'un air léger. Je ne crois pas qu'elle ait jamais deviné... mais rester seule ici, pendant qu'elle sillonne les routes pour ses Miss-de-mes-genoux, j'ai horreur. Je hais.

— Doucement sur les macarons, susurrai-je. C'est juste du sucre et du blanc d'œuf. Pas de l'amour.

9

La maison où la nuit s'arrête à 11 heures

Revoir l'impasse, de jour et sans brouillard, me déconcerta presque. Je progressais entre ses deux murs aveugles jusqu'au tournant qui dévoilait le sommet des arbres par-delà le portail rouillé.

Fausse-Malice.

J'ai poussé le battant qui a émis son craquement d'arthrose, pareil à l'autre soir. Avec le vent des jours passés le jardin était jonché de feuilles mortes. Au premier coup de heurtoir, Seconde m'a ouvert.

Elle paraissait moins morose. Je vis même une esquisse de sourire prendre place entre ses joues finement allongées. Elle aurait pu être un digne soldat déguisé en femme dans une de ces pièces de théâtre qu'on jouait au front pour distraire les hommes de la guerre, comme dans *La Grande Illusion*.

— On vous attend ! dit-elle sur un ton dont on devinait qu'il était ce qu'elle avait de plus jovial en boutique.

Je la suivis jusqu'à la double porte. J'eus la présence d'esprit, cette fois-ci, d'éviter (et de saluer !) le sournois Jean-Marie tapi par terre. L'après-midi avait beau être clair, sa lumière traversait à peine les grosses tentures à moitié tirées. Seconde me débarrassa de mon manteau, demanda si je voulais boire quelque chose. Je dis non merci. Elle me laissa attendre près de la cheminée où brûlait un feu qui ne chauffait pas grand-chose.

— Hé ! fit la voix de Marni. Me voilà. On monte dans la bibliothèque ? C'est là qu'est le piano. Enfin, le meilleur piano. Parce qu'il y en a un au grenier mais les souris ont dû...

Elle me fit la bise en continuant à babiller.

— Brrr, tu es gelée ! Il fait si froid que ça, dehors ? Tu sais quoi ? Je suis en plein devoir de français, tu pourras m'aider ?

— On n'est pas censées faire de la musique ?

— Si. Mais je sèche. Qu'est-ce que tu penses de la corrida ?

— Euh... la corrida ? Je n'en ai jamais vu.

Elle naviguait entre les meubles sans la moindre hésitation. Elle monta la moitié de l'escalier puis s'arrêta. Je la suivis.

— Moi non plus. Mais la prof de français nous a donné une rédac sur le sujet. Tu en dis quoi, toi, de la corrida ?

— Eh bien... Que c'est un moyen drôlement tordu de fabriquer du bouillon Kub.

Elle sourit. Attrapa un chat venu se frotter à ses mollets.

— O'Henry ! Toi, dès qu'on parle cuisine !

— Je ne crois pas que j'arriverai un jour à distinguer ces chats les uns des autres.

— Facile. Aucun n'a la même consistance.

Nous étions au 1er étage, sur un vaste et sombre palier où s'alignaient une armoire à trois portes, un bahut très long et une pendule dont le balancier balançait bien mais dont les aiguilles indiquaient 11 heures.

— Vous ne la remettez pas à l'heure ? demandai-je en riant.

Un éclair de... oui, un éclair de frayeur traversa le visage de la petite aveugle. Sa main chercha mon bras qu'elle serra.

— Tu parles de... l'horloge ? Elle... Elle est sur quelle heure ?

Je le lui dis. Sa main me serra davantage.

— Roch l'a réglée hier. Il la règle chaque soir au dîner... et chaque matin, on la retrouve sur 11 heures. Pourtant elle fait tic-tac.

— Eh bien, notai-je, peut-être que les aiguilles ont besoin d'être secouées un peu ?

Je m'en voulus aussitôt d'avoir adopté ce ton léger. Les doigts de Marni étaient figés sur ma manche. Sa peur était réelle.

— Bon. Et ce piano ? dis-je pour briser le silence.

Elle m'emmena par le poignet le long d'un couloir aux portes closes. Une fenêtre en hauteur recevait les coups de griffes d'un peuplier sans feuilles.

La bibliothèque était une pièce étrange. Sa forme en triangle faisait que, dans la pointe la plus profonde, la plus obscure, meubles et tableaux disparaissaient dans l'ombre. On pouvait imaginer qu'une personne effectuant des va-et-vient depuis cet angle opaque serait alternativement apparue, disparue, apparue, disparue...

Au fond de l'âtre, des chenets en écureuil gisaient, brisés, dans un résidu de cendres. Le seul objet vivant, brillant, était le piano. Il se trouvait sous une fenêtre encombrée, comme celles du rez-de-chaussée, par ses gros rideaux.

Marni régla le tabouret et s'installa au clavier. Elle attaqua une gavotte de Rameau. Elle jouait plutôt bien pour ses dix ans. Avec feeling et légèreté. La gavotte soudain bifurqua et partit faire un swing avec *Walking the dog* de Gershwin. Je battis des mains.

— Bon, dit-elle. À toi. Tu me *séancetenantes* un air au saxo, maintenant. Allez.

J'obtempérai et sortis Flannagan. J'étais prête. À la troisième mesure de *Street Boogie,* Marni m'emboîta le pas dans un contrepoint au piano au tempo impec. On a joué comme ça pas mal de standards en duo.

— Ça te *joyeuse,* alors ? ai-je demandé au bout d'une heure.

Elle hocha la tête, les pommettes rosies. Elle tourna vers moi ses prunelles si intensément noires.

— J'ai l'impression, dit-elle avec lenteur, que tu *joyeuses* cette maison chaque fois que tu viens.

— Ce n'est que ma deuxième visite ! fis-je remarquer en riant.

— Eh bien, à chaque fois, ça nous *guillerette* l'ambiance ! Je dirais même plus : tu nous l'as *matrixée* !

Elle se pencha, chuchota :

— Si je te confie un secret, tu le gardes pour toi ? Promis ?

Je promis.

— Je ne l'ai dit à personne. Voilà : j'ai donné un nom à ce piano. Il s'appelle... Alice.

Je me suis penchée et j'ai chuchoté à mon tour ;

— Mon saxo s'appelle Flannagan. On est deux à le savoir maintenant.

Deux chats jaillirent de je ne sais où. L'un se percha sur le piano et se mit à écraser les touches dans un bazar d'accords en majeur. L'autre se pelotonna sur les cuisses de sa jeune maîtresse qui le caressa un moment. Je sentais qu'elle allait me dire autre chose. J'ai démonté le bec et l'anche de Flannagan, histoire de lui laisser le temps.

— Willa...

Ce fut un murmure, si bas, si ténu, que je me demandai si Marni avait vraiment parlé. Elle tendit l'oreille, puis fit signe de me rapprocher.

— J'ai un autre secret. Encore plus secret que l'autre. Tu me jures de ne jamais, jamais le répéter ? À personne ?

J'ai juré. Elle a attendu un moment avant de se décider à parler.

— C'est... cette maison, articula-t-elle dans un souffle quasi inaudible. La nuit, elle... elle me fait peur.

Ses doigts effleurèrent le clavier d'Alice, comme pour étouffer l'écho de ce qu'elle venait de dire.

— Peur ? Pourquoi ?

In petto j'étais d'accord. Cette baraque aurait fichu la trouille à n'importe qui de la vraie vie. Mais était-on dans la vraie vie, ici ? Marni s'avança plus près, en tenant son tabouret.

— Le soir, il y a ces bruits... Chaque soir. À la même heure. Vers 11 heures.

— Des bruits ? ai-je répété sottement.

— Ça me réveille. Enfin, j'ai l'impression que ça me réveille. Je sais qu'il est 11 heures parce que la grande pendule du palier sonne onze coups.

— Celle dont les aiguilles ont du mal à dépasser 11 heures ?

— Roch les remet à l'heure... Mais une fois qu'elle a sonné les onze coups, elle ne sonne plus. Et après... j'entends les bruits.

— Quels bruits ?

— Je ne sais pas. Loin. Des pas. Une porte. Un tiroir qui claque. Parfois de la musique. Ou une chasse d'eau. Et après... Oh, pas très longtemps après, il y a...

Elle respirait vite, comme si elle venait de courir un sprint, ses yeux noirs emplis de terreur.

— Il y a... ? l'ai-je encouragée.

— Ne te moque pas surtout.

— Bien sûr que non. Je t'écoute.

— Je sens... quelqu'un dans ma chambre. À côté de moi, près de mon lit. Je ne l'entends jamais entrer mais... je l'entends qui respire. Je suis paralysée de peur. Et...

Elle ferma les paupières, tordit l'ourlet de son chandail entre ses doigts. Elle frissonnait.

— ... une main serre ma main. Elle est froide, sèche. On dirait du plastique. Je reste sans bouger parce que je suis morte de peur. Glacée. Soudain je n'en peux plus... je crie ! Et... je me réveille en pleurant.

Les larmes tremblaient au bord de ses paupières. J'ai serré, caressé sa petite main raidie, pour la détendre, la rassurer.

— Tu vois bien, dis-je avec douceur. C'est un rêve. Rien qu'un rêve, puisque tu te réveilles.

On aide l'enfant à surmonter ses cauchemars en laissant une veilleuse allumée. Quel réconfort pouvais-je proposer à une petite Marni plongée dans ses propres ténèbres ? Je me sentais désemparée.

— Je n'en sais rien, souffla-t-elle en secouant la tête. Peut-être bien que c'est un rêve. Mais peut-être que ce n'en est pas un. C'est une impression bizarre. Comme si je me réveillais... sans avoir dormi.

Je fus formidablement soulagée d'entendre frapper à la porte. Marni se redressa. Elle se débarbouilla vivement avec la paume. Seconde se matérialisa sur le seuil.

— 'Scusez-moi de vous déranger. Poulette, tu voudras ton goûter quand ?

— Euh. Eh bien, en même temps que Willa.

Marni m'impressionna. Avec quelle habileté, quelle rapidité cette petite fille dissimulait ses épouvantes aux adultes ! Je me demandais bien pourquoi d'ailleurs. Moi, quand je fais (rarement, il est vrai) un cauchemar, j'ai encore le réflexe d'appeler ma maman et je suis contente qu'elle accoure me bercer dans ses bras. Pourquoi Marni cachait-elle ses tourments ?

Puis je me suis rappelé que Marni n'avait pas de maman.

— Je vous prépare ça, dit Seconde avec une vraie tendresse sous ses sourcils d'homme. Du lait chaud, bichoute, ça t'ira ?

Quand elle fut repartie, j'ai glissé à Marni :

— Tu as un portable ? Je vais y enregistrer mon numéro. Si tu as besoin de moi, appelle.

Elle hocha la tête, puis elle alla chercher l'objet.

— Je te donne le mien. Si tu as besoin… appelle, toi aussi.

Nous avons procédé à l'échange. J'ai démarré *Shuffle off to Buffalo* et l'ambiance fut aussitôt plus allègre. Marni ne parla plus de rien, elle ne fit que jouer. Je suppose que c'est en s'entraînant avec sa mère qu'elle avait appris à mémoriser aussi bien les partitions. Je n'ai pas osé poser la question. Évoquer Carlotta Fils-Alberne serait trop douloureux.

J'ai embrayé sur *Chattanooga Choo Choo.* Marni a suivi. Elle ne connaissait pas la plupart des standards de jazz mais elle savait improviser un contrepoint qui tenait debout. À son âge j'en eusse été bien incapable.

— Bravo ! s'écria quelqu'un derrière.

La voix m'était familière. Mais pas la jeune femme brune qui la possédait. Elle s'approcha.

— Je propose une mi-temps goûter, dit-elle. Vous descendez ?

J'ouvris de grands yeux surpris. La jeune femme brune sourit malicieusement. Isebelle !

— Comme tout le monde tu t'y habitueras, me dit-elle avec simplicité. J'ai une armada de perruques et j'en change tous les jours. Ça sert à planquer mes petits cheveux tout moches. Petits et moches depuis que je suis bébé, je précise. Papa m'appelait Miss Onze-Cheveux. Ils ont poussé depuis. Un peu. Mais pas de quoi m'appeler Miss Crinière-de-Lionne...

Elle lissa sa frange à la Louise Brooks et soupira :

— La perruque, ça simplifie tellement tout, pourquoi s'en priver. Alors OK, cette mi-temps goûter ?

— On *daredare* ! s'écria Marni en quittant son tabouret.

En bas, dans un petit salon potiron que je ne connaissais pas encore, El disposait tasses, soucoupes, pot de crème, sucrier... La vaisselle était belle. Ébréchée mais encore belle.

Isebelle couvrit de confiture une tranche de quatre-quarts qu'elle plaça délicatement dans la paume de Marni.

— Les aiguilles de la pendule ont encore stoppé sur 11 heures, dit la petite, brandissant sa tranche dangereusement oblique.

— J'ai vu ça, riposta Isebelle sur un ton enjoué. Attention Marni, ta confiture coule.

— 11 heures, c'est l'heure à laquelle maman est morte. 11 heures le soir. Tu ne penses pas que ça signifie quelque chose ?

— Une coïncidence, dit Isebelle. Qu'est-ce que ça pourrait signifier ? Seconde ! Vous apportez l'éponge je vous prie ? Pour la confiture. Une coïncidence toute bête. Le centreur des aiguilles grippe sur certains chiffres, voilà tout.

— Le 11.

— Quoi ?

— Il grippe sur le 11, insista Marni.

Le téléphone sonna. Isebelle se tourna avec brusquerie, sans se lever. Sa tasse vide opéra un court vol plané à travers le plateau. Elle roula sans se casser. La sonnerie persistait. Personne ne décrochait.

— Vous ne répondez pas ? dis-je à la fin.

— Si. Si, bien sûr. El ? appela Isebelle. S'il vous plaît... téléphone !

La sonnerie cessa. El avait dû décrocher, quelque part dans la grande demeure. Dès lors, Marni et Isebelle gardèrent le silence, comme si elles avaient pu écouter à travers le plafond ou les murs la conversation invisible. Elles tenaient leurs tasses, en attente.

Au bout de deux ou trois minutes, El reparut, l'air soulagé. On lui aurait annoncé qu'il gardait finalement sa jambe après lui en avoir prédit l'amputation, l'homme n'aurait pas eu d'expression plus allégée.

— Une banque qui démarchait. *C'est tout.*

— J'espère que Roch ne va plus tarder, dit Isebelle après un regard à sa montre. Il sait que je vais chez mes parents.

Elle aussi semblait comme délivrée.

— Ça va encore être la course pour choper un train de banlieue pas trop bondé ! me dit-elle en riant.

— Tu le trouves beau, mon frère Edern ? interrogea Marni à brûle-pourpoint.

J'ai avalé de travers. Elle s'adressait à moi. J'ai reposé ma tasse car je me suis mise à tousser. La petite peste. Pouvais-je lui jeter la vérité à la tête ? Que, non, son frère était trop zarb pour qu'aucune fille le trouve beau ? J'ai dégluti, respiré. J'ai pris mon air superficiel et un ton *allegro moderato* pour répondre :

— Je le trouve surtout très drôle.

Ouaille ! Beurk. Je parlais comme la mère d'Isaure de La Pouillerie, à la journée portes ouvertes, lorsque Catherine Ayre avait demandé où ils planquaient leurs chiottes, dans ce foutu bahut.

— Il suit quelles études ? m'enquis-je (de plus en plus *mother* de La Pouillerie).

— *A priori* Lettres modernes et classiques. Mais...

Isebelle regarda Seconde poser une assiette de crêpes, puis elle but une gorgée de lait pour mieux abandonner sa phrase en route. Je me souvins de ce que m'avait dit Fran : « Sa matière favorite c'est *Massacre à la tronçonneuse.* »

— Il aime les films d'épouvante, il paraît ? dis-je.

— Il se baigne dedans, tu veux dire. Quand il n'a pas cours, comme aujourd'hui, il passe les après-midi dans sa chambre à regarder des horreurs.

Isebelle ponctua la phrase d'une mimique qui laissait penser que sa gorgée de lait était parfumée à l'arsenic. J'ai souri.

— Un film d'horreur n'est pas forcément un film horrible, soulignai-je. Tout dépend du talent du réalisateur, non du genre. John Carpenter par exemple, ou Jacques Tourneur, ou Alfred Hitchcock avec *Psycho,* ont même créé des archétypes.

À dire vrai j'étais en train de recracher des arguments qui me venaient directement de Catherine Ayre (pour une fois que je n'étais pas en désaccord avec ma mère). Mais surtout, je venais de comprendre une chose qui me perturbait sérieusement :

— Edern est donc là ? Dans la maison ? En ce moment ?

— Vautré dans une chambre qui ressemble à l'estomac d'une chèvre. En train de se repasser pour la treizième fois je ne sais quel *Dracula* ou *Blair Witch*... Un vrai *geek*.

Isebelle rit en soufflant sur sa frange. Marni dégustait son goûter en silence. Lorsque El vint tirer complètement les tentures sur les fenêtres, elle interrogea brusquement :

— Il fait déjà nuit ?

— Oui, fut la réponse. Tu demandes ça chaque soir. C'est l'hiver, cocotte.

— On est encore en automne, rectifia Marni. Je ne sais pas pourquoi on prétend que les jours raccourcissent en hiver alors qu'ils rallongent. C'est en automne qu'ils...

Cela me ramena les pieds sur terre. Au reste, j'avais envie d'en finir avec ce goûter. J'avais largement dépassé le temps de la leçon de musique. Et j'étais assez piquée qu'Edern n'ait pas eu la courtoisie d'abandonner ses *geekeries* pour daigner descendre me saluer.

— Je dois partir, dis-je. Non, merci. Plus de thé.

Je suis remontée dans la bibliothèque chercher Flannagan. Malgré moi, tandis que je le rangeais dans son étui, mon regard était attiré par l'angle sombre, la pointe obscure de cette pièce bizarrement bâtie. J'ai avancé de quelques pas vers cette zone d'ombre...

Je me suis arrêtée. Par un effet d'optique, la lumière de la partie éclairée de la pièce se reflétait dans un miroir vénitien terni, lequel renvoyait, atténuée, cette lumière sur un tableau qui était pendu au fond du renfoncement.

Je voulus le détailler de plus près, mais approcher détruisait l'effet d'optique et on ne distinguait alors plus du tout le tableau dans cet angle noir. Je l'ai donc observé d'assez loin, les dimensions de la pièce restant impressionnantes.

Il s'agissait du portrait d'un homme, dans un style académique qui empêchait de le dater avec précision. L'homme était jeune, grand, vêtu de noir, et d'une beauté cruelle. Un chien était couché à son pied et je n'aurais pas été surprise qu'il l'écrase de son talon.

Je me suis secouée. Comment pouvais-je présumer de ce qu'*un homme dans un portrait avait l'intention de faire* ?

J'ai regagné le salon, Flannagan sous le bras. Un jeune homme inconnu se trouvait là. Il venait d'arriver, il avait retiré son écharpe mais conservé son pardessus. Isebelle nous présenta rapidement.

— Roch, dit-elle. Le grand frère de Marni et d'Edern. Willa, la partenaire de musique de Marni. Willa s'apprêtait à partir. Moi aussi d'ailleurs. J'attendais l'arrivée de mon seigneur et maître pour me carapater en banlieue nord !

Elle lui donna un baiser sur le nez pour atténuer le reproche. Roch me salua en souriant distraitement. Il enlaça Isebelle tout en ouvrant son courrier. Il ressemblait à Marni et Edern... mais en rond, en corpulent, en amical, en moins foncé. En même temps, on n'était pas sûre qu'il vous jugeait très intéressante.

— Vous vous entendez bien, toutes les deux ? demanda-t-il.

— Musicalement, à merveille, dis-je. Et amicalement encore mieux.

Revoilà mon *phrasé Mme de La Pouillerie.* Mais c'était par timidité car j'étais sincère. J'aimais beaucoup Marni.

— J'*hourrate* le petit frère de l'avoir découverte ! s'exclama Marni avec chaleur.

— Alors tout va bien, conclut Roch en se délestant enfin de son pardessus.

Parole qui marquait sans ambiguïté la fin de l'échange. J'ai salué tout le monde, embrassé Marni. Quand El a ouvert la double porte pour moi, je me suis retournée pour un dernier petit signe avec mon gant. Il m'a semblé entrevoir un mouvement, ou une ombre de mouvement en haut de l'escalier, sur les dernières marches.

Mais non. Je me trompais. Il n'y avait rien, ni personne. El m'a raccompagnée jusqu'au hall… où, troublée comme je l'étais, je me suis cognée une fois de plus.

— Oh, euh, *grrr*, salut Jean-Marie, marmonnai-je.

— Vous vous êtes fait mal ? s'enquit El.

— Ma bottine est fourrée. Ç'a amorti le choc.

Je me suis hâtée de traverser le jardin.

J'ai longé l'impasse, j'ai rejoint la place du Tertre via l'allée des Brouillards et le château du même nom, contourné la basilique du Sacré-Cœur pour attraper le funiculaire.

Malgré le froid polaire je n'ai pas attendu dans la station mais dehors, devant la balustrade en pierre blanche qui surplombe la ville. J'ai fumé une cigarette. Avec les illuminations de Noël qui clignotaient un peu partout, Paris avait l'air maquillée, pomponnée, bijoutée pour le grand bal ; à côté, les étoiles se faisaient toutes petites. Deux touristes, deux garçons, me demandèrent de les prendre en photo à côté du télescope public, la ville en arrière-plan. Je shootai deux fois, au cas où.

— Tu es parisienne ? demanda en anglais le plus grand. Tu connais un endroit où on peut boire un verre avec toi ?

Ils étaient slovènes, d'un blond sympathique, leur anglais mettait des skis aux voyelles. J'ai décliné l'invitation d'un sourire et j'ai couru vers le funiculaire qui déboulait. À l'instant où le signal de fermeture retentissait, quelqu'un a bondi dans la cabine.

C'était Isebelle, en manteau de laine à motif tartan, béret orange et un mètre trente d'écharpe roulée au cou.

— On dirait bien que je vais l'avoir, ce train, finalement ! dit-elle avec son joli rire, en se cramponnant à la barre. J'ai beau avoir vingt-huit ans, je me fais engueuler comme une petite fille par ma mère quand j'arrive en retard les jours de dîner avec eux. Tu habites Paris ?

J'ai dit oui.

— Moi, c'est mon père que je pars voir demain, ajoutai-je. Il est séparé d'avec ma mère.

— Ce n'est pas trop prise de tête d'aller de l'un à l'autre ?

— Je gère. Ça va.

Elle me contempla, l'air songeur. Puis elle dit :

— Tu sais, ils sont un peu ours dans la famille Fils-Alberne. Mais ils ont des circonstances atténuantes.

Edern t'as peut-être mise au courant... ? Il faut de la patience. Que le temps passe.

Elle m'a souri gentiment.

— Tu les connais depuis longtemps ? demandai-je.

— J'ai connu Roch il y a six mois, et toute la petite tribu, donc. Assez pour dire que ce sont tous de braves types.

Le funiculaire arrivait à sa gare basse, place Saint-Pierre. Il s'immobilisa dans un chuintement. Isebelle ajusta ses gants, me dit rapidement au revoir et se faufila en direction du boulevard de Rochechouart.

Je pris mon temps pour revenir chez moi. Maman m'avait laissé un mot sur le frigo : *Si tu trouves le paquet de nounours, il est à toi.* Elle avait dessiné trois cœurs. Entre Catherine et Thomas Ayre, j'ai parfois la sensation que c'est moi l'adulte.

Je me suis préparé un bol de Country Store. J'ai versé le yaourt, découpé une banane en fines rondelles. J'ai versé le lait en dernier sinon ça ramollit trop vite. J'ai branché la bouillotte électrique. Je me suis dit que c'était dommage que ma mère soit allergique aux chats. J'aurais bien aimé en avoir un, là, tout de suite.

J'ai passé la soirée avec *Halloween, La nuit des masques,* le 1, le meilleur, les talons sur la bouillotte.

Mon portable a sonné.
J'ai pausé le croque-mitaine de John Carpenter.
Un message :
Tu me manques. Iago.

10

Papa Jekyll et boyfriend Hyde

— Alors ! Venise... ?

Mon père a cessé de touiller la mixture blanche de la bassine jaune pour venir m'embrasser. Il sentait bon la feuille d'orange verte, l'eau de toilette que je lui ai offerte aux dernières vacances. Il avait l'air fatigué. Rouille est venue ronronner sur mes mollets.

— Tu concours pour un poste d'urgentiste ? dis-je. C'est quoi, ce plâtre ?

— Du plâtre.

J'ai posé Flannagan dans un coin de l'atelier, entre le ficus et la plante carnivore qui ressemble à un gésier de poule cru et que mon père surnomme affectueusement Nénette.

— Alors... Venise ? ai-je répété.

— Glacial.

— Et *Jennifer* ?

— Deanna. Aussi. Nous étions dans un petit hôtel près de la place Saint-Marc.

— Non, papa. Pas toi. Un hôtel près de la place Saint-Marc ? Tu as donc si peu d'imagination ?

J'ai soulevé Rouille.

— Ce n'est pas moi qui ai choisi. Sur les photos du site internet, Deanna est tombée en extase devant les jolies petites chaises, les jolies petites tables, les jolis petits rideaux, les jolis petits lits.

Il a tendu la bande de plâtre, l'a tortillonnée patiemment. Thomas Ayre m'émeut.

Il m'énerve tout autant.

— Hum. Cet hôtel, ce n'était pas celui de la blondinette aux trois ours, des fois ?

Son tortillon en forme de torche évoquait un homme en marche. J'émis un *clap clap* réprobateur du coin de la bouche :

— Je te signale que ça a déjà été fait...

— Pas par moi, rétorqua finement papa.

Thomas Ayre est un petit maître. Définitivement pas un génie. Mais tout le monde s'est accommodé à l'idée, lui le premier. J'ai augmenté le chauffage. Papa craint que l'apprêt de ses toiles ne craquelle à la chaleur, du coup l'atelier devient igloo parfois.

— Et après ? insistai-je. Venise... pourquoi c'était froid ?

— Une dépression venue d'Anatolie. Elle est en train de toucher les frontières françaises soit dit en passant. Il paraît que la neige sera là dans...

Il faisait exprès ! Mais je n'allais pas le lâcher. Avec Rouille, on a essayé de piéger un moucheron pour le donner au gésier végétal, mais il nous a échappé cinq fois. On a renoncé. Le moucheron était plus fort que nous. Il méritait la vie sauve.

Mais pas mon père. Je suis revenue à la charge :

— Pourquoi était-ce glacial avec Deanna ?

Il soupira. Ses doigts travaillaient avec lenteur. Ils vieillissaient.

— Ça a commencé avec Gary Cooper, lâcha-t-il enfin.

— Il était là, lui aussi ?

— Je disais à Deanna que dans certains paysages de la Vénétie, Gary Cooper aurait pu débouler en cowboy avec son cheval et ses éperons.

— Il n'y a que toi pour imaginer ça ! pouffai-je. Toi et maman.

— Deanna m'a alors demandé : « C'est qui, ça, Gary Cooper ? » Te rends-tu compte ?

Rien qu'à l'idée qu'un humain puisse ne pas connaître l'idole de sa jeunesse, papa extirpa une main de sa soupe blanche et agita l'index.

— Te rends-tu compte ? répéta-t-il. Je lui ai gentiment appris que c'était le Brad Pitt des années quarante et cinquante. Ce qui n'est pas très fair-play pour Gary Cooper, j'en conviens. Enfin. Le ver était désormais dans le fruit, conclut-il dans un soupir et comme si ça expliquait tout.

J'ai pris une clémentine dans le compotier avant qu'il ne prenne à papa la fantaisie de l'immortaliser dans l'argile ou la colle. Je l'ai lancée à Rouille qui me l'a renvoyée aussi sec, d'un revers impeccable. La balle et la bête étaient assorties.

— Et toi ? rétorquai-je à papa du tac au tac. Tu connais *Coyote Z. Miller ?*

— Du tout, fit-il en tordant paisiblement son homme de plâtre. Une variété de yucca ?

— Peut-être le Mick Jagger du XXIe siècle.

— Je suis plutôt Lennon, moi, tu sais.

Tout en me promenant parmi les sculptures, j'ai juché Rouille sur ma tête. Elle était toute légère. Je me suis fait un pendant d'oreille avec sa queue. Elle a adoré ça.

— Tu l'appelles comment, cette œuvre ? demandai-je, tombant en arrêt devant un empilement de canettes de Minute Maid dont la savante disposition évoquait une double hélice.

— Laquelle ? Ah, ça. *ADNauseam elixir.*

— Subtil. Et là ?.. La pelote de petits boudins dans le plastique ?

— C'est de la résine. Je grave toujours le titre sous le socle avec ma signature. Tu n'as qu'à les pencher pour lire.

J'ai obéi. J'ai incliné quelques-unes des œuvres, doucement, une à une, et lu :

— *Jalousie fongiforme, Perfide perfectum... Séisme occasionnel. Cardiospasme... Match Nicotine...* Où vas-tu chercher tout ça, petit papa ?

— Quoi donc ?

— Tous ces noms... (à la mords-moi-le-nœud, pensai-je) sophistiqués, achevai-je diplomatiquement. *Petits boudins dans la résine,* c'est aussi bien, non ? Je suis pour la simplicité.

— Et moi pour la poésie et l'émotion. Tu as là un *Bubon de Plathelminthes.* J'ai même eu un *Hydrolaccolithe des sentiments,* il y a quelques années ; parmi les noms les plus compliqués que j'aie donnés. Ça me plaît.

— Tu l'as ici, ce, euh, hydro-la-colique... ?

— Non, je l'ai échangé contre un chat. Celui-là même dont la queue te sert de boucle d'oreille en ce moment.

Rouille prouva qu'elle suivait avec intérêt la conversation en sautant sur l'épaule de papa.

— Tu as remplacé maman par un chat, dis-je. Jusqu'à aujourd'hui, 12 h 47, ça ne m'avait jamais frappée.

Il rit.

— Moi non plus. Pourtant Rouille pique également ma place dans le canapé et picore dans mon assiette. Mais ta mère ne m'a pas été apportée dans une boîte à sucre, elle. Et elle n'est pas rousse, ses yeux ne sont pas jaunes, phosphorescents et penchés mais noisette, et elle n'a ni moustache ni poils dans les oreilles.

— J'en connais pas beaucoup, des moustachues et poilues des oreilles aussi sexy et féminines que toi ! dis-je à Rouille. Pourquoi vous ne divorcez pas ? ai-je enchaîné sans pause, en direction de papa.

Il a reçu ma question aussi brutalement que maman. La main de Thomas Ayre a continué de presser soigneusement, longuement, une autre bande plâtrée. Il réfléchissait.

— À cause du gouffre qui sépare « suffisamment » d'« assez », dit-il au bout d'un moment. On ne s'aime plus suffisamment. Mais assez pour que le fait de rester mariés ne soit pas intolérable.

La réponse se tenait. Elle ne m'arrangeait pas.

Je me suis assise à l'ordinateur. J'ai cliqué sur Face Livre. Fran avait initié un groupe « des amoureux de ma cheville gauche » : 788 visites ; un groupe « des amoureux de ma cheville droite » : 783 visites. (Cinq défections à droite ! Qui étaient ces cinq malotrus ?). Elle s'était photographiée les pieds. Une série de clichés de l'un, mignon, bronzé, à fossettes. Et une série de l'autre, bandé. Je devrais un jour présenter Thomas Ayre à Fran. Il ferait d'elle une œuvre d'art en plâtre à nom bizarre. *Frénétiques chevilles… Orthopédie du béguin… ?*

Fran était une graine de Jennifer. Je me voyais déjà obligée de recevoir ses confidences lors de ses déboires amoureux avec Thomas Ayre ! Quelle horreur. Non, jamais je ne les présenterais !

— Tu vas ouvrir, s'il te plaît ? fit mon père, les mains immergées dans sa soupe blanche.

Je n'avais pas entendu qu'on frappait. J'ai ouvert la porte. Sur le seuil, une ravissante et souriante jeune fille à la peau couleur Coca, en jean chocolat, en gros pull baba. Elle n'avait pas vingt-cinq ans.

— Vous êtes la sœur du petit Hansel ? dis-je pince-sans-rire.

— Je suis Mauricette. Willa, je présume ?

Je la fis entrer. Papa, qui se rinçait les mains au point d'eau, se pencha vers elle pour l'embrasser ou plutôt se laisser embrasser. Comme je me doutais qu'il allait me demander de préparer du café ou du thé, je suis vite retournée à l'ordi. En quelques clics, j'ai cherché puis imprimé un portrait de papa, format carte postale, lors de sa dernière expo dans une galerie de la Bastille.

Je l'ai roulé en forme de cône ouvert, de sorte que l'on continuait à voir sa tête.

— Que fais-tu ? demanda-t-il, intrigué.

Jennifer-Gretel-Mauricette venait opportunément de s'absenter du côté de la salle de bain. J'ai glissé la tête imprimée de Thomas Ayre dans la gueule de la Nénette carnivore.

— Une œuvre d'art, répondis-je. Pour le titre, j'hésite. *Batifolage et Dyspepsie* ? *Jeunesse et Ingurgitation* ? *Embarras gastriques de la cinquantaine* ?

*

Papa m'a ramenée à Paris. Nous étions seuls dans la voiture cette fois, mais nous avons peu parlé. Le ciel virait gris jaune, comme s'il avait pris un coup de vieux ou avait une crise de foie. Les nuages de neige s'amassaient telle une colonie de soucis, mais ça ne tombait pas encore.

À peine avais-je refermé la porte de l'appartement, et rallumé mon portable qu'il sonna.

— C'est bon ? Tu es rentrée ? s'exclama ma mère, la voix comme si elle assistait à un tremblement de terre.

— À l'instant. Qu'est-ce qui se passe ?

— Chutes de neiges exceptionnelles en Franche-Comté... *Exceptionnelles !* Tu imagines ? S'il y a une région où il doit neiger, c'est là, quand même, non ? Ils annoncent des...

— Euh. Stop. Rembobine, s'il te plaît. D'abord, on dit bonjour à sa fille préférée, chère maman préférée, ensuite...

J'ai ôté mes bottines, les ai reniflées, puis balancées. J'ai changé mon phone d'oreille.

— Tu m'écoutes ? grognait ma mère.

— Oui. Mais je n'ai pas tout entendu. Je penchais la tête pour renifler. Bref, la Franche-Comté n'est donc pas si franche ? Tu as mangé de la fondue ?

— Je suis bloquée !! coupa Catherine Ayre, excédée. Aucun TGV dans un rayon de deux cents kilomètres ! Pas certain qu'il y en ait demain.

Oh. Ouaille. Je ne m'inquiétais pas pour moi, mais ce n'était pas drôle pour elle. Je compatissais sincèrement, même si le nounours que j'étais en train de mâchouiller enleva un peu de conviction à mes « han, c'est affreux », à mes « trop nulle, la SNCF », et à mes « pas de bol ».

— Tu sais où est l'argent de secours, n'est ce pas ? s'enquit subitement sa voix anxieuse.

Tome II du *Comte de Monte-Cristo*. Un voleur un peu littéraire aurait deviné sans mal. Maman y laissait en permanence un billet de cent euros. En cas.

Apparemment, c'était le cas.

— J'ai à peine entamé la livraison, arguai-je.

— Tu veux dire que tu n'as rien mangé depuis mon départ ?

J'ai soupiré. Quand elle est dans cet état, mieux vaut rester légère.

— Je veux dire que Richelieu n'a qu'à bien se tenir, le frigo contient de quoi tenir le siège de La Rochelle. J'imagine que les hôtels sont pris d'assaut... ?

— L'horreur. Heureusement l'adjoint au maire a...

J'ai branché mon iPod et j'ai fini de me déshabiller, une oreille branchée sur ma mère, une autre sur *La Fin des temps* par le groupe TAT.

Les bips de détresse de ma batterie mourante m'ont épargné le récit de la file d'attente à la gare. On s'est embrassées téléphoniquement, à toute vitesse, et on a raccroché.

J'ai pris un bain très chaud, crémeux, parfumé au seringa, et je suis allée me coucher.

*

À 9 h 01, le lendemain, au lycée, il se dirigea droit vers moi, un sourire dans les yeux. Son bras glissa autour de mes hanches, sa main sur mes reins et ses lèvres au coin des miennes.

— Viens. Il faut qu'on parle.

Je me suis laissé emporter. J'ai essayé de rire quand il a voulu m'embrasser *sérieusement,* sous le marronnier aux branches nues de la cour. Je l'ai repoussé, quoique très mollement.

— Interdit par le règlement du bahut, Iago !

Je chuchotais contre ses paupières. J'avais subitement envie qu'on soit dans ma chambre, qu'on s'embrasse en écoutant *All by myself* et qu'on se caresse en regardant un de ces films romantiques qui se passent à New York au printemps.

— Ça donne encore plus envie, non ? fit-il sur le même ton. Quand est-ce que je te vois ?

La réponse a fusé avant que je l'aie préméditée :

— Lorsque tu m'auras expliqué pourquoi tu t'es caché toute la semaine.

— J'avais la grippe.

— Hmm.

— J'étais mal, Willa. Tellement mal.

— Je t'ai appelé hier. Après ton mail. Celui où tu disais que je... te manquais.

Il a débouclé son blouson en cuir matelassé. Dessous, c'était le pull bleu ciel qui me renverse chaque fois qu'il le porte. Il sait ça.

— Pourquoi tu ne répondais jamais, Iago ? Tu n'as pas pensé que ça pouvait me rendre malade moi aussi ?

— J'avais besoin de m'isoler, Willa. Je t'expliquerai. Je te jure. Mais pas tout de suite.

J'ai serré mon sac contre moi.

— Tu ne me fais pas confiance. À quoi ça sert que je sois ta *girlfriend* ?

— Votre classe est montée, Mlle Ayre ! interrompit la voix grondeuse du proviseur. La vôtre, M. Hilbert, est sur le départ, dépêchez-vous de les rejoindre.

On s'est écartés l'un de l'autre. À l'instant de se séparer, très vite, très bas, si vite et si bas que je me demande encore si ça s'est réellement passé, il s'est penché sur ma joue :

— Je t'aime, murmura-t-il.

Mon cœur a bondi, a voulu s'échapper de ma poitrine. Il s'est mis à cogner douloureusement sous mon sein. Jamais encore Iago ne m'avait avoué cela.

— Tu as l'air que devaient avoir Hansel et Gretel devant la maison en kouglof ! nota Fran lorsque je pris place à ses côtés, après m'être excusée auprès de Miss Nadia Butow, la prof d'anglais.

— Iago est plus appétissant qu'un kouglof, ripostai-je à voix basse.

— Quand tu le verras se gratter les fesses au réveil, tu...

— La maison était en kouglof ? Tu es sûre ?

— Des fois elle était en panettone. Hansel et Gretel se nommaient alors Anselmo et Gratelina. Ça dépendait de la nationalité de nos baby-sitters, conclut Fran. Tu es libre ce soir ?

— Mmh. Pourquoi ?

— Partie de *Strictly Private*. On sera huit.

— *Strictly Private* ? Was ist das ?

— Un jeu de société… pour les grands. Au HOPH. 21 heures.

— Francesca… Lisez, je vous prie, le passage de la transformation de Jekyll en Hyde, ordonna la douce voix de Miss Butow. Et évitez de prendre l'accent de Paris Hilton, *please.*

11

L'homme avec un pardessus et pas de visage

Quand je suis rentrée, le soir, je devais arborer un air idiot car lorsqu'elle m'a tendu le courrier, Mme Portolan, la gardienne de notre immeuble, a lancé :

— Tu souris... On dirait que tu as mal. Ta mère m'a téléphoné pour cette histoire de neige. La pauvre ! Ça stresse, hein ?

Catherine Ayre avait alerté tout Paris pour veiller sur sa rejetonne. Ma parade dans ce type de situation, c'est l'itinéraire *bis*. Ici, c'était facile : Mme Portolan attend un heureux événement.

— Pas autant qu'un bébé qui arrive, hein ? C'est pour quand ?

J'avais cliqué au bon endroit. J'ai écarquillé des prunelles passionnées et l'ai laissée tricoter : Son mari qui craignait de s'évanouir à l'accouchement. Son bébé qui tapait du talon quand on lisait *Voici* à haute voix. Ses orteils gonflés, qu'ils-avaient-une-tête-comme-une-botte-de-radis manquait que le sel. Mme Celsnik du troisième qui attendait son troisième. Troisième comme l'étage, c'était drôle ça, non ? Ma mère qui lui avait remonté mon berceau de la cave, si ça pouvait lui donner ton cerveau à c'te môme, à dormir dans le même lit.

Tout ce qu'elle racontait, j'y avais droit une fois la semaine invariablement. Le sourire émerveillé, branlant du chef avec les intonations appropriées, je n'écoutais évidemment rien.

Je pensais à Iago qui était revenu, à la journée qui venait de s'écouler comme les journées *d'avant*. Il m'avait attendue à la sortie, on avait marché un bout du chemin, seuls tous les deux. On n'avait pas parlé de son absence. Il avait promis d'expliquer, et je le croyais. Et il m'avait embrassée. Plusieurs fois. Encore et encore. J'avais murmuré :

— Ça faisait drôlement longtemps...

— Une éternité, avait-il répondu.

J'aurais préféré qu'il ne réponde pas ça. Ça faisait réplique automatique, dialogue de série B, voire D. Mais comme il m'embrassait une nouvelle fois, je n'y ai plus pensé.

Une inflexion particulière dans la voix de Mme Portolan m'alerta : le flot s'épuisait.

— Tu en penses quoi, de tout ça ? demanda-t-elle.

— Pareil que vous, Mme Portolan. Bon, j'y vais. Belle soirée !

Elle grattouilla son ventre comme si c'était un koala apprivoisé et réintégra la loge. Chez moi j'ai lu mes mails, j'ai traduit mon anglais, bouclé mes maths. Il y en a qui se relèvent la nuit pour faire pipi. Moi, c'est pour m'assurer que j'ai fait mes devoirs. Fayotte peut-être. Anxieuse certainement.

Flannagan et moi on s'est tenu compagnie une demi-heure. On a joué à être Lester Young in *The best is yet to come,* ou Dick Powell in *Lulu's back in town.* Mon studio de musique est un ancien cabinet de toilette. Papa l'a fait insonoriser il y a huit ans. Des fois, je m'y enferme pour y hurler tous mes poumons. Comme ça, pour le fun. Ou le pas fun.

Après une douche véloce, j'ai été à un doigt de tester le mascara de ma mère, mais j'ai eu la trouille de me rater. Connaissant Catherine Ayre, elle devait faire l'impasse sur le démaquillant, et alors bonjour l'angoisse. J'ai juste changé de vêtements et de dessous. Avant de partir j'ai téléphoné à ma mère, *lost in* Franche-Comté, pour lui dire où je passais la soirée.

— Et toi ? dis-je. Tu la passes où, ta soirée ?

— Devant une raclette.

Elle ajouta, comme pour s'excuser :

— M. Lübeck, l'adjoint au maire, a invité l'équipe des Miss. Pour nous consoler de la neige qui ensevelit, et des trains qui ne roulent pas. Tu ne rentres pas trop tard, je compte sur toi, hein, mon cœur ?

— Toi non plus, hein, ma cocotte ?

On a raccroché ensemble. J'ai cherché mes gants parce que le thermomètre avait encore chuté, j'ai raflé une bouteille de quelque chose au hasard dans le placard et j'ai quitté la maison.

Le vent soufflait et le froid semblait plus froid, la nuit plus noire, la rue plus déserte. J'ai mis le cap sur la rue de Rivoli.

Quelque chose, une sensation, m'a fait faire volte-face.

Aussitôt la silhouette derrière moi s'est tournée vers une vitrine. Mon sang a flushé dans mes oreilles. Mes yeux ont revu l'ignoble scène de ma chute au musée des Arts et Métiers. J'ai repris ma marche, mais plus vite. Une centaine de mètres durant, je n'ai pas osé me retourner.

J'ai fini par le faire quand même. La silhouette s'est de nouveau arrêtée. J'ai serré les poings dans mes poches, j'ai respiré à fond. Et j'ai fait demi-tour vers elle. J'ai essayé de marcher droit, en martelant chaque pas.

Mais la silhouette n'était pas celle de Rosemonde, comme je l'avais cru. C'était celle d'un homme dans un pardessus sombre. Impossible toutefois de distinguer les traits de son visage.

Prise de trouille, je me suis arrêtée.

La silhouette aussi, me sembla-t-il. Elle a soudain fait un quart de tour et fui à toute vitesse pour disparaître rue de la Verrerie. Je suis retournée vers Rivoli, le cœur et les poumons douloureux.

Dans le bus j'ai validé mon passe avant d'aller m'asseoir près de la vitre. Juste comme le bus croisait la rue du Temple, la silhouette fut là. Le pardessus se tenait immobile sous un porche, à peine visible dans l'ombre, mais je savais qu'il me fixait.

*

Quoique le rendez-vous fût donné au HOPH, le jeu ne se déroulait pas à l'appartement Hilbert. Chaque fois que Fran et Iago organisaient un truc dans ce goût-là, ça se passait sous les combles du palace. C'était beaucoup moins clean, plus new age, désert, vintage, sans room service ni personne.

Hughie aux joues roses m'accueillit comme si j'étais James Bond girl. Il fit signe à Claudio de me conduire au monte-charge qui marquait l'arrêt à l'étage du grenier.

Loulou débarqua à cet instant, en compagnie d'un garçon que je ne connaissais pas, qui arborait une mine renfrognée et néanmoins sympathique.

— Willa, Ernest, nous présenta-t-elle. Ernest est habituellement un mec intelligent, affable et souriant. Mais on a dû aller chercher Suzie chez l'orthodontiste qui avait du retard. Total, on a ramené ma sœur et on a couru direct ici, sans se nourrir. Ernest a faim, Ernest a froid. Ça le rend idiot, hargneux et teigne. Et il n'embrasse plus.

— Tu veux une cigarette ? lui proposai-je. Ça coupe l'appétit.

— Merci, répondit Ernest, un sourire caché mais visible derrière le renfrogné. J'ai arrêté de fumer quand j'avais sept ans.

Avec un très léger, très charmant cheveu sur la langue.

— Si vous croisez Omar, me dit Claudio dans l'enfilade labyrinthique de corridors et de portes secrètes qui menait au monte-charge, pourrez-vous prévenir pour qu'on vienne le chercher ? Personne ne l'a vu de la journée.

— Omar ? releva Loulou, une fois que Claudio nous eut laissés seuls dans le monte-charge. Un émir des Emirats ?

— La mascotte du HOPH, persan 100 % gouttière. Avec ce froid, il doit roupiller sous un radiateur.

Le monte-charge en ferraille hoqueta interminablement avant de nous larguer dans un tunnel biscornu mal éclairé qui évoquait davantage une crypte à la Tim Burton qu'un hôtel grand luxe à Paris.

— On est toujours dans le palace ? s'étonna Ernest.

— Vu du hall ce cinq étoiles est une star de cinéma somptueuse et glamour, expliqua Loulou. Vu d'ici, il est plus... anatomique. Comme si on était des virus H1N1. Ou une caméra de fibroscopie. Genre.

Il y avait de ça. Gros tuyaux à borborygmes. Tapis roulés dans les coins. Toiles d'araignée. Je connaissais le chemin. J'avais participé deux ou trois fois à des « pokers Hilbert ». Au bout d'un couloir, dernière porte, j'ai toqué trois fois, puis deux. Notre signal.

Marie-Cécile nous a ouvert, yeux charbonneux, lèvres glossy, sourire de ravissement éthéré.

— Je ne suis pas Fran, se présenta-t-elle à Ernest. Mais nous portons le même rouge à lèvres.

Visiblement un poil pompette. Fran s'est avancée derrière, grignotant un miniblini du bout des doigts. Elle marchait avec une petite lenteur mais sa foulure du musée se réduisait à un léger bandage à la cheville.

— Je porte ma culotte porte-bonheur, nous confia-t-elle. Je ne te choque pas, j'espère ? continua-t-elle (avec l'air de l'espérer quand même) à l'intention d'Ernest qui n'avait d'yeux que pour le miniblini.

— J'ai dévoré une olive à midi, répondit-il poliment. On partage ?

— Il y a une montagne de chicken wings, là-bas. Et de cupcakes de toutes les couleurs.

— Je vais me laver les mains, dit Loulou. Elles sentent le métro.

— Particulièrement la station Ternes, nous précisa Ernest, grave.

Et il fonça droit vers le coin victuailles. Marie-Cécile m'adressa un discret clin d'œil. Je suivis son regard, et haussai un sourcil approbateur. Elle avait apporté Beppo, son bel « hidalgo » italien ! Elle en avait donc terminé avec le stade des achats compulsifs de crostini, ravioli et *tutti quanti,* juste pour le plaisir de le voir trancher le jambon de Parme dans la boutique de M. Veneto où il était apprenti.

— On est passée à la vitesse supérieure ? soufflai-je, admirative. Tu nous raconteras comment ?

De hautes bougies, dans de gracieux chandeliers en argent réquisitionnés dans les réserves du HOPH, dispensaient une douce lumière. Les seules fenêtres étaient deux œils-de-bœuf aux vitres si crasseuses qu'on ne voyait pas s'il faisait jour ou nuit. On pouvait se croire à fond de cale dans *Pirates des Caraïbes*.

De l'autre côté du bateau, Iago chercha mon regard et le trouva sans peine.

— Qui veut du café ? demanda-t-il à la cantonade sans me quitter des yeux.

— On a déjà bu deux de tes cafés, bougonna Solal, affalé dans les ruines fastueuses d'un canapé sixties. Au-delà, tu vas devoir nous faire un don d'organe.

Iago se versa une tasse, goûta, simula l'extase. Il était très chic. Mi-*preppy,* mi-*casual.* Très Tommy Hilfiger aurait dit Fran qui donne volontiers des noms de marques pour définir les gens. La Catherine Ayre qui m'a constamment à l'œil m'a traitée de pintade. N'empêche. Mon amoureux était grave sexy. Je me suis approchée de lui et nos doigts se sont embrassés.

— Il n'y a que trois fauteuils, dit-il. On les cède à ces demoiselles ?

— Ah non. Les femmes, ça pique déjà votre place dans le bus. Je suis pour l'égalité des sexes : on tire au sort.

Iago a tourné le dos à Solal, m'a renversé la tête en arrière et m'a embrassée. Ce fut comme la cire brûlante des bougies dans mes veines. J'en ai émergé hors d'haleine, à la petite cuiller. Il a souri en silence et il est allé rejoindre les autres garçons qui préparaient la table du jeu.

Les filles s'étaient rassemblées sous une canalisation obèse qui émettait des grognements, entre spéléo et *Voyage au centre de la terre*. Je me suis avancée.

— Toute seule ici, ça craint ! disait Marie-Cécile. Cet endroit est trop gothico. Tu me sers un truc à boire, Fran ?

— On a fini le cyanure... Tu te contenteras d'un lait fraise ?

Ernest s'approcha, précédé d'une assiette pleine, dévorant un pilon, apparemment rassasié car il redevenait l'être souriant et affable annoncé par Loulou qu'il avait par ailleurs recommencé à embrasser.

— Qui en veut ? dit-il, partageur car moins affamé. Il me reste une cuisse.

— Et tu trouves de quoi t'habiller ? s'enquit Marie-Cé, apitoyée.

— Va-t'en, s'il te plaît, lui dit Loulou. Qu'on puisse parler de toi.

Conciliant, Ernest prit le large, la bouche pleine.

— Je l'adore, nous chuchota-t-elle. Vous savez quoi ? Il pleure au cinéma.

— Ça va commencer ! dis-je.

Le jeu était fin prêt sur la table.

— C'est quoi, ce jeu ?

— On pose les questions très indiscrètes qui sont sur les cartes. Chacun répond anonymement par oui ou par non sur un papier. On glisse ces papiers dans des enveloppes puis dans une urne. Celui qui devine combien il y a de oui et de non a gagné. C'est nouveau.

— Pas si nouveau, objectai-je. On joue à un truc similaire dans *Les Quatre Filles du docteur March*, entre un pique-nique et une partie de cricket.

— Meg ! Jo ! Beth ! Et la dernière dont je me rappelle plus le prénom ! dit Ernest. Vous venez ? On est prêts !

Loulou plissa les paupières avec un délicat feulement de lionne.

— Vous comprenez pourquoi je suis folle de lui... ?

Le jeu débuta. Avec ses questions grasses, degré zéro de l'érudition (Manges-tu tes crottes de nez ? As-tu déjà fait l'amour dans un ascenseur ?) il était simpliste, très pipi-caca, au final assez drôle pour une bande d'ados régressifs.

— Qui raconte des bobards ? s'enquit Iago après qu'on eut dépouillé les réponses à la question « À ce jour, ta vie sexuelle compte-t-elle plus de dix partenaires ? »

— Les dix en une seule fois ? interrogea Beppo, candide.

Marie-Cé gloussa. L'urne révéla 7 non, 1 oui. Tout le monde devina que le oui provenait de Fran.

— Tu mens ! lui lança son frère.

— Je ne suis qu'une femme ! minauda-t-elle en bouclant une mèche blonde autour de sa bouche.

— Qui veut boire ?

— Personne.

— J'essayais juste de vous hydrater.

— Joue ! J'ai déjà dix-sept ans, je veux être encore vivante au tour suivant !

— C'est Beppo qui gagne ! s'écria Marie-Cécile. Pourtant il ne connaissait aucun de nous. N'est-ce pas le signe d'une finesse psychologique grandiose ?

— Tu sais jouer au poker, Beppo ? demanda quelqu'un.

— Jamais eu envie. Les rois, ils se la pètent trop un peu, non ?

— ... ?

— Sur le dessin des cartes. Z'ont l'air trop super arrogants. Trouvez pas ?

J'étais placée en face de la porte qui, à ce moment-là, s'ouvrit.

Rosemonde apparut, un gros chandail jaune jeté par-dessus sa veste de service. Elle cligna des yeux car notre cale de pirates naviguait toujours dans la demi-pénombre des bougies, mais également dans la fumée de cigarettes.

— Bonsoir. Euh. Excusez-moi, j'ai frappé mais...

Elle hésita. Son regard fit le tour de l'assemblée, même si j'eus l'impression qu'il m'évitait.

— On a un problème avec Omar, dit-elle.

— Quoi, Omar ? interrogea Fran avec humeur.

— Il est perché bloqué sur une cheminée du toit, sous un cache-fumée. Personne n'arrive à le saisir. Il faudrait quelqu'un qu'il connaît. Pour qu'il se laisse faire.

— Demandez à Hughie. C'est son pote.

— Hughie a fini son service.

— Ce chat me déteste, dit Iago. S'il me voit, il saute dans le vide.

— Et moi j'ai le vertige, dit Fran. Tout le monde le sait, ici. En plus je le sens pas de monter me geler les fesses, de nuit, sur les toits.

Rosemonde garda le silence. Elle paraissait fragile dans son gros pull-over pâle, sous notre sombre éclairage.

— Pauvre bestiau, soupira Solal. Il a peut-être passé la journée là-haut, à attendre qu'on vienne le chercher.

— J'y vais, clama Ernest.

Loulou le retint par le bras.

— Quelqu'un que ce chat connaît, lui rappela-t-elle.

— Il me connaît, moi.

Je ne l'avais pas prévu. Mais voilà. Je l'avais dit. J'ai repoussé ma chaise. Iago m'a dévisagée avec stupeur.

— Tu ne vas pas te balader sur les toits ? s'écria-t-il en haussant le ton. C'est dangereux avec ce vent.

— Je ferai vite.

Il s'est levé pour me suivre. Ernest, Solal et Loulou aussi. J'ai posé ma main sur l'épaule de Iago.

— Non, c'est bon. Si on est trop, il va paniquer. Continuez sans moi. Je reviens dans cinq minutes.

J'ai fait un signe à Rosemonde et on a quitté la cale de pirates avant que quelqu'un réagisse. Je l'ai suivie dans les couloirs. Elle s'est arrêtée à côté d'une chaufferie, au bas d'une échelle en fer scellée qui montait jusqu'à une trappe.

Rosemonde se tourna vers moi. Elle baissa les paupières. J'eus une soudaine, et violente envie de lui lancer : « Même si tu fais semblant que non, je sais que tu connais Iago ! Je t'ai vue l'attendre à la sortie du lycée. »

— Je suis désolée que ce soit vous qui... commença-t-elle.

— On monte ?

Dès qu'elle abaissa la trappe, un puissant vent s'engouffra, nous gelant sur place. J'aurais dû prendre mon manteau, pensai-je. Pourquoi avais-je oublié ? On entendit un couinement provenant de la bouche béante, dans la nuit glacée.

Dehors, le vent était affreux. Comme si des ogres rugissants s'étaient donné rendez-vous pour jouer à la baballe avec nous.

Omar est un angora gris, sa fourrure avait dû le protéger jusqu'ici, mais il fallait faire vite. Le pauvre animal était frigorifié sur une surface large comme une feuille de cahier. Il avait tant miaulé que sa voix n'était plus qu'un filet.

— Minet, minet, susurrai-je tout en évaluant les lieux et la situation. Il faut une couverture ou un couvre-lit qu'on va tendre entre ces pitons, dis-je à Rosemonde. S'il saute, il tombera dedans. Et s'il est intelligent, ce que je crois, il va s'y accrocher comme à une écorce d'arbre pour redescendre jusqu'à nous.

— Je cours chercher ça à la buanderie, dit Rosemonde.

Elle disparut. Revint aussitôt pour me tendre son chandail jaune.

— Enfilez-le. Je trouverai en bas autre chose à me mettre.

Je la remerciai. Elle s'éclipsa par la trappe tandis que j'enfilais le pull. Il avait une discrète odeur de muguet. J'ai appelé doucement Omar pour l'encourager. Il miaula en retour avec cet air désinvolte qu'ont les chats dans les moments désespérés. J'ai gravi la pente en zinc par une rampe en fer destinée aux ouvriers lors de travaux.

Le faîte était une mince bande plate. Le versant opposé plongeait en à-pic je ne sais où. La rue, je suppose. Je n'ai pas osé me pencher pour vérifier. La ligne de fuite était juste interrompue par des cheminées et des œils-de-bœuf. J'ai entendu un grincement du côté de la trappe.

— Rosemonde ?

Le vent. Je ne suis pas sujette au vertige. Néanmoins elle était étrange, cette impression d'être aspirée par le ciel. J'ai progressé avec prudence jusqu'à la cheminée où était perché l'animal. Je me suis calée contre l'une des quatre cheminées qui nous entouraient.

Je me suis mis à chantonner, un peu pour le chat, autant pour moi.

— *Omar est un pacha, un big chat angora, qui grimpait sur les toits. Redescendre il ne savait pas. Alors Omar, le big chat a...*

D'ici, contrairement à la terrasse de « la suite Francesca », il n'y avait aucune vue sur la ville. On avait juste la sensation affolante d'un vaste cratère, d'une gorge qui attendait en contrebas de vous happer, vous absorber, vous déglutir.

Je me suis redressée car quelqu'un marchait sur le zinc. Rosemonde ne pouvait pas me voir entre les cheminées.

À peine fus-je debout qu'un choc violent me projeta vers l'à-pic. Pendant une seconde grotesque, mes bras ont brassé, saisi, attrapé l'air de toutes leurs forces, avec l'espoir absurde qu'il allait se solidifier pour me retenir.

Au lieu de ça, l'espace a dérapé, filé comme de l'eau, glissé comme de l'huile. J'ai basculé dans le vide.

12

Dans les toilettes des filles

Où est le chat ? fut la première question que je posai.

— Au chaud, souffla Iago.

Sa figure anxieuse, bouleversée, me réconforta de quelque chose que j'ignorais mais qu'on allait bientôt m'expliquer. J'étais étendue dans l'appartement Hilbert et me demandais pourquoi.

— Tu es tombée du toit, reprit-il tout bas. Heureusement, de ce côté, il y avait une galerie avec une rambarde.

Là je me suis souvenue. Les larmes ont rempli mon nez, noyé mes yeux. On avait voulu que je meure. Comme au musée des Arts et Métiers, quelqu'un m'avait poussée.

Rosemonde. Rosemonde l'immonde. Elle me suivait depuis ce soir-là au lycée. Mes larmes ruisselaient en silence.

Quelqu'un d'autre me suivait aussi. Un pardessus sans visage.

— Est-ce que je suis blessée ? ai-je demandé.

— Non, non ! s'écria Iago en m'étreignant avec force. Mon Dieu non...

Sa voix s'étrangla. Jamais je ne l'avais vu aussi... sens dessus dessous. Même pas le soir de l'anniversaire de Fran.

— Tu as dévalé la pente du toit, la gouttière a dû te stopper, expliqua Loulou. Tu as ensuite glissé jusqu'à la galerie, à un mètre cinquante, où tu as écrabouillé les troènes.

— Est-ce que tu peux te mettre debout ?

Je pouvais. Marie-Cécile m'a tendu un mouchoir en papier. Je me suis mouchée, j'ai séché mes yeux. J'avais envie de vomir.

— Une bosse sur la tête. C'est un miracle.

— Si la gouttière n'avait pas ralenti et orienté ta chute à la verticale, vers la galerie... murmura Fran en frissonnant.

J'ai surpris le froncement de sourcils de Loulou.

— Oui ? dis-je à voix basse. Si... ?

Fran haussa les épaules.

— Tu passais par-dessus. Tu atterrissais sur le trottoir.

*

Une simple bosse, en effet. Mes seuls stigmates : un gros bleu à l'épaule, comme j'allais le constater plus tard, chez moi, en prenant ma douche, et un autre sous la mâchoire. Il fallait que je lève le menton, que je prie le ciel ou observe les étoiles pour qu'on le repère. Je ne faisais ni l'un ni l'autre depuis des lustres.

Avant de quitter le HOPH, j'ai demandé Rosemonde à la réception.

Elle se trouvait au vestiaire des employés, sur le point de partir, m'apprit Claudio qui paraissait profondément navré de ma mésaventure. Je sentis, à son attitude, que je devenais une espèce d'héroïne. J'avais été une James Bond girl. J'étais désormais Louise Michel et Charlotte Corday en une.

Au vestiaire, Rosemonde se préparait devant son casier ouvert. Je lui ai tendu son pull. Elle l'a pris sans regarder.

— Ce n'était pas pressé, dit-elle en finissant de boutonner sa parka.

— Bien au contraire. J'ai hâte de ne plus vous revoir.

Elle nouait son écharpe. Elle suspendit son geste, perplexe.

— Vous m'avez poussée.

— Pardon ? dit-elle, surprise.

— Vous êtes revenue pour me pousser.

— Jamais de la vie ! Vous êtes folle. J'ai donné l'alerte parce qu'à mon retour, je ne vous voyais plus où je vous avais laissée.

— Vous n'êtes jamais allée dans la buanderie. Vous avez attendu et vous m'avez piégée.

— Je *suis* allée à la buanderie. Aline la lingère le confirmera.

— Voilà deux fois que vous essayez de me tuer.

Elle pivota, prit appui contre la porte du casier et me scruta avec attention.

— D'accord. J'ai toutes les raisons de désirer votre disparition, articula-t-elle avec netteté. Mais je ne suis pas une criminelle. D'abord parce ça ne réglerait pas grand-chose. Je serais toujours enceinte de Iago, et lui ne m'aimerait pas davantage.

Le souffle me manqua. Qu'avait-elle dit ? Qu'avait-elle dit ?

Son sourire fut soudain incroyablement triste. Elle acheva d'ajuster son écharpe. Elle mit le bonnet rose que je connaissais.

— C'est vous qu'il aime, dit-elle à voix basse. Il veut que je me fasse avorter, mais moi je ne le ferai pas.

Elle ferma le casier dans un bruit de clefs rageur. Mais quand elle parla, le ton demeura doux.

— Avant votre… apparition il y a deux mois, dit-elle, il était très amoureux. C'est ce qu'il me répétait en tout cas. On est sortis ensemble tout l'été. On gardait le secret, à cause des gens de l'hôtel.

Elle prit une respiration. Ses yeux étaient secs, sa voix tremblait.

— J'ai appris il y a dix jours que j'attendais son enfant. Il m'avait larguée depuis septembre. J'ai voulu le revoir, lui annoncer. Je n'ai pu lui parler que le soir de l'anniversaire de sa sœur. Il ne m'avait pas donné le choix, toutes les autres fois il m'avait évitée. Je crois que ça l'a assommé. Dans la soirée, pendant que vous étiez tous en haut, sur la terrasse, à faire la fête, il m'a prise à part, dans l'appartement. Il m'a fourni une adresse de clinique, un nom de médecin. Oh, ce fut horrible… horrible… Je lui parlais d'amour, il me répondait nombre légal de semaines.

Elle appuya les pouces sur ses paupières closes.

— Je savais depuis un moment qu'il sortait avec une fille de son lycée. J'ignorais laquelle… Jusqu'à ce que je vous voie vous jeter dans ses bras quand il a rejoint la fête, ce soir-là. J'étais en train de poser les bougies sur le gâteau. J'en ai laissé tomber ma pile d'assiettes...

Elle se redressa, me toisa. Elle me montra son ventre :

— Sans lui, je serais déjà morte...

Elle balança les pans de son écharpe par-dessus les épaules, me cloua d'un regard empli d'une haine froide.

— Au revoir, dit-elle.

Elle est partie. Moi pas. Je me suis laissée tomber sur un banc, sonnée.

*

J'ai attrapé le dernier métro au vol mais pas la correspondance. J'ai terminé à pied, ça m'a fait du bien. Mes doigts gourds, mes orteils gelés, le vent qui me mordait l'échine... Je le méritais bien. Je me suis jetée dans le canapé où j'ai dormi tout habillée.

Je me suis réveillée, c'était la nuit, j'étais transie. J'ai fait chauffer un reste de café et bouillir du lait. J'ai bu mais j'avais toujours froid. J'ai plongé dans un bain brûlant où j'ai fini par m'endormir.

Lorsque j'ai repris conscience, il était 8 h 00. Je me suis préparée au galop et me suis sauvée en laissant ma tartine en plan.

Jamais je ne suis en retard. Nuche a ouvert des yeux ronds, la paupière tressautant à mille à l'heure.

— Qu'est-ce qui t'arrive ?

— J'ai dîné hier soir à Istanbul. L'avion du retour a eu du mal à se poser.

Le pion a souri et m'a tendu un billet de retard.

— Tâche de donner une meilleure excuse à ta prof.

Je suis montée direct salle 32 où je savais que Iago avait physique en première heure. J'ai frappé. J'ai ouvert. Melville Sieber s'est interrompu, le sourcil étonné :

— Un problème, Mlle Ayre ?

— Monsieur Duclef demande Iago Hilbert, improvisai-je. C'est urgent.

Je risquais ma tête. Mais c'était plus fort que moi, plus fort que Iago, plus fort que tout. Je ne pouvais pas attendre. Il fallait que nous nous parlions, lui et moi.

Iago était assis en milieu de rangée. Mon irruption le jeta dans la perplexité. Melville Sieber m'a lancé un drôle de regard. J'espérais seulement qu'il n'irait pas vérifier auprès de Duclef, le proviseur.

J'ai refermé derrière Iago. Je lui ai fait signe de me suivre. Ce qu'il a fait, de plus en plus interloqué.

La salle de projection était close. Celle d'informatique aussi.

— Qu'est-ce qu'on fout ici ? s'énerva-t-il à voix basse. Tu veux nous faire virer ? C'est quoi, le plan ?

Un pas a résonné à l'angle du couloir. Pas le choix. J'ai poussé Iago dans les toilettes des filles.

— Alors là, on est bons pour la guillotine ! ironisa-t-il.

Il engloba les lieux d'un regard.

— J'ai toujours cru que cet endroit était un de ceux où je ne mettrais jamais les pieds. Merci, Willa.

Il croisa les bras.

— Longtemps j'ai fantasmé sur les toilettes des filles. Je pensais que ça sentait bon, en tout cas meilleur que chez les garçons. Des clous.

— J'aimerais qu'on parle, lâchai-je après avoir remué quinze fois ma langue autour de quinze phrases différentes.

— De quoi ?

— De Rosemonde.

— Quoi, Rosemonde ? murmura-t-il au bout d'un long silence.

— Elle attend un bébé de toi. Elle m'a tout révélé hier soir.

Il ferma les yeux, dans un grand soupir.

— Tant mieux. Je ne savais pas comment t'en parler.

Il s'apprêta à faire demi-tour. Je l'ai intercepté par la manche. Il m'a fixée du bleu limpide et calme de ses yeux. Pour la première fois le mot « insensible » me vint à l'esprit.

— Tu ne peux pas t'échapper comme ça. Il faut m'expliquer.

— Expliquer quoi ? Comment on fait les bébés ?

— Pourquoi cette fille me hait au point d'avoir voulu me tuer deux fois.

La porte grinça. Une élève fit irruption, une Quatrième prénommée Corinna.

— Qu'esse vous fichez là ? s'enquit-elle, soupçonneuse.

— On cherche la Joconde, dis-je. On est bien au Louvre ?

Je l'ai fixée dans les yeux, l'air inquiétant, jusqu'à ce qu'elle déguerpisse, vaguement terrorisée. Le silence retomba.

Puis Iago reprit :

— Je suis content que tu saches. C'est ça qui me minait... en plus du reste.

— Le reste ?

Il soupira, s'appuya à un lavabo, tendit un bras, sa paume vers moi. Je n'ai pas bougé.

— Viens, implora-t-il. J'ai besoin de réconfort.

Je n'ai pas bougé. Il a soupiré de nouveau.

— Je vais te raconter, dit-il. Cet été, après mon *summer camp* aux États-Unis, on devait passer le mois d'août à Deauville, avec mon pote Arno, mais sa mère a dû être opérée, pour lui c'était fichu. Après ça je n'avais ni envie de me retrouver sur l'île de Ré avec Fran, ni avec papa dans son spa en Suisse. J'étais seul à Paris. Ça ne me déplaisait pas au fond. J'aime bien l'ambiance, la clientèle de l'été, au HOPH.

Il sourit, quémanda une nouvelle fois ma main. Je n'ai pas bronché.

— Si seulement je t'avais rencontrée à ce moment-là...

Il s'est penché, m'a saisie par le poignet et m'a attirée de force contre lui. Sans trop de peine, pour dire la vérité. J'étais comme une pierre ronde, pas difficile à remuer.

— Rosemonde est tout le contraire de toi. Elle a été facile à aborder, facile à séduire, facile à balader... Facile, quoi.

Il raconta : « Le week-end du 15 août. Paris désert. Jamais auparavant, je n'y étais resté si longtemps en été. Les Japonais rue Sainte-Anne, les Américains au Quartier latin, les Allemands sur les grands boulevards… Paris était une capitale étrangère. J'aimais assez. Avenue de l'Opéra, deux filles se baladaient. Elles avaient l'air jolies de dos. Je les ai abordées… Au bout de deux minutes j'ai remarqué que l'une d'elles me fixait d'un drôle d'air. C'était Rosemonde. Elle bossait au HOPH. Je ne l'ai reconnue qu'après, quand elle s'est présentée. »

Il noua ses bras autour de mes hanches.

— Le soir, on a été danser au Solar Jail, sur les Champs. Après…

Sa pause fut si longue que j'ai répété :

— Après… ?

Ma voix était vraiment petite.

— Après, reprit Iago en éclaircissant la sienne, on a couché ensemble. Que ce soit dès le premier soir, ça ne l'embarrassait pas. Elle a l'habitude. Voilà. C'est tout.

Facile. Elle a l'habitude. C'est tout. J'ai soufflé en écho :

— C'est tout…

— Je veux dire que ça été… *one shot* avec elle. La seule et unique fois.

Je me suis penchée, je croyais pouvoir l'embrasser, mais je n'ai même pas réussi ça. Je me sentais triste, atrocement, effroyablement triste.

— *One shot,* Willa, redit-il avec cette douceur qui me couvrait habituellement de frissons. Et je ne te connaissais pas encore.

Bien sûr. Sauf qu'il ne racontait pas exactement la même histoire que Rosemonde. Et sauf qu'il y avait un bébé.

J'ai relevé la tête. Le bleu de son regard m'enveloppa comme une couverture chaude après un bain glacé. Mais il ne parvint pas à me réchauffer. Je grelottais à l'intérieur.

J'ai fermé les yeux en désirant très fort trois choses :

Que Iago cesse de mentir en affirmant qu'ils avaient fait l'amour une seule fois.

Que Rosemonde cesse de mentir en affirmant qu'ils avaient fait l'amour tout l'été.

Que Iago cesse d'être aussi impossiblement beau et désirable.

Deux filles de Seconde A sont entrées pour se remaquiller. Elles m'ont à peine regardée. En revanche Iago reçut toute leur attention via les miroirs.

— Les mecs ont leurs entrées chez les filles, maintenant ? dit l'une en traînant sur le point d'interrogation.

— Bah. Du moment qu'on les sélectionne, répondit l'autre.

Elles montrèrent qu'elles approuvaient le sélectionné en prenant leur temps pour déballer leurs sacs, remballer, se laver et s'essuyer les mains, offrir leur plus beau sourire... Elles sont ressorties, baskets au ralenti.

De mon côté, j'essayais d'imaginer Iago avec un bébé, une vie de trader, une Rosemonde *backstreet*, moi en *stand-by*... J'ai vite appuyé sur la touche stop.

— Je préfère... (Je me suis raclé la gorge.) Je préfère qu'on ne se voie pas pendant quelque temps. On a besoin de réfléchir, toi et moi. Tu ne crois pas ?

Il haussa une épaule. Un petit coin de mon cerveau n'a pu s'empêcher de comparer ce haussement d'épaules avec ceux d'Edern Fils-Alberne. Iago n'était ni raide ni grotesque, lui. Ce n'était pas une pose. Il ne faisait pas ça pour conjurer le sort. Non. Iago était sincère.

Il s'en foutait vraiment.

Quand je suis sortie, la neige blanchissait la cour du lycée.

13

Paris en noir et blanc

— Ugh, Géronima.

Rudy Masquin dans sa tenue préférée : mi-évadé des Baumettes, mi-pyjashort. Il contourna sa bataille napoléonienne en carton bouilli et me fit entrer dans son, hum, salon de musique. J'ai secoué les flocons agrippés à mon bonnet.

— Il neige ?

— Si on parvenait à ouvrir les fenêtres de cet appartement, vous verriez cinq centimètres sur le rebord, dis-je d'un ton rogue.

— Tu nous joues *Nature Boy*, Géronima ?

— J'ai travaillé Irving Berlin, objectai-je. On avait convenu que je travaillais Irving Berlin.

L'œil décoloré de Rudy Masquin me transperça derrière ses lunettes à l'épaisseur de tournedos.

— Tu as un drôle d'air, toi.

Il retroussa la lèvre sur des effluves d'oignon cru. Comment pouvait-on petit-déjeuner d'oignons crus ?

— Un drôle d'air ? répétai-je bêtement.

— Mm. Mm. Comme si tu étais... *Nature Boy*, alors ? Je t'écoute.

J'ai capitulé. J'ai soufflé plusieurs essais. Bof.

— Le jazz, c'est impro à 70 %, dit-il. Tu te crois à l'Opéra ?

J'ai recommencé. Il gardait le silence. J'ai recommencé encore. Puis encore. C'était mieux. La dernière tentative me parut même proche de l'honorable.

— Une dernière fois, ordonna Masquin.

J'obéis. Quand j'eus terminé, il alluma un de ses moignons de cigarillos qu'il affectionne et qui puent.

— Pas si mauvais, grincha-t-il avec un sourire qui aurait fichu les jetons à Bela Lugosi et Hannibal Lecter réunis.

Bon. Il était d'assez bon poil et pas trop avare de compliments. Autant en profiter. J'ai joué *Midnight Sun*, et *On the Atchison, Topeka and Santa Fe.*

J'ai marqué une pause pour le verdict. Ce qui subsistait du moignon resta scotché à sa lèvre du bas.

— Tu ne serais pas amoureuse, des fois, Géronima ?

Voooff. J'ai rougi comme une braise dans la cheminée. S'il y avait eu une cheminée. Jamais encore Rudy Masquin n'avait osé s'aventurer sur ce terrain-là.

— Mon nom est Wilhelmina, dis-je. Je ne suis amoureuse de personne.

Il gloussa, doucement d'abord, et plus fort, jusqu'à l'éclat de rire sans retenue. Il a écrasé d'un coup de pantoufle le moignon du moignon sur le plancher. Mes tempes battaient un peu plus que la normale.

— C'est à cause du vibrato. On en met trop quand on est amoureux. C'est le signe. Jamais remarqué, Géronima ? Le vibrato, c'est le mouchard.

Sans répondre j'ai envoyé une dernière mélodie : *Whose big baby are you?* Un désastre. Alors j'ai remballé Flannagan. Il me soûlait, le Rudy Masquin.

— Au revoir, dis-je. C'est l'heure.

— Ugh, Géronima. Tu n'oublieras pas de bosser mon Irving Berlin cette fois, hein ?

Il m'a tapoté l'omoplate et a refermé derrière moi.

La neige tombait de plus en plus.

*

— Tu as mangé ?

— Maman, il est 4 heures de l'après-midi. Tu parles de déjeuner ou de dîner ?

— Je veux juste savoir si tu as mis quelque chose dans ton estomac aujourd'hui.

— Rôti de pintade à la crème de physalis.

— Menu cantine ?

— Le resto du HOPH. Fran nous a invitées, Loulou, les sœurs Vitex et moi.

— La chance, d'avoir des potes friquées !

— Maman, c'est toi qui...

— ... qui t'ai mise dans cette boîte privée, je sais.

Catherine Ayre a soupiré et j'ai deviné quel regard exactement elle avait en cette seconde. Celui qu'elle a lorsqu'elle entre dans ma chambre et qu'elle y trouve tout parfaitement en ordre. La sienne est un tel bazar de bouquins en piles, de meubles et d'objets inutiles, qu'elle culpabilise. Parfois je m'efforce de ne pas trop ranger mes affaires. Afin de ne pas l'embarrasser. Mais j'ai du mal à le faire sur la longueur.

Le désordre me dérange.

— Il neige à Paris ?

— Sans arrêt depuis hier soir.

— C'est gai, soupira-t-elle.

— Qui a dit que l'hiver était gai ?

— Moi. Quand il se nomme « printemps ».

J'ai changé mon mobile de main et d'oreille. J'avais envie qu'elle ne s'inquiète pas. Qu'elle ne se sente coupable de rien. Qu'elle rencontre un mec qui l'empêche de s'inquiéter et de se sentir coupable.

— Joseph nous héberge. Un chalet, genre. Très *Côté Est*. Le magazine. Tomettes, bois, pierre, une cheminée où rôtirait un cerf.

— Beurrk, dis-je. Euh... Joseph, tu dis ?

— L'adjoint au maire, je t'ai parlé de lui déjà.

— Tu l'appelais alors, je crois, M. Lübeck.

— Il a des chevaux. Ça te plairait. Sans la neige évidemment. Les Miss sont aux anges.

— Et toi ?

Je la sentis hésiter.

— Ça va, finit-elle par dire. Tu me promets d'être sage ?

— Si tu me promets de ne pas l'être, ripostai-je.

Joseph Lübeck. Pas mal. Ça faisait Kafka, comme nom.

— *Okee Do Kee*. Peut-être que je vais trouver un avion. Ou des skis magiques. Peut-être que la SNCF saura enfin faire rouler un train. On n'est pas à l'abri d'un miracle. À bientôt, ma puce. Couvre-toi bien. N'hésite pas à augmenter le chauffage.

— À bientôt, 'man.

J'ai bien enfoncé mon bonnet sur mon front, et j'ai quitté la cabine téléphonique où je m'étais réfugiée à son appel. L'avenue était en noir et blanc sous les guirlandes lumineuses. Sur le pont de Caulaincourt, les tombes du cimetière Montmartre, alignées sous la neige ressemblaient à des meringues sur une plaque de four.

Un Vélib' gicla de la boue glacée. Tout était désert, muet.

Quatre minutes de soleil en moins chaque jour. À peine on se retournait que la nuit vous était déjà tombée dessus. Avec Noël qui approchait, Paris virait incendie de forêt.

Le funiculaire était fermé à cause de la météo. J'ai remonté à pieds la rue Lepic, les Abbesses, les escaliers, pas facile dans cette poix blanche...

Et *blam*, ce fut la nuit, impasse du Docteur Praetorius.

On s'enfonçait jusqu'aux chevilles dans la neige neuve ; elle grinçait sous mes semelles. On avait l'impression de marcher dans du sorbet. J'eus encore plus de mal que les autres fois à ouvrir le vantail vert, à cause de l'espèce de congère à la base.

En le poussant par bribes de deux centimètres, j'aperçus au verso la boîte aux lettres entrouverte, avec du courrier à l'intérieur. Une enveloppe détrempée par la neige, adressée *À l'attention de la famille*

Fils-Alberne en police Arial. Je la pris et la mis à l'abri dans mon manteau.

En haut du perron, la petite lanterne avec son bandage de neige sur le crâne, gémissait et clignotait dans le vent, l'air un peu patraque et de réclamer une aspirine. Deux fenêtres étaient éclairées au rez-de-chaussée, une au premier, une sous le toit.

Flanqué de O'Connor et O'Poulos (je lance ces noms O'Hasard, bien sûr, je ne distinguais toujours pas un chat d'un chat...), El vint m'ouvrir. On pouvait dire que je le voyais de près, de face, bref, distinctement pour la première fois. Après avoir poliment salué, il précisa :

— Mlle Isebelle propose que vous montiez directement retrouver Mlle Marni dans la bibliothèque. À moins que vous ne souhaitiez voir Mlle Isebelle auparavant ?

— Merci, El. Je monte. Je reconnaîtrai le chemin.

Il me délesta de mes manteau, gants, écharpe, bonnet. Son regard cerna mes bottes, la flaque autour.

— Nous pouvons vous prêter des chaussons, dit-il après s'être éclairci la gorge. Vous aurez les orteils au sec. Dois-je vous aider à les retirer ?

— Mes orteils ? Oh non, j'y tiens.

Son ombre de sourire oscilla entre politesse et commisération pour ma repartie qui me parut pitoyable après coup.

Mes bottes étant courtes, à la Peter Pan, je parvins à les enlever moi-même. Leurs remplaçantes furent des babouches brodées en cuir abricot. J'ai traversé le hall, manquant une fois de plus de me ramasser sur Jean-Marie qui guettait, comme à l'accoutumée, le moment de me faire un croc-en-jambe. Je me suis rééquilibrée de justesse. J'ai pris l'escalier, sans croiser Isebelle, tandis qu'El réintégrait la cuisine où fredonnait Seconde.

Je savais que Marni m'attendait dans la bibliothèque, et je savais désormais situer ladite bibliothèque. En revanche j'ignore ce qui m'a pris.

Au premier étage, je me suis retrouvée au milieu du vaste palier, seule devant la haute horloge. *Presque* seule, les chats rappliquaient.

Il y avait ce battement lointain. Régulier. Cette vibration. Profonde.

Cela ne venait pas de la pendule, aux aiguilles à nouveau stoppées sur la même fichue heure. On s'est dévisagées un moment, elle et moi. J'ai réagi la première.

— Non, lui dis-je tout bas. Ce n'est pas mon cœur.

J'ai identifié le martèlement des basses d'un ampli à l'étage supérieur. J'ai cligné de l'œil vers la pendule.

— OK, chuchotai-je. Tu as gagné. Je ne te demanderai pas pourquoi tu débloques tous les soirs à 11 heures. Ne me demande pas pourquoi j'ai envie d'aller voir là-haut.

Les chats et moi, on a suivi les pulsations...

Elles m'ont conduite au deuxième étage où je n'étais pas encore allée. Les couloirs y étaient plus étroits, sinueux. Des photos dans leurs cadres défilaient le long des murs, en surplomb de ma tête. Je ne les distinguais pas clairement, mais j'hésitais à allumer.

Les pulsations, c'était là. Derrière cette porte, exactement. J'ai frappé, même s'il était évident qu'on ne m'entendrait pas. J'ai rallumé mon téléphone, j'ai validé un nom dans le répertoire.

Une sonnerie a retenti de l'autre côté de la porte. Quelqu'un a baissé le son, mais j'avais reconnu la musique.

— Allô ? dit Edern.

— Bonjour. Je suis devant ta porte.

— Le portail est ouvert. Tu auras du mal à le pousser avec toute cette neige. Je vais appeler El, qu'il sorte t'aider.

— Je suis *dans* la maison. Comme la méchante baby-sitter du film. Je suis au deuxième, devant une porte qui vibre de sons étranges. Entre alchimie médiévale et guitare cathédrale. C'est TAT, non ?

Il ne dit mot de longues secondes durant. Sa stupeur faisait sourire. J'enfonçai le clou :

— Leur dernier album : *Testament.*

— *La Fin des temps,* dit-il. Dernier morceau du CD. Tu connais ça, toi ? Je te croyais jazz comme ma sister.

— Je suis jazz...

La porte s'est ouverte et, tel le diable hors de sa boîte ou de son enfer, son grand corps osseux a jailli, plus obscur et ténébreux que jamais. Les murs et le plafond de sa chambre étaient noirs, l'éclairage se réduisait à un spot couvert d'une mousseline rouge. Un ampli clignotait dans un coin par terre.

— ... mais aussi dark folk, achevai-je dans le téléphone tout en le regardant.

— Tu connais TAT ? répéta-t-il, lui aussi au téléphone, lui aussi en me regardant.

Il a éteint son mobile. J'ai éteint le mien. On s'est sentis idiots.

— Je te dérange ?

Il a secoué la tête et m'a fait entrer. Le parquet était également peint en noir. Il y avait des affiches de cinéma punaisées. *Les Araignées. Les Yeux sans visage. Bunny Lake is missing.* Deux ordinateurs. Deux lecteurs Blu-ray. Un lit qu'on ne voyait pas mais contre lequel j'ai buté lorsqu'on chercha le boîtier de TAT.

Au milieu de la pièce, deux fauteuils à la vachette râpée, l'un bancal pour cause de pied-bot, l'autre à demi manchot.

— Laisse-moi deviner, dis-je. Bob, c'est celui-ci, n'est ce pas ? Et Bill, celui-là.

— Tu es drôlement fine en psychologie de fauteuils.

J'ai pris place entre les bras de Bill, qui me paraissait le plus fiable. Par terre, traînait le DVD de *The Ring*.

— Aujourd'hui, dis-je, c'est le jour de musique avec Marni.

— Je sais... Oh, je vois. On n'a encore jamais parlé d'argent. Le mieux, c'est que tu voies ça avec Roch quand il rentrera, c'est lui qui...

J'en fus horrifiée. Horrifiée et bouche bée.

— Mais pas du tout, ai-je réussi à articuler au bout d'une bonne minute de vacance de mes neurones. Je ne viens pas te parler fric. Je suis montée parce que j'entendais TAT. Et aussi pour te donner ceci.

J'ai tiré la lettre de mon manteau.

— La neige dégoulinait dessus. La boîte était ouverte. Il m'a semblé judicieux de l'apporter avant qu'elle ne devienne compost. On l'y a déposée après le facteur, il n'y a pas de timbre. Tiens.

Edern ne bougeait pas. La musique expira à cet instant précis. J'ai quitté Bill pour m'approcher et tendre l'enveloppe. Edern fit un bond en arrière, avec répugnance, comme si j'étais un sconse, ou une chaise électrique.

— Tu ne veux pas lire ?

Il secoua la tête, immobile, blême, absolument terrifié.

14

Terreur dans la nuit

Obturation de l'espace-temps. Je sais maintenant de quoi parle Thomas Ayre. Le sablier des heures se bouche et ne coule plus.

Une voix, à l'étage au-dessous, mit fin à cette étrangeté. La voix de l'innocence, notre salut. On a enfin émergé de notre léthargie. Edern s'est emparé de la lettre, l'a fourrée en vitesse dans sa poche. On est ressortis sur le palier.

— C'est toi, Edern ? appelait Marni. Roch vient de téléphoner ; il a des problèmes pour rentrer, avec toute cette neige.

Une seconde porte claqua au rez-de-chaussée.

— Vous êtes là-haut, tous ? s'écria Isebelle du fond de la cage de l'escalier. Roch a abandonné la voiture dans un garage, porte d'Orléans. Le périph est bloqué. Pas de chasse-neige. Les lignes de bus sont interrompues. Les taxis invisibles. Il arrive en métro.

Elle apparut, légèrement haletante car tout en parlant, elle avait monté les deux étages quatre à quatre. Elle était brune comme la dernière fois, mais bouclée jusqu'aux épaules, des perles tressées dans les mèches. Les perruques lui allaient décidément à ravir. Peut-être devrais-je envisager cette solution quand j'en aurais soupé de la neutralité de mon apparence... ?

— Douze centimètres de neige et la moitié de la France se fige ! soupira-t-elle.

Elle me considéra, son sourcil droit joliment haussé :

— Tu habites loin, Willa ?

Elle avait gardé en main le livre qu'elle lisait lorsque Roch l'avait appelée.

Je ne sais pas vous, mais moi, j'aime connaître le titre des livres que les gens lisent, dans le métro, le bus, ou les profs au lycée... J'ai contorsionné mon cou, aussi discrètement que possible, tout en répondant :

— À une demi-heure de bus, environ.

L'Invitation à la valse ! J'aime tant ce roman.

Je ne sais pas vous, mais moi, si j'ai lu et aimé le livre que lit un passant, eh bien ce passant devient un peu mon ami. Tant pis pour lui s'il l'ignore et l'ignorera toute sa vie.

— No bus. No taxi. Le métro saturé. Peut-être est-ce plus raisonnable de zapper la musique aujourd'hui et de rentrer plus tôt... ?

— Ah non ! s'exclama Marni, au-dessous, blottie contre la rampe du premier étage. On garde la musique. Tu n'auras qu'à rester cette nuit avec nous, Willa ! Ça *évidence* ! Ça *sourcecoule* même !

— Oh mais, ce n'est pas possible, dis-je.

Pourquoi ? pensai-je au même instant. Ta mère t'attend ? Ton père ? Pas même un canari ! À part une soirée à *solitudiner,* des idées noires à ruminer à propos de Iago.

— Ce n'est pas une mauvaise idée ! sourit Isebelle. Elle est même excellente. Willa, peux-tu dormir ici ? La place ne manque pas.

— Ni les courants d'air. Ni les rats. Ni les toiles d'araignées, commenta, derrière, Edern qui n'avait pas dit un mot jusque-là. Et la chaudière qui rend fou. Sans compter (il baissa le ton et regarda autour de lui, mimant l'horreur), sans compter les rôtis de Seconde... À ta place, je refuserais, Willa.

Le ton se voulait plaisantin ; pourtant une inflexion, je ne sais quoi d'appuyé, m'enjoignait subtilement à *vraiment* refuser l'invitation.

J'ai fait mine de réfléchir. Ne pas avoir l'air d'accepter trop vite. Je n'étais pas fâchée de m'épargner un plateau Country Store TV, même contre un dîner façon Seconde. J'ai dit oui. On entendit un soupir échapper à Edern. Et sa porte se referma.

— Savez quoi ? dit Marni, ravie. Je *hip-hip* littéralement, là.

— Veux-tu que j'appelle ta mère ? me proposa Isebelle lorsqu'on s'est toutes les trois retrouvées au premier.

— Elle est bloquée par la neige en province depuis hier matin.

— Alors je dis à El et à Seconde qu'ils chauffent la chambre à côté de celle de...

La sonnerie du téléphone l'interrompit. L'atmosphère se glaça instantanément et changea du tout au tout. Comme la fois précédente, j'assistai à une paralysie générale. On percevait, avec une acuité affolante, les respirations qui ne respiraient plus. À l'étage au-dessus, la porte d'Edern se rouvrit avec lenteur.

— Probablement la marâtre et les méchantes sœurs qui s'invitent au bal, dis-je pour alléger l'ambiance.

L'effet de ma phrase fut catastrophique, notamment à cause de mon rire nerveux qui l'accompagna.

— Je réponds ? interrogea la voix d'Edern au bout d'un moment.

— Si tu veux bien, fit Isebelle, visage neutre.

La sonnerie cessa. Il avait décroché.

Isebelle s'empara de la main de Marni et vint avec nous à la bibliothèque. En chemin, elle s'arrêta devant une sorte de meuble gothique en bois noir. Lorsqu'elle l'ouvrit, je m'attendais presque à l'entrée d'un passage secret. Il n'y avait que du linge plié. Elle empila des draps, des taies.

— Je vais les porter dans la chambre que tu vas occuper cette nuit. Elle est à cet étage, au bout du couloir. Tu seras à côté de Marni.

— Est-ce que...

Marni hésita. Nous étions devant la bibliothèque.

— Est-ce que Willa ne pourrait pas dormir dans ma chambre ? Sur la méridienne ? C'est facile d'en faire un lit.

Je devinais le pourquoi de cette demande. Isebelle caressa le menton de la petite et posa un baiser sur ses cheveux.

— Le matelas de ta méridienne a tous ses ressorts cassés, chérie. Willa dormirait très mal. Tu ne veux pas qu'elle se réveille demain matin avec mal au dos, ma puce ? Je vais te trouver des vêtements pour la nuit, enchaîna-t-elle à mon intention. Travaillez bien.

Marni s'installa au piano de la bibliothèque. J'évitais de porter le regard sur l'angle obscur qui s'enfonçait tel un trou noir au bout de la pièce. On ne pouvait pas voir, mais on devinait très bien, le regard de l'homme dans le tableau avec le chien à ses pieds.

*

On *musiqua* jusqu'au dîner. Marni était une gamine rigolote, enjouée, ses trouvailles langagières auraient enchanté Mme Connet, la prof de français de Saint-Lyco qui se plaignait de notre imagination affligeante.

— Je suis contente que tu sois avec nous, dit brusquement la petite au milieu de *Stompin' at the Savoy* (ou de ce qui prétendait y ressembler et qui était absolument joyeux).

Un peu après 19 heures, El vint annoncer que le dîner était prêt. Avec les Hilbert je connaissais le style room service du HOPH. À Fausse-Malice ce soir c'était plutôt *Madame est servie* version Baroque.

La salle à manger, que je n'avais pas encore vue, était gigantesque, haute de plafond, avec deux colonnes.

La table ovale y était une miniature perdue telle une planète dans l'espace sidéral. Sur une fresque au mur, une frégate dans la tempête faisait naufrage depuis le XIXe siècle. La tempête était en fait une allégorie aux yeux phosphorescents, aux longs cheveux serpentins. Elle était signée Gustave Moreau.

Quand je raconterai cela à Thomas Ayre...

Roch, enfin arrivé, était déjà attablé. Il racontait ses déconvenues, la neige, Paris que quelques centimètres rendaient tétraplégique. Il se leva courtoisement à mon arrivée, mais il interrogea Isebelle du regard. Visiblement il avait oublié qui j'étais. Avec doigté elle le lui rappela sans paraître le faire.

Edern descendit en dernier. Il s'assit du même côté que moi, à un siège d'intervalle, de sorte qu'il fallait se pencher pour se voir et se parler.

On se vit peu. On ne se parla pas.

Le dîner fut, avouons-le, passablement médiocre. Le rôti était trop cuit, les pommes de terre pas assez, le dessert un surgelé.

Pour la première fois depuis le début du repas, la voix d'Edern s'éleva :

— Ce rôti ferait couler le Titanic.

Marni pouffa, Isebelle sourit.

— C'est une grande maison, objecta Roch en s'essuyant les lèvres, pour seulement deux domestiques, âgés, en plus. Tu sais très bien qu'on ne peut...

— Seconde et El font moyen le ménage... et moyen la cuisine. Heureusement, on ne s'en aperçoit que lorsqu'on a des invités, c'est-à-dire jamais.

Roch se tourna vers moi, aimable.

— ... El a allumé un feu de bois dans le salon. Si les dames veulent bien me suivre.

Roch me laissait une impression mitigée avec sa cordialité forcée. On se demandait s'il n'allait pas vous oublier dans la pièce à côté. Pour autant il était impossible de lui en tenir grief si on songeait qu'il se retrouvait, à trente ans à peine, en charge d'une famille marquée par la tragédie, d'une jeune sœur aveugle, d'une maison décrépite.

— C'était quoi le téléphone tout à l'heure ? questionna subitement Marni, alors qu'on venait de s'installer dans le salon.

Isebelle, pelotonnée contre le bras de Roch dans le canapé orange, bougea la tête. Leurs regards se croisèrent. Edern, les yeux mi-clos, tapotait son genou du bout de l'index en martelant *tutt tutt tutt* à voix basse.

— Téléphone ? répéta-t-il sans comprendre.

— Tu *sourdingues,* ma parole. Tout à l'heure. Quand on était ensemble tous les quatre dans l'escalier, rappela Marni posément. C'était qui ?

— Oh, *ce* téléphone-là ! dit-il, détaché. C'était... le grand méchant loup.

Il ricana sans raison et reprit ses *tutt tutt tutt.* Il bondit soudain sur ses pieds, comme s'il se souvenait d'un truc. Je me suis demandé ce que contenait cette lettre qui l'avait fait tellement pâlir.

— On m'a prêté un DVD, dit-il. Faut que je le rende assez vite. Je monte le regarder.

— Un film ? ai-je demandé.

— Mm. Mm.

— Je peux le regarder aussi ? Je n'ai pas envie de me coucher tout de suite. C'est quoi ?

Il jongla avec une mandarine, histoire de gagner un peu de temps. Il marmonna un titre que je ne compris pas. Marni battit des mains :

— Yesss. *La Chose d'un autre monde* ! Je veux le voir depuis cent ans !

— Tu es trop petite, décréta Roch. Tu auras peur.

Elle eut un sourire malin :

— Aucune image ne peut faire peur à un aveugle, tu sais.

Et, très vite, très bas (à mon intention je suppose, car j'étais la personne le plus proche d'elle), elle ajouta :

— À part celles qu'on se *Lego* soi-même, dans sa tête.

Edern abandonna brusquement sa mandarine pour venir étreindre sa petite sœur et lui embrasser le crâne en silence.

— Si c'est la version noir et blanc des années cinquante, intervint Isebelle, ce n'est qu'une histoire de poireau congelé, après tout.

— OK, mais prends ta douche d'abord, ordonna Roch à Marni.

— Ne dormez pas trop tard, grommela Isebelle toujours blottie contre lui. Moi, je ne vais pas tarder, je tombe de sommeil.

El vint débarrasser la table. Seconde conduisit la petite vers la salle de bain. En chemin elle m'invita à découvrir ma chambre située au même étage. Elle m'indiqua les interrupteurs.

— Le chauffage marche mais... il est un peu asthmatique, comme qui dirait. El vous a allumé une flambée dans la cheminée. Il vous a aussi monté votre instrument. Ça s'appelait la chambre bleue, conclut-elle dans un soupir. Avant.

— Avant quoi ?

Elle s'est fermée illico, sans donner de réponse.

— Elle est toujours bleue ! me suis-je exclamée, riant pour la dérider.

— C'te bleu n'est plus le bleu que ç'a été, murmura-t-elle.

Je l'ai trouvée touchante. Sa manière de dire, ses mines de vieux bonhomme bougon.

— Tu as pensé aux serviettes de bain propres ? lui demanda Marni.

— Sûr. Sont pliées sur la commode. Et Mlle Isebelle vous prête une de ses chemises, me dit-elle.

— Merci beaucoup, Seconde. Pardon pour le surplus de travail.

Elle a secoué la tête, coincé la main de Marni sous son coude pour l'emmener à la douche. Il me semble l'avoir entendue marmonner « C'est rien, donc... »

— Je viens te chercher dès que j'ai fini ! dit Marni. Edern ?! cria-t-elle vers le plafond. Tu ne commences pas à regarder le film sans nous, hein !

*

Ma chambre était vieillotte et étonnamment petite. Elle gardait cependant une authentique joliesse. Il y avait un meuble de toilette ancien en hêtre patiné, avec le broc et la cuvette en porcelaine fleurie. La fenêtre donnait sur le jardin couvert de neige. Il était plus grand que je ne pensais et, surtout, au-delà du mur au fond, on devinait les scintillements de la ville entre les cyprès et les branches sans feuilles mais serrées des peupliers.

L'édredon avait le gonflant de la plume. Le feu crépitait. Je me suis assise dans une bergère pleine de dignité. Je me sentais bien.

— Tu m'as l'air coquette, toi, lui chuchotai-je. Dommage que Bill et Bob soient loin. Tu les connais ? Ils sont un peu rustres comme ça, mais je leur crois un bon fond...

Coquette se parait d'une tapisserie à rembourrage, usée certes mais non dénuée de charme et de confort. Je me suis lovée entre ses bras et j'ai nettoyé bec et contre-bec de mon saxo avec sa graisse spéciale à la fleur de pommier, changé la pastille, et laissé tremper les anches dans une assiette d'alcool à friction, vieux truc de saxophoniste pour occire les bactéries. Tout cela en contemplant les flammes dans la cheminée.

Cela dura vingt minutes et c'est exactement le temps qu'il fallut à Marni pour réapparaître dans un pyjama manga. Elle sentait le savon à la violette, et portait l'un des chats orange. Les autres la suivaient, l'air de rien.

— Suis-moi, on va *colimaçonner* par l'autre escalier. Celui de la tourelle.

Au bout du couloir, une porte capitonnée donnait sur un escalier en spirale par lequel elle grimpa à l'étage supérieur sans la moindre hésitation. Elle connaissait chaque marche par cœur. Les chats aussi.

— Il n'y a que deux étages ?

— Oui, si tu parles des étages où on vit. Il y a les combles et, juste après, le grenier. Mais personne n'y tient debout, sauf moi.

À l'étage supérieur, elle poussa une porte capitonnée jumelle de la précédente, et on se retrouva, tous les six en comptant les chats, sur le palier, devant la chambre d'Edern. Avant d'entrer, la fillette agrippa tout à coup ma main et la serra très fort contre elle.

— Je suis si contente que tu sois là, me répéta-t-elle en un chuchotement. Et... contente aussi que mon frère te connaisse.

Edern avait procédé à un vague rangement. C'est-à-dire qu'il avait repoussé des objets et des piles contre un mur. Il avait disposé des coussins et des poufs par terre, le long du cadre du lit qui nous servirait ainsi de dossier. Marni se laissa choir sur un pouf, bientôt entourée par les chats.

D'un accord tacite nous nous sommes assis, Edern et moi, de chaque côté de Marni. Il régla la télécommande. L'écran était trois fois plus grand que celui de la vieille télé de ma mère. Et l'histoire du « poireau congelé », alias *La Chose d'un autre monde,* put commencer.

Pour dire la vérité, Catherine Ayre m'avait emmenée le voir à la Filmothèque du Quartier latin. J'avais à peine l'âge de Marni alors, et j'avais eu les chocottes.

Edern avait choisi la version française à l'intention de sa petite sœur. De temps à autre, quand la bande-son était muette, il lui expliquait ce qui se passait. Il le faisait avec l'aisance de l'habitude, en peu de mots, avec précision.

Même si je restais toujours sensible à l'atmosphère arctique et aux angoisses de ce groupe d'humains isolés sur la glace avec un *alien* parmi eux, j'avais pas mal grandi depuis ma première vision.

Je me surpris donc, au cours du film, à laisser vagabonder mon regard dans la chambre du *geek.* L'architecte avait eu le caprice de la concevoir vaste, bien qu'elle fût située juste au-dessus de celle que j'occupais et qui était si petite.

La mousseline qui voilait le spot comme une toile d'araignée rouge sur nos têtes. Les affiches. Les livres. J'essayais d'attraper un titre dans la pénombre. Mais le noir et blanc de *La Chose d'un autre monde* éclairait assez peu la pièce.

Puis j'ai posé les yeux sur lui.

Edern Fils-Alberne.

Il fixait l'écran mais lui non plus ne le regardait pas. À la lueur bleutée du film en noir et blanc, des larmes brillaient dans ses yeux. Elles roulaient en douceur et silence sur ses joues.

Je me suis détournée. Mon cœur tremblait. Sans réfléchir, dans un élan que je ne pus même pas réprimer, j'ai glissé le bras derrière Marni en prenant garde de ne pas la toucher. Ma main a flotté, cherché, et a trouvé la main d'Edern.

Ses doigts étaient rêches, glacés, on sentait les phalanges, l'ongle tout rongé du pouce. Je les ai serrés dans les miens. Je voulais de tout mon cœur le réchauffer, lui dire que j'étais là, que je comprenais un peu même si pas tout, que je lui offrais mon amitié. Sa main se déroba.

Mais la seconde d'après, elle revint, retrouva la mienne et cette fois elle y demeura.

*

Cette nuit-là, un frisson me réveilla une première fois. L'édredon avait glissé. La bouillotte donnée par Seconde était maintenant à peine tiède. Il restait quelques braises dans la cheminée. Le rideau de la fenêtre filtrait les lueurs vagues de la neige dans le jardin. J'ai tiré l'édredon sur moi et me suis renfoncée sous ses plumes jusqu'au cou, me suis pelotonnée au centre du lit, les bords étant trop froids. La pendule sonna avec lenteur. À peine le onzième coup avait-il retenti que je m'étais déjà rendormie.

Pas très profondément car peu de temps après, je fus tirée à nouveau du sommeil. Tout était calme. Je repoussai les centimètres d'édredon qui me couvraient l'oreille... Tout semblait calme. Mais au moment où j'allais refermer les yeux, un bruit m'alerta. Le bruit infime, étouffé par les entrailles de la maison, d'un tiroir qu'on tire. Suivi presqu'aussitôt de glissements, de grincements de parquet. Mais bientôt le silence retomba. Aux aguets, j'attendis. En vain, car il n'y eut plus rien. Je finis par me rendormir.

Plus tard, je ne saurais dire à quel moment de la nuit, je me réveillai encore.

La chambre était glaciale, plongée dans des ténèbres où les braises de la cheminée n'étaient que de petits vermisseaux rouges bien incapables d'éclairer. Un courant d'air faisait battre un pan de rideau. Seconde avait dû mal fermer la fenêtre. L'idée de quitter la chaleur de l'édredon ne m'enchantait guère et il fallut une longue minute pour m'y préparer psychologiquement. Non sans un soupir, je me résolus à compter jusqu'à cinq... .

À trois, quelque chose m'arrêta. Quelque chose qui me sembla totalement invraisemblable mais qui me submergea soudain d'épouvante...

À quelques pas du lit, quelqu'un respirait !

Je n'ai pas bougé. Tendue, les yeux grands ouverts, j'écoutais. J'ai essayé de ne pas modifier le rythme de mon souffle. Était-ce Marni ? Edern ? J'étais sur le point de crier « Qui est là ? » lorsqu'une latte du plancher émit un craquement ténu, vite stoppé, comme si *on réprimait son pas.*

On cessa de respirer.

La panique me gagna. *On se cachait !*

Imperceptiblement, je me mis à ramper vers le bord du lit, vers l'opposé du bruit que j'avais perçu. Je n'entendais plus rien mais je sentais que le visiteur progressait dans ma direction.

J'ai atteint le bord du drap, prête à me glisser à terre, à rouler à bas du lit, sans savoir si, dans ma terreur, ce serait pour m'abriter ou me relever et courir...

Un objet mou, épais et rude s'abattit et m'écrasa la figure avec une force phénoménale.

15

Le jardin à vol de hibou

D'abord, j'ai cru à une farce. Quelqu'un s'amusait forcément à mes dépens. Marni ? J'ai essayé de crier mais pour cela il fallait que je reprenne mon souffle, et c'était tout à fait impossible. Un coussin enfonçait mes dents et ma langue dans la gorge.

Un genou me bloqua les jambes et m'immobilisa de douleur. Je compris qu'on voulait que je meure. Mais... qui pouvait vouloir une telle chose ici, à Fausse-Malice ?

Je suffoquais. Ma poitrine explosait de souffrance. J'allais partir, m'évanouir... mais m'évanouir c'était mourir. Mes ongles agrippèrent un tissu à gauche, griffèrent des joues à droite.

J'ai cessé de vouloir respirer.

Plus le choix ni le temps. Ma main s'est tendue, tendue, tendue vers la table de chevet.

J'ai effleuré un liquide... Mes anches dans l'alcool ! J'ai pincé une anche. Ce n'était pas l'égal d'un rasoir, mais c'est plat, une anche, une lame de roseau limée, biseautée. Tranchante.

Mon poing serré agita comme un fou l'anche dans tous les sens. *On* a crié de douleur. Les mains ont relâché leur pression sur le coussin. Le temps pour moi d'aspirer du chaud, du salé. Je saignais. L'anche dans mon poing se mit à décrire des arcs de cinglé dans l'espace.

J'ai encore blessé mon agresseur à la figure. Puis, subitement je me suis mise à tousser car l'air venait enfin de pénétrer dans mes poumons. Le coussin tomba.

J'ai roulé sur le sol avec l'édredon. Il fallait que je crie, que je donne l'alerte, mais ma gorge ne réussissait qu'à avaler l'air, qu'à hoqueter avec des sons âpres. J'ignorais ce qui avait déstabilisé mon étrangleur, mais s'il reprenait son souffle lui aussi pour mieux revenir à la charge... ?

Deux bras m'ont soulevée, enlacée, serrée.

— Je suis là... n'aie pas peur.

Edern.

Je suis restée blottie, à seulement respirer, à lutter contre les nausées et mes tremblements. J'étais glacée.

— Ça va ? demanda-t-il après m'avoir longuement bercée.

— Je... crois.

Les battants de la fenêtre étaient grand ouverts. Edern m'a laissée pour aller les refermer. Il a ensuite jeté l'édredon autour de mes épaules, m'a portée dans les bras de Coquette avant de rajouter des bûches sur les petits vers rouges qui se tortillaient dans la cheminée. Il a soufflé, soufflé, et bientôt des flammes bleues et vertes sont montées à l'assaut du bois.

Il est revenu s'agenouiller à côté de moi. Il a essuyé mon nez ensanglanté avec un Kleenex. Son visage était interrogateur mais c'est moi qui ai demandé la première :

— Est-ce que... Est-ce que tu sais ce qui s'est passé ?

Il a haussé une épaule, de cette manière bien à lui, un peu raide, nonchalante, qui m'avait agacée au début mais que je trouvais en cette seconde incroyablement réconfortante.

— Je suis un noctambule, tu sais. Je me balade souvent dans la maison, la nuit. Là, je descendais respirer la neige dans le jardin, et passer voir M. Lobel. En arrivant à cet étage, j'ai entendu ces drôles de bruits dans ta chambre. J'ai toqué plusieurs fois en pensant que, peut-être, tu ne te sentais pas bien... J'ai fini par ouvrir. J'ai vu ce type... Il s'enfuyait par la fenêtre, par le lierre.

— Tu l'as vu ? Tu le connais ?

— Pas du tout.

J'ai soupiré. Malgré le feu et l'édredon, j'étais toujours secoué de frissons. Mais ça n'avait rien à voir avec la température.

— Viens, dit Edern en se levant. On va se boire un lait chaud.

Je l'ai suivi. Je n'avais nulle envie de rester seule dans cette chambre ; avec un carrousel de questions qui m'épouvantaient.

La cuisine était déserte. C'était une longue pièce avec une grosse table de campagne, un évier en grès, de la tommette rouge et des ustensiles qui avaient été ultramodernes au début des années quatre-vingt-dix.

Edern prépara un pot de chocolat. Du cacao soluble qui ne pouvait guère rivaliser avec les carrés fondus de Catherine Ayre... Pourtant, après l'horreur de cette nuit-là, dans la tiédeur de la cuisine de Fausse-Malice, au coin de la grosse table de campagne, je bus le breuvage le plus doux, le plus consolant de toute ma vie.

Nous sommes restés devant nos bols sans parler. La vieille maison était plongée dans un silence plein de craquements et de petits bruits qu'on percevait quand ils s'arrêtaient. Les vibrations du frigo par exemple.

— Tu es certain qu'il s'agissait d'un homme ? repris-je.

— Je l'ai vu seulement de dos mais... Oui. Je suis sûr. Quand j'ai allumé la chambre il enjambait la balustrade. Le temps que je traverse la pièce, que je me penche, il fuyait déjà dans le jardin. Ce n'était que le premier étage.

On se dévisageait. On a fini par baisser les yeux.

— Est-ce que tu vas appeler la police ? demanda-t-il.

À la tension de sa voix, à son souffle qu'il retenait, à son inquiétude qui perçait, je sus sans comprendre pourquoi que cette question était cruciale.

— C'est en général ce que l'on fait quand on est victime d'une agression, dis-je.

Il but une gorgée en silence.

— Tu as peur de voir la police débarquer ici ? demandai-je à brûle-pourpoint.

Il n'a pas répondu. Il réfléchissait. S'il n'avait pas été en ma compagnie, je crois qu'il aurait dévoré son ongle de pouce déjà tout déplumé.

— Pourquoi tiens-tu ce bol avec les poings ? s'enquit-il.

Je le tenais serré, en effet, entre mes poings fermés, comme pour les réchauffer. Mais je n'avais plus froid. J'étais simplement tendue. J'ai reposé le bol sur la table, j'ai ouvert mes paumes. La droite portait les quatre empreintes de mes ongles. Dans la gauche, il y avait un bout de tissu gris, léger, un peu brillant.

— C'est à *lui*. Un morceau de doublure que je lui ai arraché. Tu as pu voir s'il portait un manteau, une veste... ?

Edern hocha la tête.

— Un manteau foncé. Une parka. Genre.

— Un pardessus ?

— Plutôt une parka.

J'ai scruté mes doigts, mes ongles. On y décelait des traces de sang.

— Je l'ai aussi blessé au visage, murmurai-je. Griffé. Avec l'anche. Assez profondément, je crois.

Nos bols étaient vides. Il se leva, m'offrit sa main.

— On va faire un tour dans le jardin ? Ça nous changera les idées.

J'eus une hésitation. L'homme pouvait s'y trouver encore...

— Vu la vitesse à laquelle il filait, il est loin, murmura Edern, devinant mes pensées. Et puis, je suis là. Viens ! Que je te présente mon ami M. Lobel.

Nous avons fait un stop dans le hall pour enfiler bottes, pulls, écharpes. Edern a allumé la lanterne extérieure, et nous sommes sortis.

Sitôt dehors, la magie du jardin sous la neige nous a saisis au cœur. La lune, les branches chargées de blanc, les scintillements du silence, quelques fenêtres éclairées d'immeubles du côté de l'impasse... Nous sommes restés muets, à nous tenir par nos mains gantées, à contempler toute cette féerie.

— Suis-moi, chuchota-t-il sans me lâcher.

Le jardin était bien plus vaste que je croyais, et sa blancheur l'élargissait encore. Après le bouquet de cyprès, là où je pensais qu'un mur clôturait, il y avait en fait un menu sentier qui grimpait et bifurquait, pour s'ouvrir sur un petit belvédère, et...

J'en eus le soufflé coupé. Paris s'étendait, nocturne et lumineux, blanc et ténébreux, balayé par le vent d'hiver et exhalant son haleine de ville. Au loin, le phare mystérieux de la tour Eiffel...

— Je comprends que tu aies des envies de balades, la nuit, ai-je murmuré. De sortir respirer... la neige.

Nos mains qui s'étaient quittées se sont retrouvées et nous sommes restés debout sur le promontoire à contempler Métropolis.

— Qui est M. Lobel ? dis-je.

Il me conduisit jusqu'à un bosquet au centre duquel se dressait un noisetier.

— Chut, dit-il.

Son bras sur mes épaules m'invita à lever la tête. Il braqua un instant sa lampe de poche entre les branches où les paquets de neige pendaient comme de gros fruits blancs. Là-haut, tout là-haut, deux yeux ronds brillants clignèrent l'un après l'autre. Un hibou !

— À Paris ? m'exclamai-je à voix basse.

— Bien sûr. Personne ne l'embête ici, et il a toutes les souris qu'il veut. C'est maman qui l'a baptisé M. Lobel. En hommage à l'auteur des albums de M. Hulul.

On s'est éloignés pour ne pas déranger davantage l'oiseau. Mais il y avait d'autres habitants dans le jardin... Je crus d'abord à de petits moineaux. Mais à leur vol vibrant je reconnus bientôt des chauves-souris.

— Tu n'as pas peur, j'espère ? murmura Edern. Elles sont gracieuses et très sympas.

— Un vrai jardin de *geek*, hein ?

Je sentais la morsure de la nuit sur mes joues.

— Pourquoi tu me montres tout cela, Edern ?

Il haussa une épaule.

— Pour partager. Pour manger ensemble une super tartine de bon pain frais avec plein de Nutella sur les deux faces.

— Ouais, mais les chauves-souris, euh, brrr... quand même. Une tronche de chauve-souris, vue de près, c'est quand même pas loin de la hyène.

— Rends-moi tout de suite ma super tartine de Nutella, s'il te plaît. Je milite pour la réhabilitation des hyènes.

J'ai ri. C'était drôle d'être seuls, à Paris, entourés de neige, de silence, de hiboux cachés et de chauves-souris Nutella.

Edern retira son gant, prit sur un buisson une poignée de neige vierge et fraîche qu'il croqua en fermant les yeux. J'en pris une poignée moi aussi et m'en suis frotté les joues. Cela me fit froid et brûlant à la fois. J'ai frissonné avec délice.

Je ne sais pas qui, de lui ou moi, a fait le premier un pas vers l'autre... La seconde d'après j'étais dans ses bras, à l'intérieur de son pull trop large qu'il avait passé par-dessus ma tête. J'étais dedans, blottie, serrée au chaud comme une partie de lui. Ses lèvres se sont approchées, et avec elles son baiser, brûlant, frais, profond, comme la neige, comme la nuit, comme notre désir tout neuf.

16

Sang, larmes et chlorure de sodium

Le lendemain je me retrouvai à la table du petit déjeuner seule avec Roch.

— Bien dormi ? demanda-t-il distraitement, tandis que Seconde lui servait ses toasts.

— Magnifiquement, mentis-je avec aplomb et en mastiquant le mien. Isebelle dort encore ? Et Marni ? Et Edern ? énumérai-je, imitant l'air détaché de Fran lorsqu'elle évoque Melville Sieber (en espérant que je donnais le change mieux qu'elle). Ils dorment encore ?

— L'un est déjà sur le chemin de la fac. J'ignore ce qui l'a fait tomber du lit, lui qui est invariablement en retard. Isebelle est partie tôt aussi, son père est malade. Quant à Marni, oui, elle est encore au lit, elle n'a pas cours le mercredi.

Parti, Edern. Ma bouchée de pain fit un peu de varappe le long de mon œsophage. Puis je décidai avec un peu d'aplomb, et une monstrueuse mauvaise foi, que ça m'arrangeait. Il fallait donner du temps à mon puzzle sentimental – un sacré foutoir soit dit en passant – où il était difficile de situer la pièce Iago et la pièce Edern.

— J'aime beaucoup Marni. Elle se débrouille comme une reine.

— Elle est très courageuse, opina Roch mécaniquement.

On devait le bassiner si souvent à propos de la cécité de sa petite sœur. Elle-s'en-sort-bien par-ci. Son-humour-la-sauve par-là.

J'ai terminé mon café au lait en silence. Roch aussi. Il m'a saluée avant de filer à l'étage finir de se préparer tandis que je rassemblais bols, couverts et miettes pour les emporter en cuisine.

Quelques pas avant le seuil, j'entendis un mot, prononcé par Seconde, qui m'arrêta. *Pendule.*

— ... détraquée. Monsieur Roch a dû lui régler une fois de plus ses aiguilles, ce matin.

— S'il n'y avait que ça. Y a tout qui va de travers depuis ces coups de fil, les lettres, toutes ces... ces histoires.

— Tu parles trop, Eleuthère. Et trop fort.

— Ce serait que de moi, tu sais ce que j'ai toujours dit, et je le dis depuis le début : faudrait le raconter à la police.

J'entendis Seconde ricaner. Un ricanement qui charriait toute la tristesse du monde.

— Depuis la mort de Mme Carlotta et celle de M. Henri, comment veux-tu qu'elle soit la bienvenue ici, la police ? Jette pas ce pain, ou m'sieur Edern va nous râler encore dessus qu'on oublie ses oiseaux.

J'ai fait du bruit comme si j'arrivais à l'instant. Quand je suis entrée dans la cuisine, El et Seconde vaquaient au ménage dans un complet mutisme.

— Merci pour ce petit déjeuner délicieux, dis-je en posant les bols dans l'évier. Chez moi il est souvent plus expéditif.

J'étais assez sincère. Même si Catherine Ayre, *in petto*, me qualifia de traîtresse. Une ombre de sourire flotta sur leurs deux vieux visages. Ils balancèrent la tête sans un mot.

Dans le hall, j'ai récupéré mon manteau, mon écharpe. J'ai également rallumé mon téléphone. J'avais un message de ma mère, 5 h 52 du matin, heure où elle avait intégré la queue au guichet de la gare de Besançon (*Mémé Guitte m'a gâché mon enfance avec ses histoires de file d'attente et de tickets de rationnement pendant la guerre. Je me vengerai sur toi, tu n'as pas fini de m'entendre raconter ce maudit guichet !*) Un message de Fran (*Essayé de te joindre hier soir. Tu n'as donc pas dormi chez toi, vilaine fille ?*)

J'avais espéré un message d'Edern. Il n'y en avait pas.

J'ouvris la porte. La clarté crue du matin sur la neige fut un éblouissement. Au moment de sortir, je jetai un regard derrière moi. Sous le flot de lumière blanche, le hall semblait plus décrépit, comme dérangé dans son sommeil. Jean-Marie si menaçant dans la pénombre était, en réalité et en plein jour, un bloc de bronze en forme de poire tassé dans un coin, dans lequel des CD sans boîtier se hérissaient en écailles.

— Ciao, Jean-Marie, grommelai-je en tirant la porte. Te voilà démasqué, porc-épic !

Je pénétrai dans la neige, enfonçant mes pas dans les empreintes déjà tracées. Celles nettes et robustes d'Isebelle, à peine moins longues que celles d'Edern. À mi-chemin du portail je me suis retournée pour contempler la maison. Le lierre couvert de neige enveloppait la façade comme un filet, ses racines plongées toutes tordues dans la terre au pied de la maison, aussi tourmentées que l'arbre plié en deux sur sa canne, non loin. Il y avait huit fenêtres équidistantes à chaque étage, alignées symétriquement les unes au-dessus des autres, ainsi que quatre chiens-assis sous le toit. La vitre de l'un béait comme un œil crevé. Une branche haute du vieux sycomore entrait dans l'autre. En grandissant elle en avait repoussé le battant, et personne ne dérangeait sa lente intrusion dans le grenier. On eût dit une phalange qui pénétrait dans un crâne vide.

Autour du portail, la neige avait été dégagée. Soit par Isebelle soit par Edern, à leur départ ce matin. La boîte aux lettres était entrebâillée... Je me penchai.. Il y avait une enveloppe.

Je l'ai immédiatement identifiée : sans timbre, police de caractères Arial... *À l'attention de la famille Fils-Alberne.*

Je l'ai sortie de la boîte, examinée longuement sans rien y repérer de spécial mais tout en m'interrogeant. La laisser là ? L'apporter ?

Je me rappelai l'atroce expression d'Edern, entre douleur, terreur et révulsion, lorsque je lui avais remis la précédente. Il ne fallait pas qu'il soit le premier à découvrir cette nouvelle missive. Je ne savais pas ce qu'elle contenait mais je ne voulais pas qu'il éprouve à nouveau ce que je l'avais vu éprouver l'autre soir.

Roch était un type solide, lui. C'est à lui que je devais la donner. J'ai rangé l'enveloppe dans mon manteau et j'ai fait demi-tour.

En remontant, j'ai aperçu d'autres empreintes. Elles partaient en biais, vers l'arrière de la maison.

Une once d'hésitation, à peine... Je les ai suivies. Elles longeaient le flanc de la maison pour s'arrêter, façade opposée, devant une petite porte, en haut de trois marches. Une plaque, floutée par l'âge et les intempéries, indiquait « Service et fournisseurs ». Vestige de la vie d'antan quand maîtres et domestiques possédaient leurs entrées séparées. Ce n'était plus le cas. J'avais pu voir El ou Seconde aller et venir sans souci par la porte principale. J'ai levé le nez.

Dans une figure déformée, plissée comme une piscine agitée, deux yeux m'observaient !

Le rideau retomba vivement à l'intérieur d'une fenêtre au premier étage. Ce fut bref et absolument pétrifiant.

En une prompte volte-face, j'ai regagné le portail en courant. Une fois dehors j'ai dévalé l'impasse au galop, malgré la neige qui jouait à la peau de banane sous mes semelles.

Le funiculaire m'accueillit cinq minutes plus tard, hors d'haleine, flageolante, les joues brûlantes. J'ai glissé l'enveloppe entre les pages de *Mémoires d'outre-tombe* que M. Garsault nous faisait étudier en vue du bac français. Jamais je n'aurais cru que je trouverais un jour plaisante la perspective du bac de français en comparaison de cette figure d'épouvante...

J'ai fermé les yeux, encore secouée de frissons.

Sur l'écran obscur de mes paupières, celui qui m'avait épiée, tapi derrière le rideau, était l'individu sans visage et en pardessus de la rue de Rivoli.

*

— Quand cesseras-tu de revoir ce film ? demandait Loulou à Fatima Vitex dans la cour du lycée.

Cour qui avait été déblayée, sablée, et piétinée par 540 élèves.

— Elle a encore passé la soirée avec *Les Griffes de la nuit* m'expliqua Marie-Cé quand je réussis à me faufiler près d'elles.

— Quand je trouverai Freddy moins sexy, rétorquait Fatima à Loulou.

C'était réconfortant de retrouver le monde normal, les fadaises des copains, les préoccupations qui étaient des occupations, les problèmes qui n'en étaient pas.

— D'où viens-tu ? m'interrogea Fran en me vrillant de son regard je-suis-ta-copine-tu-as-intérêt-à-tout-me-raconter.

J'ai avalé ma salive, serré mon sac de livres contre moi. J'ai cherché une repartie qui ferait illusion.

— D'un endroit où une doudoune de ski est appelée tenue de soirée.

Elle m'a scrutée avec attention et perplexité. J'ai vite détourné les yeux. Au loin, dans un groupe, Iago détourna les siens. Lui devait m'observer depuis mon arrivée.

J'ai retenu un soupir en me demandant bien où j'en étais.

— Qui a trouvé la réponse en chimie ? dis-je.

— Pas de gros mots, steup', intervint Justin Dargelos, notre second cancre. 'tain, commencer la journée par la chimie !

— Ça fait pas un pli, ricana Jean-Juan. Une heure à se faire chier comme des rats.

Je ne l'avais pas vu arriver.

— J'ai une idée pour s'occuper, gloussa-t-il. On se casse d'ici, on loue des battes et on va au zoo tabasser les bébés phoques. Dans une heure on est revenus.

Une clameur indignée lui répondit. Puis aussitôt après, la sonnerie. Le crétin jubilait. Pourtant l'idée que Jean-Juan affichait peut-être une pose m'effleura. Après tout, sur la terrasse du HOPH, le caustique et impoli Edern Fils-Alberne n'avait qu'une ressemblance lointaine avec l'écorché vif qu'il était en définitive.

Toute la classe est montée au labo de sciences. Au milieu du désordre qui accompagne inévitablement le choix des places, notre Melville Sieber national, grimpé de dos sur un tabouret, essayait d'atteindre un casier d'éprouvettes sur une armoire haute jusqu'au plafond.

— Asseyez-vous en silence ! nous ordonna-t-il de son perchoir. Nous allons voir aujourd'hui comment vérifier la concentration en chlorure de sodium d'un sérum physiologique.

— Ché ! grommela Cameron. Ça m'excite déjà.

— Hé, chuchota Sixtine, avisant le prof sur son tabouret. Il se prend pour un Pascal Lefeuvre ?

Fran lui flanqua une bourrade mi-amusée, mi-vengeresse. Dans le dictionnaire caillera, un Pascal Lefeuvre est synonyme de tout individu qui mesure moins de 165 centimètres.

— Pardon bibiche, j'oubliais que c'est ton lover, grimaça Sixtine.

Ce qui lui valut une seconde bourrade. Elle fit « aïe » pour la forme et se préparait à une riposte lorsqu'un fracas épouvantable explosa dans la salle.

Il y eut un hurlement collectif. Une chape d'hébétude tomba ensuite sur la classe. Tous les yeux convergèrent sur Melville Sieber, par terre, recroquevillé au milieu d'un milliard d'éclats de verre. Il se tordait, la figure dans ses bras. Du sang coulait de ses doigts.

Fran poussa un cri et se précipita vers lui. Elle l'entoura de ses bras, bouleversée.

— M. Sieber... ? M. Sieber... !

— Il faut avertir Duclef !

Melville Sieber leva une main ensanglantée pour stopper les élèves qui s'apprêtaient à cavaler chez le proviseur.

— Tout va bien. Ce n'est rien, dit-il en relevant enfin la tête. Je vous assure.

— Il saigne de l'oreille ! gémit Marie-Cécile.

Et elle tomba immédiatement dans les pommes. Un groupe s'occupa d'elle. Je me suis rapprochée de Melville Sieber, de Fran, des élèves qui les entouraient.

— Ce n'est rien, répéta-t-il, très embarrassé. C'est ma faute, j'ai bêtement lâché le casier d'éprouvettes et...

Il se releva lentement (Fran lui tenant le coude comme s'il en avait eu besoin). Son autre main, pleine de sang, quitta sa joue et laissa tomber un morceau de verre brisé, effilé comme un scalpel.

— Je me suis coupé, souffla-t-il.

— Il faut soigner ça, dit Fran. Désinfecter. Il y a peut-être encore un éclat de verre dans la blessure.

Elle était toute pâle. Il adressa un sourire aux visages anxieux levés vers lui. Il avait une autre coupure, mais plus petite, au bras, qui saignait elle aussi. Fran ouvrit son paquet de Kleenex parfumés et lui en appliqua trois épaisseurs sur la joue.

— Merci. Je suis désolé, reprit-il. Regardez, ça saigne déjà moins. Louise, foncez prévenir M. Nucci. Qu'il surveille la classe pendant que je monte à l'infirmerie. Solal, allez chercher la femme de ménage.

On remit sur pied la pauvre Marie-Cé. En attendant l'arrivée de Nuche, tout le monde regagna sa place. Les mouchoirs plaqués sur le visage, M. Sieber alla à sa table. Fran vint s'asseoir à côté de moi.

— Je lui propose de l'accompagner à l'infirmerie ? Tu crois ?

— C'est la chance de ta vie.

Elle me prit au sérieux.

— N'empêche, je suis géniale d'asperger mes Kleenex nature de Miss Dior Chérie. Regarde comme il les presse sur sa divine pommette.

— Voici de quoi vous occuper pendant mon absence, disait Melville Sieber. Il s'agira de vérifier les concentrations molaire d'abord, massique ensuite dans une solution aqueuse de chlorure de...

Les Kleenex demeuraient blancs, sa joue ne saignait plus. En revanche...

— Votre coupure au bras saigne toujours, dis-je.

Le regard de Melville Sieber croisa le mien. Très vite, comme si ma remarque l'ennuyait mais qu'il ne souhaitait pas y accorder d'importance. Pourtant, sous ce regard éclair, mon corps se couvrit de chair de poule. Il retira les mouchoirs de sa joue pour se tamponner le bras.

— ... soit, continua-t-il, une solution-mère So pour laquelle vous chercherez la concentration molaire Co...

— Je vais courir l'embrasser follement s'il continue avec sa concentration molaire et son chlorure de sodium ! souffla Fran.

— Les larmes sont pleines de chlorure de sodium, murmurai-je. Le sang aussi.

Je repensai à la petite coupure au bras de Melville Sieber. Au bout de verre effilé comme un scalpel. Sa joue qui saignait si peu. Peut-être parce que cette blessure était plus ancienne... Je fus saisie d'une brusque envie de pleurer.

*

À l'interclasse, arriva le dernier texto de ma mère : *J'ai un billet. Vais-je avoir le train ? À suivre...*

Saint-Lyco bruissait de l'accident de M. Sieber. Durant le cours d'anglais qui suivait celui de chimie, on put voir par la baie vitrée le prof de chimie traverser la cour en direction de la salle des profs, la joue gauche barrée d'un rectangle blanc. Fran avait levé le doigt pour aller au tableau. Ce qui lui permit de monter sur l'estrade et de panoramiquer en Cinémascope sur son cher et tendre.

Sur le chemin du dernier cours de la matinée, un bras glissa comme une corde autour de ma taille.

— Hey, baby, me souffla une voix au creux de l'oreille. J'ai plein à me faire pardonner... et plein à te dire.

J'ai fermé les yeux, levé les yeux. J'ai avalé deux fois ma salive. Il ne fallait pas que ma voix se fende et me trahisse.

— Hello, toi ! murmurai-je. Moi aussi je veux te parler.

Et tandis que nous marchions, Iago et moi, vers le préau désert, je me demandais comment j'allais raconter que j'avais aimé embrasser, cette nuit, un garçon qui n'était pas lui.

17

Patinage et black-out

— J'ai réfléchi, amorça Iago. Tu as raison. Je vais prendre mes responsabilités avec Rosemonde.

Rosemonde me paraissait si loin, il s'était passé tellement de choses depuis notre affrontement dans les vestiaires du HOPH.

— J'en ai parlé à Piotr...

— Piotr ?

— Piotr Bisinski. Un avocat d'affaires de papa. C'est le plus jeune de tous ses avocats, on se connaît bien. On passe des fois des soirées ensemble. Il m'a dit comme toi. Que je ne dois sûrement pas me dérober, qu'il faut attaquer le problème de face.

Il se frotta la joue. Cela me rappela bêtement Melville Sieber. Je fis un effort pour me concentrer sur ce que Iago était en train de m'expliquer. Attaquer le problème de face. Sûrement pas se dérober.

Alors voilà, disait-il. Si Rosemonde veut garder l'enfant, qu'elle le garde. À condition qu'elle renonce à la reconnaissance de paternité, une pension serait allouée. Il faudrait en définir, par contrat et avocat, le montant, les modalités, la durée...

La cour oscilla sur 180°. Des ombres voletaient autour de moi, comme des chauves-souris. J'ai cligné des paupières.

— Tu m'écoutes ? dit-il. Tu comprends ce que ça signifie ?

— Il me semble.

Quelle est sa définition du problème ? demanda Catherine Ayre dans un coin de mon esprit. Elle avait une voix de hibou.

— En revanche, si Rosemonde consent à une IVG, papa la dédommagera par l'équivalent de huit années de pension versé en une fois. Ça devrait la faire réfléchir, non ? Elle n'a qu'un salaire de *butler*, après tout. Et si elle refuse ces conditions, Piotr dit que...

Il hésita. La cour cessa de gigoter dans tous les sens.

— Piotr dit... ?

— Je n'ai pas encore dix-huit ans. Rosemonde en a dix-neuf. Papa pourrait l'accuser de détournement de mineur.

Stupeur.

Rosemonde avait le problème. Mais pour Iago, *c'était Rosemonde, le problème.* Au point que la cavalerie lourde du clan Hilbert était prête à la menacer. Les scélérats.

J'ai ri. Deux secondes après j'éclatais en sanglots. Je riais et je sanglotais à la fois. C'était horrible. Parce que me montait en même temps une atroce envie de vomir. J'ai planté là Iago, et je me suis enfuie en courant.

Il faut croire que mon histoire avec lui me conduisait inexorablement aux toilettes des filles.

— Tu es malade ? demanda Loulou en surgissant d'une cabine.

J'ai tiré un tonnerre de chasse d'eau.

— Ça va, hoquetai-je, la voix noyée. Je pète la forme.

— Eh ben, si tu pètes la forme, cette mouche par terre avec ses pattes en l'air, elle va ressusciter.

Je bus l'eau qui coulait, glacée, au lavabo. Mon estomac se tordit mais je me sentis mieux.

— Tu ne montes pas en géo ? s'inquiéta Loulou en me voyant repartir en trombe. Où tu vas ?

*

Le labo de chimie était entrouvert. Melville Sieber s'y trouvait assis. Seul. Il n'y avait plus de trace de bris de verre au sol. Tout avait été nettoyé. Deux livres ouverts devant lui, le prof de chimie était en train de rédiger une fiche.

Je suis restée un moment à l'observer sans qu'il me voie, par l'entrebâillement. Je me sentais aussi fragile et petite qu'une éprouvette de verre. Je devais de toutes mes forces essayer de ne pas me briser.

J'ai raidi tous mes muscles, et je suis entrée.

— M. Sieber ?

— Willa Ayre, qu'est-ce qui vous amène ? demanda-t-il sans quitter sa fiche des yeux.

— Je voudrais vous parler de... Fran. Francesca Hilbert.

Il releva la tête. Au-dessus du pansement à sa joue, son beau regard plongea dans le mien. Il m'offrit ce sourire incroyable, le seul qui puisse rivaliser avec celui de papa.

— Oui ? dit-il d'une voix douce.

Une lueur rôda dans ses yeux. Qui pouvait presque faire peur. J'ai pris mon air le plus humble, le plus naïf.

— Elle fête le réveillon du jour de l'an au HOPH. J'ai pensé lui faire une surprise.

Il se cala au fond de sa chaise, contre sa veste qu'il avait suspendue au dossier.

— Oui ? répéta-t-il, patiemment.

— Je me demandais...

Je repérai par terre, contre le pied du bureau, un triangle de verre cassé qui avait échappé au ménage. Je fis tomber de ma poche un mouchoir... que je me dépêchai de ramasser en même temps que le bout de verre. Sans cesser de parler.

— ... je me demandais comment tirer un feu d'artifice sur sa terrasse. Fran adore les feux d'artifice. Mais c'est assez cher. Alors je me suis dit qu'un professeur de chimie, ça devait savoir un tas de trucs sur le sujet. Quels sont les plus beaux, les plus originaux, mais aussi les moins dangereux, les moins toxiques ...

Je retins un sursaut quand il se pencha brusquement vers moi.

— Je serais bien incapable de vous indiquer ce genre de choses, Willa. Je n'y connais absolument rien. Vous trouverez sur Internet tout ce que vous voulez savoir sur la pyrotechnie.

Il retourna à sa fiche. Je tendis la main derrière lui. Je dis :

— Votre veste... elle va tomber.

D'un geste léger je fis glisser la veste du dossier.

— Oh, pardon.

Je l'ai ramassée, examinée en trois coups d'œil. Toile grise, molletonnée, doublée. On pouvait nommer ça une parka... J'aperçus immédiatement la petite déchirure.

— Que faites-vous Willa ? s'enquit M. Sieber en se retournant.

J'ai replacé la parka sur le dossier en respirant un grand coup.

— Internet ? repris-je en me demandant s'il entendait mon cœur ou s'il le voyait battre aux veines de mon cou. Internet, j'y ai pensé évidemment. Mais j'espérais faire des économies en bricolant moi-même, avec de l'aide bien sûr, la vôtre peut-être, un feu de Bengale ou une chandelle romaine. Ce n'est pas si compliqué, paraît-il.

— Gardez-vous de ce genre de bricolage, Willa. Vous pourriez vous brûler et blesser vos amis. Utilisez plutôt les produits à la vente.

J'ai opiné docilement, comme si je me rangeais à son avis. J'avais hâte de m'en aller maintenant. Maintenant que j'avais obtenu ce que j'étais venue chercher. Ne pas avoir l'air de fuir. J'ai pris le temps de le remercier deux fois, de le saluer, et suis ressortie en espérant que je marchais normalement.

Je suis retournée m'enfermer… aux toilettes des filles. J'ai ouvert mes deux paumes.

Dans la droite : la petite encoche de tissu que je venais d'extraire à la doublure de Melville Sieber avec le triangle de verre. Dans la gauche : la pièce arrachée l'autre nuit à l'individu qui avait voulu m'étouffer.

C'était le même tissu.

J'ai dégluti dix fois, trente fois, pour refouler les larmes qui montaient. Cela a duré un moment avant que je retrouve à peu près mon calme et ma raison.

Melville Sieber était bien mon agresseur.

Je ne suis pas une si mauvaise élève fut ma première pensée. Ce qui me déclencha illico une espèce de fou rire macabre. Si les profs tuaient tous leurs mauvais élèves…

Sur le toit du HOPH, c'est lui qui m'avait poussée. Ainsi qu'au musée des Arts et Métiers…

Non. Au musée, il se trouvait en présence de toute la classe et de la prof de japonais. Ça lui faisait trente témoins et autant d'alibis inattaquables.

Impossible, donc. Au musée, ce ne pouvait pas être lui.

Avait-il un complice ? Jim, son ami ?

Insensé ! Pour quel motif ? On ne se connaissait même pas.

Je saisissais mon crâne à deux mains avec l'idée de le secouer comme une tirelire, quand mon portable me signala un message.

Je pars pour Paris tout à l'heure ! Vu d'ici, et avec le climat, ça va ressembler au Transsibérien ! Signé : Anna Karenine Ayre.

*

Google, Bing, Mozilla… Ma récolte fut maigre. Melville Sieber avait deux homonymes, un en Allemagne, un autre en Suisse. Il était cité dans Face Livre, dans un groupe initié par… Fran. Un groupe intitulé « Mon prof préféré ». Rien d'autre.

C'était surprenant, même fort troublant, cette absence de littérature. La plupart de nos profs ont des pages, des blogs, sont cités sur des forums, certains ont leur site. *A fortiori* s'ils sont jeunes et scientifiques. M. Sieber avait-il des raisons de se cacher ?

Le téléphone a interrompu mes cogitations. Je n'avais pas très envie de répondre mais le *driiing* soit-disant « à l'ancienne », choisi par ma mère, a une sonorité insupportable. J'ai décroché.

— Hé ho ! s'écria une voix joyeuse. On part patiner devant le BHV ! On va *pommed'amourer* à gogo, et *pantagrueler* de gaufres et de crêpes, ça te dit ?

Si quelqu'un *pile-poilait* en cette minute, c'était bien ma Marni ! Je me suis redressée, ragaillardie et déjà partante :

— Ça me dit ! Même si demain on n'est pas dimanche.

— Rigolote, notre pote ! lança-t-elle à quelqu'un qui ne pouvait qu'être Edern. Elle est d'accord, elle vient.

— On se retrouve où ?

— À la patinoire ! me répondit la voix d'Edern à travers la pièce.

— Hé... Je n'ai pas de patins !

— Ils en louent ! Dépêche.

Il se rapprocha de l'écouteur, sa voix susurra :

— J'ai hâte de te voir.

— Moi aussi ! cria Marni. Edern, il dit que tu...

Clac. Ç'avait raccroché.

J'ai piqué le beau pull en alpaga de ma mère, changé de pantalon, posé un chouïa de gloss sur mes lèvres que le froid gerçait. J'ai galopé sous l'œil effaré de la gardienne qui m'a interpellée :

— Et ta mère ? Elle revient quand ?

J'étais déjà dans la rue.

*

Le BHV, c'est le second foyer de ma mère. Lors de ses coups de blues, elle part s'y offrir un flacon de « Calèche », une pomme de douche multijets, une lampe de lecture fluo, une machine à pain qui servira une fois avant de devenir les étrennes de Madame Portolan. La raison c'est que, de la maison, c'est à dix minutes à pieds.

Dans l'après-midi d'hiver, la patinoire, pas gigantesque mais animée, illuminait de cent reflets bleutés l'Hôtel de Ville et ce qui subsistait de neige sur les trottoirs ou les toits.

Un manège traditionnel moulinait *Strawberry Blonde* sur un tempo de bourrée. La place et les rues voisines avaient pendu leur déco de Noël comme du linge entre les arbres et les bâtiments. Il faisait un froid de loup.

Je les ai aperçus la première. J'ai agité les deux bras. Edern a répondu *idem*, tout joyeux, il a jeté quelques mots à Marni qui a remué les bras à son tour, dans ma direction.

— Que font tous ces gens dans ma chambre ? demanda Edern en montrant la foule compacte qui glissait et tanguait tel un navire sur la patinoire.

Il portait un long manteau brun qui lui dessinait une silhouette à la Abraham Lincoln, Marni un manteau rouge à petit col de fourrure adorablement démodé.

— Ils attendent qu'on patine avec eux ! pouffa-t-elle.

On a loué des patins sous une tente blanche. Marni suggéra de *siropdérabler* auparavant une gaufre bien chaude. S'ensuivit un gobelet de chocolat (acheté dans l'un des sept chalets pompeusement appelés marché de Noël, on s'en fichait, c'était pour l'ambiance).

Sur la glace, Marni fut... géniale. Elle s'agrippait sans peur aux basques d'Abraham Lincoln et se laissait filer. Car Edern patinait élégamment et puissamment.

— Tu es balèze, dis donc ! remarquai-je.

— Quand j'étais petit, les vacances d'hiver c'était soit ski en Suisse soit ski en Autriche. Et quand je dis « ski », ça inclut tous les trucs imaginables qu'on se colle aux semelles pour glisser. Tu n'es pas mauvaise non plus.

— La neige synthétique sur les terrils en charbon de Machin-en-Escrebieux fut ma Suisse et mon Autriche à moi. Tu m'embrasses ? ajoutai-je profitant que Marni rajustait son lacet.

Il afficha une mine proprement offusquée :

— Que je te roule un patin ? Ici ?!

De ses longs bras il m'enlaça. Après le chocolat et le sirop d'érable, ses lèvres étaient chaudes et absolument délicieuses.

— Vous vous embrassez ? hurla Marni à la rambarde. J'y crois pas ! Je vous entends, ne dites pas le contraire !

— Je *meaculpe* ! criai-je en retour, à travers Dean Martin qui roucoulait *I'll be home for Christmas* dans les haut-parleurs.

— Je *votrehonneurplease* ! renchérit Edern d'une voix de stentor mais digne.

On s'est écroulés à genoux sur la glace, et dans le cou l'un de l'autre où on a rigolé comme des choucas avant d'aller rejoindre Marni qui avait enfin noué son lacet.

*

Au bout de deux heures de glisse et de chutes, nous étions tous les trois trempés moulus.

— Ta mère est rentrée ?

J'interrogeais justement mon iPhone. No message.

— Silence radio. Un peu avant 13 heures, elle était en partance. Combien de temps Besançon-Paris ?

Je vérifiai sur le site de la SNCF : 2 h 40 en période normale. Sauf qu'on n'était pas en période normale, mais cela offrait largement le temps à ma mère de prévenir sa fille chérie. Quant à moi... Moi, je n'avais pas envie, mais pas envie du tout, que cet après-midi se termine.

— Tu nous raccompagnes à la maison, bien sûr ? dit Marni.

Je l'aurais embrassée.

Je l'ai embrassée.

*

À peine étions-nous arrivés à Fausse-Malice que la petite sœur fut emportée *manu militari* par Seconde en direction de la salle de bain.

— C'est pas malheureux, te v'là toute refroidie, grommelait sa voix grondeuse. Gare à tes fesses si je trouve le fond de ton pantalon mouillé ! Allez, zou, poulette, au bain !

Edern m'a tirée par la main, j'eus du mal à le suivre, ses *long legs* survolaient cinq marches là où j'en grimpais deux. Mais sa main me serrait, solide, osseuse, sûre d'elle.

On s'est retrouvés, haletants, impatients, dans sa drôle de chambre bizarre, dans la demi-pénombre rouge de la toile d'araignée en mousseline.

— Pourquoi es-tu parti comme un voleur de poules ce matin ? dis-je. Tu ne voulais pas petit-déjeuner avec moi ? Tu n'en avais pas envie ?

Il prit mes joues dans ses mains. Ses yeux noirs entrèrent en moi comme des clous.

— Ce sont là deux questions différentes, dit-il gravement. Je ne *voulais* pas, non. Si j'en avais envie... oh oui !

— Oxymore. Bravo. Tu précises ?

— Que j'en aie très envie s'explique par l'infini plaisir que nous éprouvons chacun à la compagnie de l'autre. Que je ne *veuille* pas est un peu plus retors. Disons, pour faire court, que je ne sais pas si... je te répète que je fais court... si tu m'aimes autant que je t'aime.

Iago. Nous ne prononcions pas encore son nom mais c'est à lui que nous pensions tous les deux. Je me suis haussée sur la pointe des pieds pour chuchoter :

— J'aurais *voulu* qu'on le prenne ensemble ce petit déj.

Il m'a ébouriffé les cheveux, a souri.

— J'adore que tu sois gaie, charmante et légère avec ma petite sœur.

— J'adore que tu sois gai, sombre et ténébreux avec moi.

Il a repoussé la vague de DVD qui ondulait sur le lit, a basculé en arrière sur la couette imprimée Darth Vador, et m'a tendu sa main ouverte. Après une hésitation minuscule je me suis laissée tomber près de lui. On est restés allongés côte à côte, sur le dos, à se tenir la main, à examiner le plafond.

— Je me sens bien, soupirai-je. Ce qui est un pur miracle sur cette couette affreuse.

— Ma mère aussi l'aurait trouvée moche.

Il soupira.

— Maman était une esthète raffinée. Le contraire de mon père. Lui, son mental, c'était du carré. Elle, elle adorait découvrir des artistes, des auteurs. Elle jouait de la musique, parlait quatre langues... Elle était magnifique. Il venait beaucoup de monde à la maison, alors. Tous les jours on avait des invités. On employait un jardinier, un chauffeur, une cuisinière, en plus de Seconde et d'El. Mon père et ma mère s'adoraient. Vraiment.

— Qu'est-ce qui...

Qu'est-ce qui a fait qu'il l'a tuée ? faillis-je demander. Qu'est-ce qui a fait qu'elle lui était infidèle ?

Les réponses n'étaient évidemment pas simples. Peut-être même qu'il n'y avait personne ici-bas pour les donner.

— Qu'est-ce qui s'est passé ? chuchotai-je.

— Il y avait ces amants... C'était pour moi une chose absolument, résolument impensable. Je n'y ai jamais cru, ça ne lui ressemblait pas. Elle aimait papa. Mais ses carnets, ses agendas, les répertoires du portable... Tous ont révélé des rendez-vous secrets. Des listes de noms. Des types à pseudos rencontrés apparemment sur Internet.

— C'est pour ça que ton père l'a tuée ?

Il haussa le ton :

— Il ne l'a pas tuée ! Il l'aimait trop. Elle s'est tuée. Mais même persuadé qu'elle le trompait, papa a décidé de se dénoncer pour... pour qu'on arrête de fouiller dans sa vie à elle, sa vie à lui, dans ses affaires, qu'on cesse d'éplucher ces carnets. L'idée qu'on retrouve un de ces types à la une du journal à côté du portrait de maman... ça lui était insupportable. Il la respectait. Elle était une déesse pour lui. Il s'est sacrifié. Il était comme ça, mon père.

« Le tragique, l'atroce, reprit-il après une longue pause (et son menton se tordit de douleur, comme si une épée venait de lui traverser la gorge), c'est qu'on a découvert que les amants, les rendez-vous, les mails... elle avait tout inventé. Elle voulait le rendre jaloux.

Il se tut. Enfin, il se tourna, plongea son regard au fond du mien.

— Le soir où je t'ai rencontrée, quand tu es allée embrasser Iago avec tant de passion... j'étais jaloux moi aussi. Tu paraissais si amoureuse. Je l'ai envié à un point que tu n'imagines pas. Je ne te connaissais pourtant que depuis dix minutes.

J'ai cherché des mots, en sachant qu'ils seraient piètres et ineptes.

— Je ne veux pas que Iago souffre à cause de moi. Il est si...

— Je sais comment est Iago, coupa-t-il. On a passé quelques vacances avec lui et sa sœur quand on était gamins. Nos parents se connaissaient, Fran a dû te le dire. Le père Hilbert fait partie de ces gens qui nous ont ignorés, *oubliés,* au moment de... toute cette histoire. J'ai répondu à l'invitation de Fran parce que, eh bien, parce que voilà presque cinq ans que notre famille Fenouillard crève de solitude. J'en ai eu marre d'être un rat dans cette baraque. Elle prend l'eau de partout. J'ai été à cette soirée anniversaire parce que la fille n'est pas le père. Elle, elle a continué à envoyer des invitations, des cartes de vœux, alors même qu'on ne donnait plus de nouvelles. Et tu sais quoi ? Je suis heureux qu'elle l'ait fait, je suis heureux d'y être allé. Puisque tu y étais.

— Fran est une fille bien, dis-je.

— J'ai le souvenir d'une petite fille qui riait beaucoup et qui faisait rire. De moi, je ne sais pas quel souvenir elle a.

— D'un garçon bizarre qui organisait des funérailles de lézards et de mites. Je te la cite de tête. Comment était... ton père ?

— Un génie. Un tyran. Insupportable. À 15 ans, il a gagné une coupe de France de volley. Depuis il gardait le syndrome du champion. Il lui fallait la meilleure épouse, les meilleurs enfants, les meilleurs résultats. Grâce à lui notre famille qui était riche est devenue, hum... très, très riche. Nous le sommes toujours... même si ça ne se voit plus.

Il ricana, avec un mouvement du menton qui pouvait désigner la pièce ou la maison entière.

— C'est plutôt qu'on s'en fout. Même Roch. Il préfère bosser alors qu'on peut tous vivre des seuls dividendes des labos Fils-Alberne. Bon, d'accord, j'achète toutes les *geekeries* possibles, mais au fond ça reste sobre et limité. Il faudrait réparer cette maison, la vider, la frotter, la laver comme un poisson. Ou vivre ailleurs. On a le fric... mais absolument pas l'envie.

Il s'assit au bord du lit ; sa fesse gauche écrasa le casque de Darth Vador. Il se retourna, s'empara de ma main.

— Viens avec moi, chuchota-t-il. Je vais te montrer un truc.

Au même étage, mais après un tournant et un corridor, il m'emmena vers un second couloir. Je n'étais encore jamais allée aussi loin dans la maison. Ça sentait un peu le débarras. Un peu partout s'empilaient du petit mobilier, des cartons, des bouquins.

La dernière porte était différente de toutes les autres. Celle-ci était en bois clair ciré et visiblement quelqu'un (Seconde ?) l'entretenait avec soin. La clef était en cuivre bien astiqué.

Edern ouvrit. Mon souffle marqua un arrêt.

C'était une pièce aux belles dimensions, comme la plupart des pièces que je connaissais à Fausse-Malice, mais celle-ci avait une verrière et, contrairement aux autres, une déco moderne, zen, contemporaine.

La clarté, les tons beige, sable, abricot, les coussins vifs, les tableaux et les tapis d'inspiration méditerranéenne, la rendaient résolument chaleureuse.

Il y avait un bureau en bois roux, un canapé safran, des livres. Edern ouvrit la fenêtre et poussa les volets, l'air froid entra par flots du jardin. Sur une console, le cuivre d'une clarinette étincela. L'instrument aurait dû être rangé dans un étui, mais on le laissait là comme si sa propriétaire venait tout juste d'achever un concerto.

— Tu verrais quand il y a du soleil ! Tout est illuminé ! dit-il avec émotion.

— Ce endroit appartenait à... ta mère ?

— C'était son refuge. C'est là qu'elle lisait, écrivait, recevait ses amis, jouait de la musique. Le reste de la maison l'étouffait. Elle disait que ça sentait trop « les vieux fracs Fils-Alberne ». Il faut dire que ces vieilles pierres sont à la famille depuis l'époque où Montmartre était une campagne avec des moulins et des meuniers.

— C'est elle, là ?

— Oui. C'est Seconde qui ajouté cette photo. Pour que l'âme de « Madame » soit là en permanence. Seconde est une vieille bigote superstitieuse. Mais c'est mignon, comme idée.

— Ta mère est magnifique, murmurai-je en contemplant le portrait signé du grand studio Harcourt. Tu viens là souvent ?

Il haussa les épaules. Avec une telle douceur que ses épaules demeurèrent haussées, comme suspendues.

— Au début, oui. Je veux dire... juste après sa mort. Maintenant je n'y entre que pour y chercher un livre.

On est restés un moment silencieux, imprégnés de l'atmosphère du lieu, nostalgique sans être pesante. La personne qui avait vécu là était gaie, généreuse, raffinée.

Lorsque nous avons quitté la pièce, Edern a laissé la clef dans la serrure.

— Et là ? demandai-je en montrant la galerie de photos encadrées sur le mur du couloir. Qui sont ces groupes de gens ?

Il haussa de nouveau les épaules ; mais ce ne fut pas le même haussement.

— Oh. La pose annuelle des grands laboratoires Fils-Alberne. Toutes datées, tu as remarqué ? On dirait des photos de classe. Grand chef (papa). Moyens chefs. Petits chefs. Cadres. Techniciens. Et stagiaires. Pas d'actionnaires. Eux, ils évitent les photos !

Ça commençait dans les *sixties*, avec grand-papa Fils-Alberne, Charles de son prénom. Le grand-oncle. Papa Henri avec sa sœur Eliette qui fumait comme un sapeur, morte d'un emphysème. Tout ce monde-là encerclé, sur chaque cliché, par la ronde des employés dévoués.

— Voilà pourquoi, je crois, je me faisais régulièrement porter pâle le jour de la photo de classe, dit Edern. Je pensais trop à... brrr... *ça* !

Je me suis hissée sur les pointes pour scruter de plus près la dernière : 2005, à peine une année avant qu'Henri Fils-Alberne ne suive sa femme dans la mort. Les images Internet que j'avais entrevues sur mon écran d'iPhone étaient des clichés au téléobjectif de paparazzi, la qualité en était mauvaise, le grain épais.

Celles-ci étaient un tirage argentique, net, précis, sur un papier sensible de 30 x 40 cm.

Henri Fils-Alberne était l'homme au chien du portrait dans la bibliothèque. Beau, sec, hautain, la bouche serrée, beaucoup plus âgé que son épouse d'après ce que je pus en juger. Edern et Marni avaient hérité de son regard très enfoncé sous le front.

Soudain ma rétine enregistra un visage dans le groupe de 2003. Un jeune visage, le seul souriant au milieu de la trentaine qui posait. Probablement un stagiaire car il se tenait en retrait, légèrement de côté, parmi les plus jeunes. Plus de huit années me séparaient de ce cliché, mais je reconnus assez vite la jeune recrue.

— Melville Sieber.

— Pardon ?

J'ai fouillé ma poche.

— Le nom de Melville Sieber te dit quelque chose ?

— Un acteur d'*Inglourious Basterds* de Tarantino ?

— Presque. Mon prof de chimie. Depuis que je te connais, il a tenté de me tuer trois fois.

Il esquissa une moue incrédule. Puis il vit ma tête et coupa court.

— C'est lui qui a voulu m'étouffer avec un coussin, ici, à Fausse-Malice, l'autre nuit. C'est lui que tu as failli attraper avant qu'il ne file par la fenêtre de la chambre. Au bahut, j'ai comparé sa doublure de parka...

J'ai ouvert ma paume.

— ... avec le bout arraché que tu vois là. Même tissu.

Edern me dévisagea avec une expression que j'aurais du mal à définir. Disons qu'il aurait pu regarder, avec cette expression-là, une folle à lier ou Angelina Jolie. Ce qui revient au même, aurait conclu cette mauvaise langue de Catherine Ayre.

— Pourquoi ton prof de chimie t'aurait-il suivie jusqu'ici pour t'étouffer avec un coussin ? demanda-t-il (un tantinet débordé tout de même). Pourquoi veut-il te tuer d'abord ? Et pourquoi depuis que je te connais ?

— Il y a dix minutes je n'aurais rien pu te dire. Maintenant, devant ce portrait de M. Sieber en jeune ingénieur chimiste des labos Fils-Alberne, je me dis qu'il y a forcément un lien.

Dans la bordure inférieure, les noms des personnes présentes étaient listés. On s'est penchés avidement, en quête de la preuve finale. On a lu. Relu.

— Son nom n'y est pas écrit... Toi tu ne l'as jamais vu, mais aucun doute : *c'est* Melville Sieber.

J'ai poussé un soupir dépité, agacé, incrédule. J'ai repassé la liste des noms en revue. Pourquoi le sien n'était-il pas mentionné ?

— Il y a un Manuel Silbet, fis-je remarquer. Le seul dont les initiales correspondent.

Edern se redressa. Sa paupière eut une série de petits frémissements, sa pomme d'Adam monta, descendit.

— Ce serait lui... ton prof de chimie ? Manuel Silbet ?

— Les personnes qui changent de nom gardent souvent leurs initiales.

— Pourquoi ?

— Mais je ne sais pas. Tu ne lis jamais de roman policier ?

— C'est toi qui en lis trop. Je vais te dire : ce mec sur la photo, c'est un sosie. Rien d'autre.

*

— M-a-n-u-e-l-S-i-l-b-e-t, épelai-je.

Edern attrapa sa tablette numérique sous le lit, l'alluma. Nous nous sommes pelotonnés l'un contre l'autre au creux des oreillers, la tablette sur les genoux. Quand il penchait la tête, ça faisait remuer une de mes mèches sur ma joue en un doux, très doux chatouillis.

— La batterie est à plat. Faut la brancher.

Tout à coup, comme une moquerie, une sale blague, la lumière s'éteignit. Edern jura. Il se leva, se cogna, jura encore. J'ai persiflé :

— Tu ne vas pas me faire le coup de la panne ? Je t'imaginais plus... imaginatif !

— Erreur. Je n'ai aucune imagination. Tiens, la preuve : je suis avec une jolie fille dans le noir, et il ne me vient aucune idée à caractère sexuel, absolument aucune. Je n'imagine absolument pas ses seins, ses cuisses, sa bouche, ni... Tiens, tu veux que je te dise ?

— Oui. Dis-moi, dis-moi ! soufflai-je en me glissant près de lui, en me pressant voluptueusement contre son dos.

Il s'est tourné, m'a soulevée du sol, m'a gardée contre lui.

— Qu'est-ce que tu veux me dire ? insistai-je à voix basse.

Il prit une respiration et me chuchota dans le cou :

— Que je suis fou amoureux de toi, Willa. Fou amoureux.

On est restés immobiles, debout dans l'obscurité, à se serrer, à s'étreindre, à se sentir trembler. Peut-être qu'on aurait fini par basculer sur le lit, sûrement même, mais on a entendu des voix, du remue-ménage au rez-de-chaussée.

Edern a donné de la lumière avec son portable. Le halo verdâtre nous a gratifiés de faciès à la *Scream*. On a démarré un méga fou rire qui s'est éternisé sur le palier plongé lui aussi dans la pénombre de cette fin d'après-midi.

Quand on s'est un peu calmés, j'ai appelé par-dessus la rampe :

— Marni ?

Les dents d'Edern brillèrent ; ce que j'ai interprété comme un sourire.

— À elle au moins, remarqua-t-il avec dérision, on ne peut pas lui faire le coup de la panne de lumière.

Pan pour moi.

— Black-out ! lança-t-il dans un rire démoniaque à travers la cage d'escalier. Black-out !

Une lueur orangée rampa dans les profondeurs de l'escalier.

— Criez pas si fort, M'sieur Edern ! On croirait la guerre, ronchonna El.

Lui et sa femme, l'un suivant l'autre, apportaient des chandelles. Au premier étage, une porte claqua, et Isebelle pesta :

— Je sais dorénavant ce que ressent la pieuvre qui a craché son encre ! Pouah. Quelqu'un peut-il m'éclairer siou plaît ?

Je suis descendue avec Seconde et une bougie. Isebelle, enroulée dans un drap en éponge, se profila sur le palier.

— Moi qui somnolais tranquillement dans mon bain, se plaignit-elle, mi-riant mi-grimaçant.

Seconde disparut aussitôt dans une armoire, pour y chasser la serviette propre.

— Willa, continua Isebelle, veux-tu m'aider ? Je me suis massacré l'orteil dans quelque chose en sortant de la baignoire...

— Ça ne peut pas être Jean-Marie, il est au rez-de-chaussée.

— Ce doit être Jean-Luc, ou alors Jean-Cul son frère jumeau ! rit-elle. Cette maison ne manque pas de pièges. Quoi ? Qu'est-ce que j'ai ? Oh, je vois...

À la clarté ombreuse de la flamme, sa physionomie m'avait surprise pendant un court instant. Sans perruque, Isebelle n'était plus la même. Elle paraissait plus haute, ses épaules plus carrées, plus osseuses. La flamme creusait ses joues, faisait luire et ressortir ses longues incisives et ses canines légèrement décalées. Elle prit un air contrit, d'excuse presque.

— Riquiquis, mes tifs, hein... Ça t'en bouche une narine, pas vrai ? soupira-t-elle en passant les doigts dans ses trois centimètres de cheveux. Je t'ai déjà dit que papa me surnommait Miss Onze-Cheveux ? Oui, je te l'ai dit...

C'était étrange de la découvrir sous cet aspect. Ce qui me troublait le plus, surtout, c'était… Je ne sais pas exactement ce que c'était. La même sensation que lors de ma première rencontre avec Marni, lorsque j'ignorais qu'elle était aveugle. J'avais alors pressenti un élément, une étrangeté qui m'échappait, fuyait chaque fois que j'étais sur le point de lui donner un nom. C'était comme essayer de se rappeler un mot, un titre de film, un auteur…

C'était trop agaçant, j'ai renoncé. Un quart d'heure après, nous nous sommes tous retrouvés dans la cuisine, l'endroit le plus chaud de la maison. Seule Isebelle était retournée à ses ablutions à la chandelle.

— Tu restes *gargantuer* avec nous ce soir ? m'invita Marni. Les cuisses de poulet seront rôties à la bougie !

C'était tentant, mais j'ai décliné. Catherine Ayre n'avait toujours pas envoyé de message, mais je devais être là pour l'accueillir au terme de son périple transsibéro-franc-comtois. J'ai remercié, salué, et j'ai rassemblé mes affaires.

— Le black-out est sur tout le quartier, constata Edern en m'escortant jusqu'au portail. À cause du givre, probablement.

Un chat roux jaillit des hauteurs obscures d'un arbre. Quand Edern a braqué le rond de sa lampe sur lui, ses yeux jetèrent deux étincelles jaunes.

— Il a repéré que les moineaux viennent à la boule de saindoux farcie de graines. Alors chaque jour il attend, il attend... C'est extrêmement patient un chat, tu as remarqué ?

— C'est qui, lui ?

— O'Brien.

— À quoi tu les reconnais ?

— O'Poulos a deux griffes blanches à la patte avant droite, un trait brun sous le ventre. O'Henry a un coussinet noir sous la patte arrière droite et un autre à la patte avant droite. Et O'Connor a une tache blanche dans l'oreille gauche, quant à O'Brien...

Je l'avais fixé, bouche bée. Je l'ai coupé :

— Tu te fiches de moi, là ?

— Pas du tout, dit-il sérieusement.

J'ai laissé béton : on était devant le portail. Edern m'a enlacée. Des nuages miniatures sortaient de sa bouche et de ses narines. La lampe allumée dans sa main me chauffait l'épaule.

— Éteins.

On s'est embrassés dans la nuit sombre, au seul éclat de la lune et de la neige.

— Tu ne veux pas rester dîner, sûr ? Seconde nous mitonne un de ses repas poids-lourds. Tu vas regretter.

— Ma mère va débarquer d'un instant à l'autre après 48 heures de galères.

Avant de faire demi-tour, j'ai chuchoté :

— Je vais parler à Iago. Promis.

Il a souri.

— Je suis un peu chat moi aussi, dit-il.

Soudain il m'a reprise, surprise, dans ses bras, pour m'embrasser encore. Dans le même temps, il y eut un bruissement, des craquements de feuilles sèches, j'ai rouvert mes yeux... Une silhouette disparaissait à l'angle de la maison en direction de la porte arrière, « Service et fournisseurs ».

— Qui c'est ?

— Qui c'est qui ?

— Le quelqu'un qui vient d'entrer dans la maison.

— El probablement.

— Je ne crois pas, non.

— Alors le Père Noël. Ou le croque-mitaine.

Il me chiquenauda le bout du nez et me laissa filer. Il fit un dernier signe avant de claquer le portail. J'ai remonté l'impasse, troublée, emplie du sentiment désagréable que le dernier baiser d'Edern n'avait pas grand-chose à voir avec l'amour. Il m'avait détournée du mystérieux visiteur qui ne s'attendait pas à notre présence.

Edern jouait-il un jeu lui aussi ?

18

Vous jouez de la guitare, M. Lübeck ?

L'appartement n'était pas fermé. Soit j'avais oublié de tourner la clef en partant ce qui était parfaitement extravagant. Soit ma mère était rentrée. Pourquoi diable n'avait-elle pas appelé ?

Tout en poussant le battant, j'ai quand même vérifié que mon téléphone était chargé et branché. Il l'était.

Ma mère, ô bizarrerie, n'était pas devant son écran d'ordi. Elle portait son tailleur bleu marine et une écharpe inconnue, piquetée de roses brodées. Elle était dans le canapé, devant deux verres de Martini blanc. Elle buvait à l'un, et derrière le second était assis un type que je n'avais jamais vu.

À mon apparition, l'homme a bondi droit sur ses talons... avec un geste qu'il allait répéter quantité de fois dans le quart d'heure que nous allions passer ensemble : il a remonté sa ceinture de pantalon qui glissait sur ses hanches étroites.

— M. Lübeck, dit ma mère. Willa, M. Lübeck a eu l'incroyable amabilité de me raccompagner en voiture de Besançon ! Tu te rends compte ? N'est-ce pas adorablement gentil ? Malgré la neige ! Quand il a vu le bazar à la gare, il...

— C'est bien normal, modesta-t-il. Il faut aider son voisin. *A fortiori* sa voisine.

Il a ri, embarrassé. Le summum, je suppose, du marivaudage en Franche-Comté. Ma mère a rempli son verre à lui, puis son verre à elle.

— J'allais t'appeler, me dit-elle.

Je n'en crus pas un mot. Le cendrier contenait quatre mégots ; elle était donc là depuis un moment. En temps normal elle m'aurait déjà donné dix coups de fil et vingt textos.

J'ai examiné, discrète, mais avec un regain d'intérêt, le sieur Joseph Lübeck... Sa ceinture descendait toujours au-dessous de sa bedaine trop ronde.

— M. Lübeck joue de la guitare ! m'apprit ma mère sur le ton où elle aurait pu annoncer qu'il possédait le code de la valise nucléaire. Willa joue du saxo.

— Oh, très bien ! s'écria-t-il. J'adore Miles Davis.

J'ai glissé un coup d'œil furtif à ma mère. Elle semblait... détendue. Apaisée. Presque heureuse. Alors j'ai gardé pour moi que Miles Davis jouait de la trompette.

— Jo... M. Lübeck se propose de nous emmener dans une brasserie qu'il connaît, pas loin d'ici.

Il ne repartait donc pas illico à Besançon ? Une longue route l'attendait pourtant.

— J'ai pris une chambre à l'hôtel, dit-il. Je vais profiter de ce petit séjour inopiné à Paris pour régler, demain, quelques affaires. Mais ce soir, Paris, deux jolies femmes... j'en profite !

Il a souri. Ouf, au moins il n'avait pas de dent en or. Il a remonté sa ceinture. Pas de fesses, OK, mais une bouille sympathique au fond. Rien à voir avec le charme absolu de papa... *so what ?* Je suis sûre qu'ils mouraient d'envie d'être deux.

J'ai souri et j'ai improvisé sur le ton le plus sincère :

— Malheureusement, ce soir je révise. Un contrôle de math demain.

Un contrôle est obligatoirement de math, c'est inscrit dans l'inconscient scolaire collectif. Avec facilité et candeur, Joseph Lübeck donna donc dans le panneau de l'inconscient scolaire. J'eus droit à sa moue apitoyée... qui ne masquait pas un secret soulagement.

— Vous êtes une fille sérieuse, Milla, dit-il. Peu de parents pourraient laisser leur fille seule pendant...

— Willa. Pas Milla.

— Bien sûr. Je compte sur vous une autre fois ?

Une autre fois ? Comme il y allait ! Il a effleuré le bras nu de maman. Catherine Ayre a fait un pudique pas de côté (ou pas-de-deux ?). Rêvai-je, ou je les avais vus se sourire ? D'un sourire... intime.

J'ai répondu bien sûr, avec plaisir. Je suis allée dans ma chambre. J'ai regretté une fois de plus de n'avoir aucun chat à caler dans mes bras ou sur mes genoux. Ma mère est entrée quelques instants plus tard.

— Ça ne t'embête pas de passer la soirée seule ? Je rentrerai avant minuit, promis. Je ne peux pas le laisser en plan, tu comprends, un type qui s'est décarcassé pour me ramener chez moi depuis la planète Mars...

— Non, tu ne peux pas.

— Je ne peux pas non plus l'emmener avaler un hamburger.

— Non, tu ne peux pas.

— Bon. J'y vais.

— Bonne soirée, maman.

Elle m'embrassa, se retourna, la main sur la porte.

— Il est vraiment gentil, murmura-t-elle.

Elle semblait étonnée, heureuse et étonnée que quelqu'un ait pris soin d'elle. J'ai répondu oui, très ; et elle est sortie. Je les ai entendus parler et marcher dans le salon, puis on a tiré le verrou de l'entrée.

— Bonne soirée Willa !

— Bonne soirée, m'man !

La porte a claqué. J'ai patienté une dizaine de minutes. J'ai pris le téléphone.

— Edern ? Ma mère est rentrée. Elle est accompagnée d'un M. Lübeck, il est adjoint au maire. En vrai, elle l'appelle Joseph, ou Jo, mais elle n'ose pas l'avouer. Il lui caresse le bras. Ils sont partis dîner au restaurant, là. Je suis toute seule. Ma mère dit qu'elle ne peut pas refuser ça à quelqu'un qui s'est décarcassé pour la ramener de Besançon à...

— Viens.

*

Je ne suis pas partie tout de suite. J'ai allumé le Mac de ma mère et j'ai repris mes investigations.

J'ai visité plusieurs moteurs et sites de recherche. Je prenais des notes sur un bristol. Au bout de vingt minutes, le résumé des infos donnait ceci :

Melville Sieber… pardon, *Manuel Silbet* avait étudié la biologie et bien d'autres choses à la faculté des sciences. De brillants résultats l'avaient mené directement au pôle « vaccins » du grand laboratoire Fils-Alberne. Il en avait été renvoyé au bout de deux ans, soupçonné d'espionnage au profit d'un labo concurrent.

J'ai cliqué sur un lien : un site nommé *copainsdelafac.com* où d'anciens étudiants stockaient messages, news, commentaires et photos de jeunesse. J'ai examiné attentivement celles des promos 2001 et 2002, section biologie.

Clic. Clic. Les images défilaient. Manuel Silbet à un match inter universités. Manuel Silbet brandissant son diplôme. *Clic.* Manuel Silbet à des soirées ou des fêtes estudiantines…

C'était perturbant de voir ce nom nouveau se superposer à la figure jeune mais parfaitement identifiable de mon prof de physique-chimie.

— Arrière ! Arrière, vite ! m'écriai-je, soudain.

L'anniversaire de Manuel Silbet. Autour du gâteau : les bougies qu'il soufflait et une brochette de copains-copines hilares. Mes joues se mirent à brûler.

J'ai zoomé sur l'étudiant qui riait, joue contre joue avec lui. Je me suis rapprochée de l'écran.

J'ai fait *wouffff.* L'étudiant était… une étudiante.

Une fille, cheveux ras, tee-shirt à motif South Park... Isebelle !

Le pire, pourtant, ce qui me mit vraiment K.-O. debout, c'est que la légende ne l'appelait pas Isebelle mais Frédérique Lombardo.

*

J'ai décidé d'attendre avant de mettre Edern au courant. Je n'avais pas envie de gâcher notre première sortie en tête à tête. On est allés dans un bar à soupes des Abbesses. On y servait un potage de pois brûlant, du strudel aux pommes exquisément tiède.

— Seconde ne vous a pas préparé à dîner ? susurrai-je en le voyant tout avaler.

— Si, soupira-t-il, accablé. Mais j'ai filé ma part aux chats.

— Vous devriez peut-être embaucher une cuisinière ?

— Seconde ferait une crise cardiaque. Papa était le seul dont elle acceptait une remarque.

J'ai aussitôt aiguillé la conversation sur son père, le labo, les recherches, les brevets.

— Papa était assez parano sur le sujet. Un vaccin, un médicament, c'est des millions investis... pour des milliards de bénéfices ! ajouta-t-il, caustique. On te pique une formule, une molécule, et hop, ta boîte coule. J'adore croquer les pépins des pommes dans le strudel, pas toi ?

— Si. C'est le meilleur. Avec la pelure grillée.

— On en commande un autre ? Papa lui-même avait ses taupes ici et là, continua-t-il. Mais chut.

À notre retour, Fausse-Malice était toujours sous black-out, de même que les immeubles et autres maisons du quartier.

— Roch et Isebelle passent la soirée chez des voisins qui ont de la lumière. Marni est avec eux. Quant à El et Seconde, ils se couchent de bonne heure.

— Tu es seul alors ? dis-je.

— Mais non. Puisque tu es là.

Dans un hall plus enténébré qu'à l'accoutumée, Edern alluma un briquet pour localiser sur la console le paquet de bougies préparé par El.

O'Connor (je le suppose, du moins) vint faire des ronds et des ronds pour une poignée de croquettes. La tribu féline déboula bientôt au grand complet. O'Brien (enfin je crois) sauta sur mon échine. O'Poulos (à ce qu'il me semble) affûta ses griffes sur nos pantalons.

Le dernier (peut-être O'Henry) aurait mieux fait de demeurer caché... Car pour éviter de lui aplatir la queue d'un coup de talon, Edern m'a bousculée. Je me suis rattrapée à sa manche. On aurait pu en rester là, mais c'était compter sans Jean-Marie qui jaillit méchamment de l'obscurité comme seul sait le faire un bloc de bronze hérissé de CD qui se prend pour une sculpture.

J'ai hurlé :

— Aïe-ouille, mon pied !

Edern a crié :

— Désolé !

Les chats ont lancé *miaow* en chœur. Et on s'est tous retrouvés à rouler par terre. C'est-à-dire Edern, Jean-Marie et moi, car les bêtes, elles, se volatilisèrent en un clin d'œil.

Juste à ce moment-là, la lumière est revenue ! On a piqué un fou-rire. Edern a ôté ma bottine et ma chaussette pour masser mon orteil douloureux.

— Ces chats, quelle plaie.

— Ce... ce « bidule », quelle plaie, oui.

Il me reprit, doctement :

— Ce « bidule » est une œuvre d'art, je te signale.

— Tu me l'as dit déjà. Cadeau d'un plasticien à ta mère. À mon avis, ce mec avait surtout besoin de faire de la place chez lui.

— Non. Ma mère appréciait vraiment son travail d'artiste. D'ailleurs, pour le remercier, elle lui a offert une petite chatte de la même portée que ces quatre mousquetaires. La Ligue des Rouquins, elle les appelait. Comme dans *Sherlock Holmes*.

Je suis restée muette et j'ai dû blêmir. Parce qu'Edern a lâché mon orteil et m'a demandé quelque chose que je ne parvins ni à écouter, ni à entendre.

— Est-ce que... ce « bidule » porte un nom ? articulai-je, après une éternité.

— Je crois. C'est écrit dessous, il me semble.

Au prix d'un gros effort, il roula Jean-Marie sur le flanc. Il se pencha pour lire... Comme ça paraissait compliqué, il a froncé les sourcils, pris son élan... Mais je l'ai devancé.

— *Hydrolaccolithe des sentiments,* dis-je, la voix blanche, en fixant ma chaussette.

— Comment tu sais ? dit-il en relevant la tête, stupéfait.

J'étais moi-même sonnée.

— Je suis incapable de te répondre. Disons que c'est à la fois complètement aberrant et... parfaitement logique.

Je lui ai relaté mes recherches sur mon prof de chimie. Lorsque j'en suis arrivée à devoir mentionner Isebelle, j'ai hésité. Il s'agissait de la vie privée de son frère, après tout. En outre, cela concernait l'époque où elle était étudiante. Plus de huit ans avaient passé. Quelle importance qu'elle sortît alors avec un autre homme ? *That's life,* n'est-ce pas.

Sauf qu'elle ne s'appelait pas Isebelle et que l'autre homme était Melville-Manuel Sieber-Silbet.

Dans un soupir, j'ai déplié la feuille A4 où j'avais imprimé le couple soufflant les bougies d'anniversaire.

— Tiens. Vois. Melville et... Isebelle ! dis-je dans un murmure. Elle se nomme en réalité Frédérique Lombardo.

Edern a regardé la photo, puis il a fermé les yeux en balançant doucement la tête de droite à gauche. Subitement, il a déchiré la feuille, en deux, en quatre, en huit... jusqu'à ce que ça devienne un tas de minuscules carrés. Il est allé ensuite à pas de loup vérifier que le salon et le couloir étaient déserts. Ensuite il a collé son front au mien, a serré durement mes joues entre ses pouces et, grave, solennel, son souffle sur le mien, il a crié à voix basse:

— Il ne faut en parler à personne. Tu entends ? À personne. Ne cherche plus. On laisse tomber toute cette histoire. Ou il se passera quelque chose de terrible. Tu comprends ? Une catastrophe.

— Mais...

— Une catastrophe épouvantable, tu m'entends ?

19

L'homme qui rit

— Bonjour... Puis-je parler à Frédérique Lombardo ?

— Je vous l'appelle, me répondit une dame qui ne devait plus être très jeune. C'est de la part ?

— Marie-Cécile Lübeck, assurai-je, droit dans mes bottes.

J'adressai mentalement de plates excuses à Marie-Cé et à Jo Lübeck, mes innocents complices.

— Vous avez de la chance de la trouver ! Voilà trois bons mois qu'elle joue à Miss Invisible avec ses vieux parents, dit gaiement la dame avec la volonté manifeste de faire bisquer sa fille. Pour toi ! ajouta-t-elle, la main sur le combiné.

Attente. On entendait vaguement une télé, à moins que ce ne fût la radio. Raclement de combiné qu'on soulève.

— Allô ? dit une voix familière.

Isebelle. Soit Frédérique Lombardo, fille de Sylvie et Luigi Lombardo, domiciliés à Enghien, banlieue nord.

J'émis de vagues borborygmes, comme quelqu'un qui a des difficultés d'élocution ou de mastication. Le brouhaha de la gare RER autour de moi en rajoutait dans l'acoustique.

— On avale son œuf dur avant de téléphoner ! s'écria-t-elle, enjouée. C'est toi, Manu ?

J'ai raccroché. J'ai récupéré la carte achetée tout exprès pour ce coup de fil spécial ; je suis allée attendre ma rame sur un banc du quai.

Manuel Silvet et Frédérique Lombardo avaient suivi le même cursus de biologie, et ils continuaient de se voir. Cela aurait pu constituer un hasard désopilant... s'ils ne s'étaient affublés de faux noms pour vivre une espèce de vie parallèle. Qu'avaient-ils à vivre, ou à cacher, de si grave ?

Et Edern ? Pourquoi m'invitait-il si violemment à me taire, à ne pas fouiller davantage dans la vie des deux compères ? Il oubliait juste que ma vie était menacée.

Par ailleurs, par quel coup du sort, une sculpture de Thomas Ayre avait-elle atterri à Fausse-Malice, en échange d'une chatte rousse de la même série que les O'Quelque Chose ?

En arrivant chez papa, à la différence de d'habitude, je n'ai pas sonné. Mon existence de lycéenne devenant salement stratégique, j'avais l'impression pénible de vivre dans la peau d'un homme politique.

Thomas Ayre, masque anti-étincelles sur la figure, tranchait à la scie électrique un carré de tôle dans un sifflement de fraise de dentiste. Il me tournait le dos. J'ai attrapé Rouille que j'ai caressée.

— Tu n'aurais pas pu me dire plus tôt de quelle portée tu viens, toi ? grognai-je. On aurait gagné du temps.

J'ai vérifié l'estomac de la Nénette carnivore. Un moustique y passait un sale quart d'heure. Je m'en suis écartée avec dégoût.

Je me suis faufilée jusqu'à mon père. Je lui ai mis un bisou sur l'oreille. Il a sursauté, éteint la scie, relevé son masque. Les étincelles sont retombées comme une fin de feu d'artifice, et le silence avec elles.

— Ça fait du bien quand ça s'arrête.

— Je ne t'ai vue ni entendue, ma fille.

J'ai pointé le doigt sur la tôle toute tordue sur le carrelage :

— Ton autoportrait ?

— On est d'humeur drolatique, je vois. Il y a des chocolats de « La Mère de Famille » sur la commode.

Comme je ne bougeais pas, que je ne faisais que le dévisager, il a retiré le masque, mais a conservé son tablier de jardinier en grosse toile de marin. J'ai attaqué direct :

— C'est qui, la dame qui t'a donné Rouille ?

Il a eu comme une ride en plus sur le front. Il a lentement extrait les mains de ses gants.

— C'*était*. Elle est morte.

— Est-ce qu'elle se nommait Carlotta Fils-Alberne ?

Il hocha la tête, mais ça ne voulait pas obligatoirement dire oui. Plutôt : ça y est, on y est, je vais t'expliquer, j'aurais préféré un autre moment mais bon.

— Un chocolat d'abord ? dit-il avec cette mine malicieuse qu'il arbore souvent dans les situations pas drôles du tout, comme s'il était le seul à en cerner l'humour.

— Voilà au moins un point commun entre maman et toi : votre fille sert d'alibi à vos frénésies de chocolat.

Il enroula le câble électrique autour de la scie, se servit un verre d'eau et s'assit dans le canapé. Il agita la main dans ma direction, pour que je la prenne et que je m'assoie près de lui. Docile, j'obéis. Il tourna l'eau dans son verre, à la façon d'un cognac.

— À l'époque, tu t'en souviens sûrement, je n'avais pas mon atelier ici, à la maison. Ta mère ne supportait pas la saleté ni le bruit de mon travail et j'avais loué et aménagé un hangar à une quinzaine de kilomètres. J'y allais le matin, je rentrais le soir. Ça ne me déplaisait pas, à vrai dire.

— Je suppose que la maison de campagne des Fils-Alberne n'était pas loin ?

— À vingt kilomètres à l'ouest. Lorsque Carlotta a débarqué un matin de juillet, il y a presque cinq ans, elle venait d'apprendre qu'un artiste – moi – travaillait à son œuvre dans les environs. Elle n'a alors désiré qu'une chose : rencontrer l'animal ! Elle était superbe, avec ses jodhpurs, ses bottes cavalières, sa bombe sous le bras. Je fus immédiatement sous le charme.

Une boule me tomba dans l'estomac, froide comme du métal.

— Tu... Vous... Est-ce qu'elle et toi... ?

— Non, dit-il avec douceur. Carlotta était et demeurait d'une absolue fidélité, et cela en dépit de la très grande solitude dans laquelle la laissait, la délaissait plutôt, son riche et vilain époux. Leur fils aîné, Roch, était alors sous contrat à la City de Londres. Le plus jeune, je ne me rappelle plus son nom, passait…

— Edern, murmurai-je. Il s'appelle Edern.

— … il passait l'été en Italie. Son mari avait promis à Carlotta une escapade à deux à Saint-Pétersbourg, malheureusement la mise en chantier d'un nouveau vaccin occupait les jours, les soirées, les nuits, du grand capitaine d'industrie… Bref, elle était seule, seule, désespérément seule. Nous nous sommes liés d'amitié. Elle appréciait mon travail. Mes sculptures surtout. Je l'ai initiée à la céramique. Elle jouait de sa musique. C'était… bien. Un jour, elle débarque, sourire aux lèvres et m'annonce : « Je vais tenter la bonne vieille méthode qui a fait ses preuves : rendre mon mari fou de jalousie. » « Avec moi j'espère ? » ai-je lancé sur le mode de la plaisanterie.

— Vieux dragueur, va ! grommelai-je. Quand je pense que tu vivais encore avec maman.

— Il ne s'est rien passé ! s'énerva-t-il.

— Pas de ton fait, visiblement.

Il s'est renfrogné. Rouille a sauté sur ses genoux, en soutien psychologique.

— Continue, dis-je, radoucie. « Avec moi j'espère »… ?

— « Avec personne ! » a-t-elle rétorqué avec un splendide dédain. « Thomas, je vous mettrai dans la confidence le moment venu. Vous serez le seul. » Deux semaines plus tard, elle m'a tout expliqué avec la mine réjouie d'une gamine qui monte une farce. Et c'était bien une farce. Elle s'était composé tout un répertoire de noms factices d'hommes, de numéros de téléphone inventés. Au fil des jours, elle s'était envoyé des textos, des mails, fixé des rendez-vous imaginaires, bref, avait déployé des trésors d'inventivité. « Je vais laisser traîner tout cela. Négligemment. Non, pas trop négligemment. Mais le clou de cette mascarade, Thomas, c'est vous qui l'enfoncerez. Vous me téléphonerez chez moi, quand il sera là. Vous me donnerez un faux rendez-vous. Et moi, *je ferai semblant de vouloir le lui cacher.* »

Papa intercepta mon regard navré.

— Je sais. L'histoire est d'autant plus pitoyable qu'elle s'est terminée... comme elle s'est terminée. Je lui ai fait remarquer que c'était une blague pour gamins de sept ans. « Les hommes sont des gamins de sept ans, Tom ! » a-t-elle riposté.

Tom ?

— Je ne sais pas pourquoi j'ai dit oui... mais j'ai dit oui. Enfin si, je sais : on ne refusait rien à Carlotta.

Point. Et tout a marché. Trop bien. Henri Fils-Alberne est tombé dans le panneau comme… un gamin de sept ans. Il a diligenté un détective privé. Filature. Photos. Mais aucun de nous ne se doutait de rien, je ne l'ai appris qu'au moment de l'enquête. Ma fille, il faut que tu saches… Il faut que je te jure que jamais, jamais il n'y eut le moindre geste déplacé entre Carlotta et moi. Mais elle venait simplement trouver refuge à mon atelier. Nous parlions des heures entières d'art, de littérature…

— Tu avais parlé d'elle à maman ?

— J'aurais eu du mal à lui expliquer clairement cette… relation. Elle n'aurait pas cru qu'il ne se passait rien que d'amical entre nous. Et plus le temps passait… plus le temps passait…

— … plus Carlotta devenait un sujet inabordable.

Il caressa Rouille en hochant doucement la tête.

— Tu… tu étais amoureux d'elle ?

— Tout le monde l'était. Elle avait un charme fou. Un écrivain, américain je crois, peut-être bien Fitzgerald, disait en parlant d'une héroïne, je te cite de tête : « Elle vivait dans un monde qui ressemblait à une promenade sous la pluie, sans voir trop loin devant elle. » C'était cela, Carlotta. J'avais un faible pour sa personnalité attachante. Mais... mais c'est ta mère que j'aimais.

— ... et que tu n'aimes plus ? ai-je lancé avant même d'y réfléchir.

— On saura ça... quand on sera grands.

Je lui ai donné une tape.

— Comment... Pourquoi Carlotta s'est-elle supprimée ?

— Parce que son mari était une espèce de crétin orgueilleux, imbu de lui-même. Il crevait de jalousie mais ne lui a rien dit, rien montré. Tout ce qu'il a fait, c'est lui coller un détective privé. Elle s'attendait à de la violence, elle n'a eu que de l'indifférence. Elle croyait déclencher une scène, il demeurait absent. Elle désirait un clash, il avait l'air de s'en ficher. Ce fut une claque pour elle. Une vraie claque. Elle a été persuadée qu'il n'avait plus d'amour. La suite a prouvé que c'était tout le contraire. Mais ce jour-là... je veux dire, le dernier jour de Carlotta, elle m'a apporté un chaton dans une boîte à sucre.

— Rouille.

— Oui. Disant qu'ainsi je garderais un souvenir d'elle. Que je ne devais pas lui en vouloir de partir. Qu'elle était contente d'avoir eu l'occasion de barbouiller de la céramique en ma compagnie. Des trucs comme ça... J'ai cru bêtement qu'elle s'en retournait à Paris, dans cette maison qu'elle décrivait pesante et sombre et qu'elle avait prise en grippe.

— Et toi, en échange de son souvenir, tu lui as offert ton *Hydrolaccolithe des sentiments.*

— Elle portait une robe avec de petites fleurs rouges, ce jour-là. Des sandales crème. Comment aurais-je pu imaginer que je ne la reverrais jamais ?... Elle s'est donné la mort à 23 heures.

— 11 heures du soir, murmurai-je.

Quel vertige. J'avais les yeux rivés sur mes chevilles. Pourquoi, un jour, les parents devenaient-ils des gens ?

Je lui ai tendu un chocolat. Il l'a croqué. J'ai croqué le mien. On est restés un petit moment, silencieux, à mâchouiller nos carrés à la ganache. J'ai soupiré :

— Si c'est ça grandir, je me pends tout de suite.

J'ai repris un chocolat. Papa aussi.

— Tu sais quoi ?

— Quoi ?

— Vous devriez arrêter le chocolat, maman et toi. Et vous remettre ensemble à la place.

— Pourquoi dis-tu ça ?

Parce qu'elle a fait Besançon-Paris dans la même voiture que Joseph Lübeck qui remonte tout le temps son pantalon à cause qu'il a des petites fesses, mais qui la persuade qu'elle est la femme la plus mieux du monde, la plus importante, la plus belle, la plus brillante, ce qu'elle est, reconnais-le, Thomas Ayre ! ai-je pensé.

Tout haut, j'ai répondu :

— Il existe des recettes pour le chocolat. Pas pour la vie à deux. Mais on peut tester, rectifier des ingrédients et... y regoûter.

— Tu parles du chocolat, bien sûr ?

— Bien sûr. Tu me ramènes à Paris ?

Je lui ai flanqué une autre tape. Il m'a dévisagée, fait une moue.

— Tu me donnes dix minutes pour me préparer ? dit-il.

— Cinq.

*

À mesure qu'on approchait de Paris et que le jour baissait, je me sentais un peu mal à l'aise à l'idée que papa puisse croiser maman en compagnie de Joseph Lübeck.

Peut-être n'était-il pas reparti comme prévu... ?

Sans compter que ma mère, persuadée d'une perfidie de ma part, m'en voudrait à vie et à mort !

Mais non. Thomas Ayre me déposait régulièrement au bas de l'immeuble et il n'était encore jamais tombé sur ma mère qui était toujours sa femme (devais-je le lui rappeler ?). Pourquoi se croiseraient-ils spécialement aujourd'hui ?

— Si Carlotta ne s'était pas suicidée ? dis-je brusquement. Si son mari avait avoué la vérité ? Qu'il l'ait réellement tuée ?

— Non. Tous les signes, les derniers signes de Carlotta étaient des indices. Ils m'ont donné la conviction qu'elle avait décidé de mourir. Tu sais, le suicide est une espèce de malédiction lancée au vivant : « Vis ! Et que ma mort te reste en travers de la gorge ! » Je m'en veux de n'avoir pas été clairvoyant. Alors que, avec le recul, je revois l'expression de son visage... et c'est l'évidence.

— La police t'a interrogé ?

— Bien entendu. Comme tous ceux qui la fréquentaient de près ou de loin...

— Tu... n'as pas été inquiété ?

Sa main a quitté le volant pour me pincer affectueusement le lobe de l'oreille. Thomas Ayre croit parfois que je suis plus jeune que lui.

— Pourquoi l'aurais-je été ? Je n'ai évidemment rien raconté des faux amants, des faux noms et des faux mails. Ils ont tout découvert très vite, sans mon aide. Fils-Alberne, lui, n'a jamais cru à une supercherie. Jusqu'à sa mort il est resté persuadé que sa femme collectionnait les liaisons, qu'un autre homme était la cause de son suicide. Au début de l'enquête, il m'a même appelé pour me menacer. J'étais son seul suspect qui ne soit pas un fantôme.

— Menacé ? Genre ?

— Qu'il me casserait la figure. Il ne l'a pas fait. Ma théorie est qu'il s'est accusé parce que la pensée que sa femme était morte d'amour pour un autre homme, ce dont il était persuadé, cette pensée-là était trop cruelle, trop intolérable.

Plutôt passer pour un assassin qu'un homme abandonné. Les adultes sont de drôles de mammifères.

— Et la police ?

— La police n'a jamais pu prouver qu'il n'existait pas un autre homme. Le message d'adieu, et d'aveu, de Fils-Alberne à ses fils a clôturé l'enquête. Il a finalement obtenu ce qu'il a voulu : le statut de l'amoureux vengé par la mort.

J'ai ouvert la boîte à gants, à la recherche d'un chewing-gum à la menthe.

— C'est... à cause de tout ça que vous vous êtes séparés, maman et toi ?

À nouveau, est apparue cette ride supplémentaire sur son front. Papa a ri avec tristesse.

— C'est bête, hein ? La seule fois où elle aurait dû me croire...

J'ai dépiauté l'emballage du chewing-gum. Lequel était à l'anis, que je n'aime pas tellement.

— La nuit où Henri Fils-Alberne a avoué son pseudo-meurtre et qu'il s'est immolé dans le feu de sa maison, tu te trouvais à ton atelier ?

— Tu me cherches un alibi ? Je dormais là-bas depuis déjà quelques jours. On était violemment fâchés avec Catherine. Tu étais en colo cet été-là.

— Perros-Guirrec. Je me rappelle. Tu as vu quelque chose ?

— Je t'ai dit, leur maison était à vingt kilomètres. L'incendie n'était évidemment pas visible de l'atelier. Mais je suis allé sur les lieux quatre jours après. Il n'y avait qu'un tas de cendres... et plein de flics.

J'ai recraché le chewing-gum. Je hais vraiment l'anis.

On arrivait. Je me suis penchée pour faire la bise à Thomas Ayre. Il a débouclé sa ceinture de sécurité pour sortir de la voiture avec moi.

— La boulangerie de Chantigny n'aura plus de pain à mon retour, expliqua-t-il. L'occasion de remordre dans la bonne vieille baguette de Mme Favières.

La baguette au goût du bon vieux temps, lorsque Catherine et Thomas, étudiants, habitaient le quartier. On s'est lancé un dernier petit salut de la main avant de se séparer. J'ai commencé à taper le code de la porte cochère.

Un cri de bête, un hurlement de souffrance et de mort transperça la rue et la nuit. Mon cœur s'est glacé, ma main s'est figée. J'ai fait volte-face. J'ai su tout de suite qu'une chose effroyable se passait.

Les pans flottants d'un long pardessus piquaient droit vers mon père, comme une créature des ombres, mi-vampire, mi-animal. Ce cri atroce sortait, continuait de sortir d'une gorge, d'une bouche large ouverte comme un trou dans les ténèbres de sa figure.

À une vitesse foudroyante, la bête hurlante se jeta sur mon père et le frappa de coups inouïs, à l'aveugle, partout où ses poings et ses pieds pouvaient cogner, avec des bruits mous révoltants.

— Papa !

J'ai bondi vers lui. D'abord pétrifiés, des passants s'interposèrent entre le fou furieux et mon père qui tentait de se protéger. L'individu continua sa pluie de coups, même lorsqu'il fut rejeté loin au sol, tout agité de soubresauts grotesques contre le mur de l'immeuble ; ses pieds, ses poings frappaient l'espace autour de lui.

— Je suis médecin, dit un homme qui arrivait.

Je me suis agenouillée avec lui auprès de papa qui saignait de l'arcade sourcilière et de la lèvre.

— Rien de grave, dit le docteur après examen. Voulez-vous porter plainte ?

Mon père, sonné, secoua la tête.

— Tu le connais ? demandai-je.

— Jamais vu.

L'individu, recroquevillé contre l'immeuble, tapait toujours dans les airs avec des sursauts de dément. J'avais reconnu ce pardessus. Il était simple de m'approcher et voir le visage qui se cachait.

Mais j'avais une peur phénoménale de ce que j'allais découvrir.

— C'est un pauvre malade, dit une dame. Regardez-le.

— Quelqu'un a appelé la police, annonça un monsieur.

— Oh non... gémit mon père en se relevant comme s'il portait une malle de cailloux. Ils vont poser un tas de questions et je ne connais pas ce type...

— Il pourrait recommencer, objecta la dame avec un regard effrayé vers le fou roulé en boule dans son pardessus.

— Pas sur moi. Je pars en Antarctique, essaya de plaisanter papa qui, debout, épongeait sa bouche en sang.

À cet instant, la porte cochère de mon immeuble a sonné et s'est ouverte sur Joseph Lübeck et maman. Elle s'est précipitée, mine anxieuse, décoiffée, l'imperméable jeté sur les épaules, et... en tongs.

— Pitié ! dit mon père en faisant mine de se protéger d'elle. J'ai eu ma dose, ce soir.

— Qu'est-ce qui t'est arrivé ? interrogea-t-elle, légèrement essoufflée.

Mais remisant promptement la mine anxieuse au placard, elle persifla :

— Tu redécores le trottoir ?

À l'arrière, sous les platanes déplumés, la silhouette ronde, manteau beige, de Joseph Lübeck, attendait. Il ignorait – mais était peut-être en train de le deviner – qu'il assistait aux premières retrouvailles de Catherine et Thomas Ayre depuis près de quatre ans.

— Rien de grave, dit mon père, à part un mal de crâne qui...

— Tu veux monter ? dit ma mère. J'ai de l'aspirine que...

— Tu portes des tongs par ce froid de loup ?

— Avec le boucan que tu faisais, tu crois que j'ai pris le temps de choisir ?

— Le boucan, ce n'était pas moi mais...

— Si tu veux avoir ton aspirine, tu as intérêt à...

Joseph Lübeck a reculé, reculé. Il a remonté sa ceinture. Il a fini par s'éclipser.

Moi aussi, mais pas dans la même direction.

— Que fait-on de ce pauvre bougre ? demanda le docteur.

Il se pencha sur l'agresseur qui ne bougeait plus, pelotonné en œuf par terre.

— Monsieur ? dit-il.

L'autre ne bougea pas. Le docteur lui toucha la manche. Dans un sursaut, l'individu sortit de sa torpeur. Il renversa la tête pour voir qui parlait. Son écharpe glissa de son menton. Le réverbère l'éclaira en plein.

Le docteur eut un mouvement de surprise. Moi, j'ai réussi à retenir un cri, mais pas ma grimace d'horreur.

L'homme n'avait plus de visage. Sa peau luisait comme une gélatine solidifiée. Le nez avait en partie fondu, les lèvres étaient absentes, les dents avaient pris toute la place en bas de ce qui avait été un visage et lui donnaient un masque de rire mortuaire.

Il a bondi d'un coup. Son bras nous a poussés avec une force qui m'a plaquée au mur comme un moustique. Il a croisé mon père qui l'a regardé filer, bouchée bée. Il a fui à ras de terre, comme un animal, plié en deux et figure baissée, par une rue transversale où la nuit l'a englouti.

Ensuite, on a entendu au loin la sirène d'une voiture de police. Alors mon père a regardé sa femme et sa fille, et il a soufflé :

— Vite... À la maison !

*

Dès que maman l'a fait entrer dans l'appartement, papa a remarqué les deux verres sur la table basse. Pas la peine d'être Sherlock pour deviner que l'un des deux portait les empreintes de Joseph Lübeck. Papa n'a pas bronché. Il est parti se laver les mains dans la salle de bain. Ma mère a glissé très vite ses doigts dans les cheveux pour les gonfler. En une seconde elle a enfilé son cardigan, le rose chamallow qui lui va plutôt bien au teint. Je me suis gardée du moindre sourire, du plus petit rictus, je la sentais à cran, capable de m'envoyer la commode avec les quatre tiroirs à travers la tête.

On est allées rejoindre papa dans la salle de bain. Il était assis sur l'unique chaise de la pièce, fixant ses mains, un peu hébété, comme s'il comprenait seulement maintenant qu'un type jailli de nulle part l'avait passé à tabac sans but ni raison.

— Willa ? Compresses, ciseaux, Bétadine et arnica, s'il te plaît ! a ordonné Catherine Ayre.

J'ai obéi sans moufter. L'univers marchait sur des œufs. Maman a nettoyé l'arcade sourcilière, la pommette, le menton et la lèvre du monsieur qui n'était plus complètement son mari. De temps en temps il émettait un « vouich » ou un « gronch » pour manifester sa douleur.

— Tu le connaissais, ce dingue ? ai-je demandé à papa.

— Jamais vu de ma vie.

Problème : je sais presque toujours quand mon père ment. En cette seconde, il mentait.

— Savez-vous, enchaîna-t-il, docte et grave, qu'on prélève chaque semaine 2 ml de la rate d'un dindon pour les injecter dans les fesses de Nicole Kidman afin qu'elle conserve un corps de vingt et un ans ?

Si, ça, ce n'était pas essayer de noyer le dindon...

— Pourquoi vingt et un ans ? dis-je.

— Pourquoi pas vingt et un ans ?

— C'est ce qu'elles font toutes, maintenant. Elles ont l'air d'avoir dix-huit ans, elles en ont trente de plus en réalité. Il n'y a que les imbéciles pour s'y laisser prendre, conclut ma mère avec un sourire à la douceur vacharde.

Il l'avait cherché. Mais Thomas Ayre prit le parti de la légèreté.

— Tu m'asticotes ?

Et une intonation – oh, discrète et brève ! – de sa voix m'alerta. C'était l'une de ses intonations velours dont il use avec les Jennifer.

— Ma foi... rétorqua ma mère.

— Je ne trouve pas ça drôle.

— C'est précisément ça le facteur drôle... quand on asticote. Tiens, avale ! le somma-t-elle en lui fourrant des cachets dans la bouche et un verre d'eau dans la main.

Elle entreprit de tailler compresses et sparadrap. J'assistais à une scène de western. La bonne institutrice, le hors-la-loi, et le Technicolor.

Il était temps de les laisser seuls, je crois. Sur le seuil je me suis tournée :

— Je vais à la cuisine. Prendre un jus de fruits... ou un hachoir. Je n'ai pas encore décidé.

J'ai fait une fausse sortie. J'ai repassé la tête par la porte entrebâillée :

— Et ne me prenez plus à part, s'il vous plaît, pour me parler du mariage et de la façon de rendre son conjoint heureux. Je déteste les histoires dégoûtantes.

Je suis allée à la cuisine, ai bu un verre de sirop d'orgeat, puis je me suis verrouillée dans ma chambre. Les joues dans l'oreiller, j'ai tenté de réfléchir à tout ce qui s'était passé.

Carlotta, mon père. Melville, Isebelle. Manuel, Frédérique. Rosemonde, Iago. Edern, moi. Il y avait forcément un dénominateur commun à tout ça... Or, la plupart des liens me ramenaient à Fausse-Malice.

Fausse-Malice, oui. C'est là que je devais chercher, et peut-être connaître, la vérité.

Cette nuit.

20

Le mur

Longtemps je me suis demandé si je devais me coucher de bonne heure. Ou tard, au contraire, pour ne pas éveiller les soupçons de ma mère.

Mon père venait de repartir. Après de brèves cogitations, l'évidence m'apparut, criante : il fallait que je sois à Fausse-Malice à 11 heures. C'était l'heure où, dans la vieille maison, les choses se passaient.

À dix heures moins le quart, j'avertis ma mère, sur un ton légèrement languissant et détaché, que j'allais sur Internet chercher de la doc pour le prochain cours d'histoire. Elle parut déçue que je ne veuille pas revoir *Beau fixe sur New York* avec elle. Je lui ai fait une bise et je me suis claquemurée dans ma chambre.

Je me suis préparée en un clin d'œil, avec l'impression grisante mais effrayante d'être Fantômette sur la piste du Furet et du prince d'Alpaga. J'ai troqué mes bottes contre des baskets, plus discrètes, malgré le froid qui m'attendait dehors, et mis une pile neuve dans ma minilampe de poche.

J'ai entrouvert ma porte. Dans le canapé du salon, Catherine Ayre me tournait le dos. *She loves me, so I like myself* chantait Gene Kelly en patins à roulettes avec l'orchestre de la Metro Goldwyn Mayer.

En silence, j'ai décroché mon manteau ; en silence, j'ai tiré le verrou. J'ai ouvert un minimum pour que l'air froid n'alerte pas ma mère... En un clin d'œil je fus sur le palier. J'ai attendu une minute. Au cas où. J'ai ensuite dégringolé l'escalier en flèche et sur la pointe des pieds. Le rideau de Mme Portolan était baissé. Je suis sortie sans appuyer sur le bouton de porte qui sonne à chaque ouverture, mais en poussant la gâchette muette.

22 heures.

*

Vingt minutes plus tard, je sortais du métro place Pigalle et courais m'engouffrer dans le petit Montmartrobus. À 22 heures 40, j'étais dans l'impasse.

De gros nuages, qui devaient être gris mais paraissaient blancs dans le ciel marine, tout chargés de mauvaises intentions, roulaient au-dessus des cyprès, par-delà les pilastres et le portail rouillé. J'ai rentré le ventre pour me faufiler et le refermer sans trop le faire grincer.

La maison était plongée dans l'obscurité. Ce qui ne signifiait pas qu'on y dormait. Edern devait *geeker* devant un écran quelconque. Marni était probablement au lit. Je savais que Seconde et El se couchaient tôt, mais j'ignorais si Isebelle et/ou Roch étaient là.

Il restait de la neige par endroits. Il y eut de l'agitation dans les buissons lorsque je suis passée, ça m'a donné le frisson et j'ai accéléré.

J'ai rejoint la porte arrière, « service et fournisseurs ». Si je ne me trompais pas, elle devait conduire au petit escalier « qui colimaçonne » que m'avait montré Marni. Il fallait juste qu'elle ne soit pas fermée.

Elle ne l'était pas. Elle était même légèrement entrouverte. Quelqu'un l'avait utilisée récemment. J'ai allumé ma minilampe et j'ai gravi le colimaçon.

Au premier étage, j'ai éteint ma lampe et poussé la porte avec précaution. Le palier était désert.

Une ombre de lumière montait de l'escalier... À pas de loup, j'ai traversé le palier jusqu'à la chambre bleue que j'avais occupée, voisine de celle de Marni.

La porte rabattue derrière moi, j'ai rallumé ma lampe et j'ai inspecté la pièce. Comme je l'avais remarqué ce soir-là, elle était nettement plus petite que les autres chambres. Pourtant, située exactement sous celle d'Edern qui était vaste, elle aurait dû logiquement avoir des dimensions jumelles. La façade de la maison, qui alignait ses fenêtres avec une belle rectitude, corroborait cette hypothèse.

Ici, la fenêtre n'était pas placée au milieu, mais semblait décalée. L'angle du mur de droite, le mur mitoyen entre cette chambre et celle de Marni, commençait à une cinquantaine de centimètres de la fenêtre, brisant les proportions.

Pourquoi cette disposition ? Les bruits, à la fois si proches et étouffés, que j'avais entendus cette nuit-là, de grincements, de pas, de rangements... d'où provenaient-ils ? Pas de chez Marni, en tout cas.

J'ai levé le rayon de ma lampe. Les moulures du plafond disparaissaient, coupées par le pan du mur.

Ce dernier avait été élevé après !

Voilà pourquoi j'avais eu, lorsque je l'avais occupée, cette sensation mêlée de neuf et de vieux. Je me suis avancée vers le mur. Je croyais de moins en moins à une lubie d'architecte.

J'ai touché, tâté la cloison. Après une hésitation, j'ai donné un léger coup, un seul, bref, du bout de l'ongle.

Le son, discret, résonna comme un de ces nombreux petits bruits et craquements qui hantent la nuit les maisons. Mais il me donna une réponse formelle : il sonnait creux. La cloison n'était donc pas de la même pierre épaisse que le reste.

Il fallait que je vérifie l'autre côté. Chez Marni.

Mais comment ? Un : il ne fallait pas qu'on m'entende. Deux : si Marni était là, je risquais de l'effrayer et la pauvre n'avait pas besoin de ça.

Je me suis recroquevillée dans le coin le plus éloigné de la cloison, j'ai allumé mon portable et j'ai appelé Marni.

— Allô ? dit sa voix dodelinante.

— Pardon, Marni, chuchotai-je. C'est Willa. Tu dors ?

— Pas encore. Je doigte *Reality Girl* de Lorris Murail...

Doigte ?

— Je lis, quoi. Avec mes doigts.

— C'est bien ?

— Super bien.

— Tu es seule ?

— Oui.

— Écoute. Je suis en bas de la maison. Je monte te voir.

— Génial ! J'appelle Edern, il est dans sa chambre et...

— Non ! Surtout pas. N'appelle personne. Je viens te voir, toi seule. Et, mettons que c'est un secret... une surprise.

Silence étonné. Puis :

— Bon. D'accord.

J'ai quitté la pièce bleue après un coup d'œil au palier désert. À la pendule, les deux aiguilles ne faisaient qu'une. 22 h 50.

Devant la chambre de Marni, je suis restée immobile de longues secondes, parce que je tremblais comme une feuille. Est-ce que je n'étais pas en train de faire une affreuse bêtise ? De déclencher un truc irréparable qui mettrait ma petite amie en danger ? J'ai respiré un grand coup et j'ai tourné la poignée. La chambre était dans le noir. Marni n'avait pas besoin de lumière pour *doigter* son roman.

Je me suis approchée. Marni a allumé la veilleuse. Elle était couchée, les mains caressant son livre ouvert à plat devant elle.

— Tu es montée drôlement vite ! s'écria-t-elle.

D'un bond, je suis allée près d'elle.

— Chut, dis-je à son oreille. On ne doit pas nous entendre.

Elle reprit, plus bas, un sourire en coin :

— Tu vas aussi monter voir Edern en secret ?

J'ai fait non, tout en observant le mur qui nous séparait de la chambre que je venais de quitter. Une commode, un placard, une applique où pendait un mobile à grelots. Rien de particulier.

— De quoi il parle, ton bouquin ?

— D'une fille qui a un long nez, une drôle de grand-mère, une drôle de mère, un drôle de père, elle tient le seul blog du monde qui a zéro lecteur... Tiens, écoute ce passage : *Ma journée a été semblable à un abricot qu'on pose à peine cueilli sur le bord de la fenêtre. Au début doux, lumineux, odorant, avec quelques perles de rosée. Ensuite, au fil du temps, terne puis ridé, puis rabougri avec des points blancs et pour finir flaque puante avec des pastilles de poils bleus. Yirk !* On en connait des journées comme ça, hein ? Mais ma phrase préférée, c'est quand sa copine lui dit : *Le principal c'est que tu sois jolie autour de ton nez* ».

— Pas mal, en effet, et très drôle. Il sert à quoi, ce placard ? ai-je continué plus bas ;

— C'est une penderie, répondit-elle sur le même ton. Dis donc, tu viens si tard pour causer de...

J'ai posé ma main sur sa bouche et je lui ai chuchoté à l'oreille :

— Je vais éteindre et faire semblant de sortir. Mais je reste ici, avec toi. On va attendre ensemble que la pendule sonne 11 heures. D'accord ?

Elle a compris. Elle hoché la tête, soudain très grave. Ses cils frémirent.

— Maintenant, dis-je à voix haute, il est temps pour toi de dormir et pour moi de partir...

Je lui ai fait la bise, j'ai éteint la veilleuse et j'ai marché jusqu'à la porte que j'ai ouverte, puis refermée. Je suis restée à l'intérieur.

Mon petit stratagème allait-il fonctionner ? Je suis revenue lentement près du lit, sans plus de bruit qu'un chat, et j'ai pris la main de Marni dans la mienne.

Elle l'a serrée, menue, inquiète, mais en même temps confiante.

On n'était qu'à quatre minutes de onze heures.

On a attendu.

21

Derrière le mur

Au premier coup du carillon, la main de la petite fille se contracta... Deux... Trois... J'ai déposé un petit baiser dans sa paume. Quatre... Cinq...

— Je suis là, chuchotai-je près de sa joue. N'aie pas peur.

Je n'en menais pas large tandis que l'horloge égrenait le neuvième coup, le dixième, puis enfin le onzième.

Après quoi, le silence retomba comme un couvercle.

On ne respirait plus.

Au bout de deux minutes d'éternité, on a entendu... un grincement ténu, suivi d'un frottement en provenance du placard. Je me suis redressée. Un petit cri de souris jaillit de la gorge de Marni. Je n'ai pas lâché sa main. J'ai tâtonné, de mon autre main, en quête de l'interrupteur de la veilleuse. Par bonheur, je l'ai trouvé. Mais j'ai essayé de ne pas me laisser gagner par la panique, je n'ai pas appuyé.

Il y eut les glissements d'un pas feutré et... la nuit s'est mise à respirer. J'ai senti que Marni allait hurler. Alors seulement, j'ai allumé.

La porte du placard était grande ouverte sur une espèce de trou noir. Au milieu de la chambre, un homme se tenait, pétrifié, clignant des yeux, les bras écartés comme un évadé dans le faisceau du mirador. Un autre trou noir béait dans la pièce : celui de sa bouche.

Il ne portait plus son pardessus mais un chandail qui pendait de ses épaules comme d'un cintre. Et ce visage, je le connaissais. Il appartenait à l'homme qui s'était acharné sur mon père quelques heures plus tôt, l'homme qui avait filé dans les ténèbres.

Des ténèbres, il en ressortait tout juste. Il balança ses mains ouvertes, l'air de ne savoir quoi en faire. Il fit un pas vers Marni qui ne bougeait pas. Ses doigts, comme une araignée de cire, s'abattit sur son bras.

La petite fille frémit. Elle reconnaissait la main... *une main, on dirait du plastique*. Elle poussa un cri. Un long cri affreux qui ébranla la maison entière.

L'homme fit non, non, non, avec la tête, et s'affaissa à genoux. Un son... Un son horrible jaillit de ses lèvres hideuses. Il me fallut quelques secondes avant de comprendre qu'il sanglotait. Il se mit à parler, à débiter des paroles que je ne comprenais pas. Marni s'agrippa à moi, pleurant elle aussi, ne sachant pas ce qui se passait.

La porte s'ouvrit dans un grand courant d'air froid. Edern fit irruption, hirsute. Il vit l'homme à genoux et parut frappé d'incrédulité. Il bondit, se pencha vers lui et s'écria d'une voix basse, pleine de colère et de reproche :

— Papa ! Papa, mais qu'est-ce que tu fais là ?! Papa...

Au même moment, je compris ce que sanglotait l'homme :

— Carlotta... Ma Carlotta... 11 heures...

Edern se tourna vers moi. Il me jeta un regard terrible, avec une expression comme si j'étais un objet de répulsion. Il a dit – non, il a craché, craché avec hargne et fureur, même s'il n'élevait pas la voix :

— C'est toi ? Toi, la cause de... ça !? Sale fouineuse ! Je t'avais pourtant dit d'arrêter de fouiller ! Que ça déclencherait des catastrophes !

Seconde apparut à son tour, un châle imprimé de parapluies autour de ses épaules. Son œil engloba la scène. D'un geste ferme, elle donna un tour de clef et courut aider Edern à remettre l'homme debout. Puis ils l'emmenèrent vers le placard où ils pénétrèrent tous les trois et… où ils disparurent.

— Qu'est-ce qui se passe ? chevrota la petite voix de Marni.

Je me suis approchée du placard. Là, mon cœur se tordit. Entre les vêtements alignés sur leur barre, le fond du placard révélait une paroi coulissante, ouverte sur une pièce minuscule, une chambre secrète avec une ampoule nue, un lit, une tablette de chevet, un lavabo miniature, des W.-C. Je pense que ce qui y ressemblait le plus était la cellule d'un prisonnier.

Ils l'ont recouché. Seconde a dilué des cachets dans un verre d'eau puisée au robinet. L'homme but, les yeux fermés, balbutiant encore *Carlotta… Car… lotta…* de plus en plus faiblement.

Quand il fut calmé, endormi, tous deux sont ressortis. Seconde a coulissé la paroi et le placard est redevenu placard.

— Que fais-tu ici ? me demanda Edern, d'un ton atrocement las.

— Je… je cherchais des réponses, balbutiai-je.

— Je doute que tu les aies toutes, railla-t-il.

Seconde secoua les oreillers de Marni en marmonnant :

— Ben, poulette, voilà que ça te revient, ces vilains cauchemars. Recouche-toi, ma choute.

— Ce n'est pas du tout un cauchemar, dit la petite d'une voix claire. C'est... papa. N'est-ce pas que c'est lui ? Il est où maintenant ?

— Tu vas changer de chambre. Je vais te préparer la rose au-dessus, à côté de celle de ton frère. Tu seras au calme. Puis je vais te monter un lait chaud. Va. Va. Recouche-toi en attendant.

Elle l'empêcha de répliquer, la borda jusqu'à ce qu'on ne voie plus que son nez. Seconde ne me jeta pas un regard. En revanche, je vis qu'elle adressait une mimique entendue à Edern tandis qu'elle répétait :

— Je redescends dans cinq minutes. Pour la changer de chambre. Ce sera mieux.

Elle demanda s'il y avait besoin d'autre chose, rajusta son châle, puis quitta la pièce qui retrouva son silence de tombe.

La voix de Marni s'éleva, douce, calme, à peine étonnée.

— Papa... il n'est donc pas mort ?

Edern lui caressa les cheveux.

— Non.

— Il est où ? redemanda-t-elle. Je veux l'embrasser. Je veux lui dire que je suis contente qu'il soit revenu avec nous. Est-ce que tu peux lui dire de revenir ?

— Papa dort. Il a pris ses cachets. Il est très malade.

Il soupira. Il s'assit sur le bord du lit, et prit sa sœur dans ses bras.

— Tu sais, quand la maison de campagne a brûlé, tu étais petite... Papa a beaucoup souffert. Beaucoup. Depuis, il n'a plus toute sa tête. Ce n'est plus le papa que tu as connu. Il prend des médicaments...

— Et maman ? Elle est vivante, elle aussi ?

— Non... Pas maman.

Il étreignit sa sœur dans un sanglot. Il me tournait le dos, tout à ses souvenirs, à des souffrances qu'il ne partageait pas. J'ai quitté la chambre après avoir attendu son regard qui ne me chercha pas.

*

Dans la cuisine, Seconde chauffait le lait. Je me suis assise à la table en vieux bois sombre.

— Seconde..., murmurai-je au bout d'un moment. Oh Seconde, est-ce que j'ai fait une si énorme bêtise ce soir ? Dites-le moi, s'il vous plaît.

— Tout le monde en fait. Les vôtres ne seront jamais aussi énormes que celles de mon vieux El. Il dort, lui. Heureusement, tiens.

Elle était de dos, je ne voyais que son châle aux parapluies, mais j'ai compris qu'elle souriait.

— Dans le fond, c'est peut-être mieux. Le vieux El a toujours pensé qu'il fallait raconter.

— Comment... Comment M. Fils-Alberne s'est-il retrouvé dans cette... chambre secrète ?

— Une vieille histoire. Quand il a mis le feu à sa maison, là-bas, on a tous cru que M. Henri était redevenu cendres. Une journée plus tard, que les ruines fumaient encore, M. Edern a découvert M. Henri dans des buissons, à quelques coudées de ce qui restait de la maison. Il s'était traîné là, jusqu'à la petite mare, en sang, en loques, tout brûlé... M. Edern et M. Roch l'ont ramené en voiture, ici, dans le secret. Pendant un an, et plusieurs fois par jour, le vieux El et moi, on l'a lavé, soigné, pansé. M. Roch s'est procuré des antibiotiques au laboratoire. On devait se cacher. Forcément.

— Forcément ?

— M. Henri se serait retrouvé en prison, vu qu'il s'accusait d'avoir tué la pauvre Mme Carlotta... On ne voulait pas le voir en prison.

Quelle ironie sinistre. La chambre cachée était-elle autre chose qu'une prison ?

— Mais puisqu'il ne l'a pas tuée... dis-je faiblement.

Elle pivota, sa casserole à la main et pour la première fois je vis que ses yeux étaient clairs, d'un bleu presque blanc, sous ses sourcils masculins. Deux larmes de colère y brillaient.

— Nous, on sait ! Il l'aimait tellement ! Même si elle croyait le contraire. C'est juste que ce maudit laboratoire lui prenait toute sa vie ! Mais je peux vous le garantir, Mademoiselle, M. Henri n'a jamais touché un cheveu à Mme Carlotta, non, non ! Il serait mort pour elle. Seulement, on était les seuls à le croire. Et comment qu'on pouvait expliquer ça à la police ? M. Henri était trop mal en point pour raconter la vérité. Le feu... ça lui a mangé la tête. Après le feu, il n'a plus été comme avant.

— Il sort, n'est-ce pas ? Je veux dire... en ville ? Par la petite porte derrière ?

Elle me versa une tasse de lait brûlant.

— M. Roch ne le sait pas. Ni Mlle Isebelle. Oui, il sort. La première personne qu'il aperçoit, il la suit. Il erre dans Paris comme une âme en peine. Comme le Hollandais Volant. Je crois bien qu'il la cherche.

— Qui ?

— Mme Carlotta ! Le feu lui a mangé la tête, je vous dis. Il le mange toujours. Vous ne direz rien, n'est-ce pas ?

Il m'avait probablement suivie. Jusqu'à la rue de Rivoli où je l'avais croisé. Peut-être jusque chez moi. Comme ça. Pour des raisons que son pauvre cerveau seul connaissait. Et quand, tout à l'heure, lui était apparu mon père, cette figure de son passé avait déclenché le tonnerre dans son pauvre esprit tourmenté.

Seconde se pencha :

— Hein ? Vous ne direz rien ?

— C'est lui qui arrête l'horloge à 11 heures chaque soir ?

Les deux larmes débordèrent et coulèrent dans les sillons de ses fines bajoues.

— Oui, dit-elle en mouchant un sanglot dans les parapluies de son châle. Chaque nuit il monte sur le petit banc pour bloquer les aiguilles. La malheureuse Mme Carlotta s'est tuée à 23 heures. Avec son pauvre cerveau ruiné, M. Henri pense que s'il empêche les aiguilles d'avancer, le temps s'arrêtera, que Mme Carlotta ne pourra pas mourir... Je sais pas bien vous expliquer, mais c'est une tromperie comme ça... Pauvre.

J'avais le cœur chaviré. C'était là le déni dérisoire et pathétique d'Henri Fils-Alberne pour survivre à l'insupportable absence de son épouse. Je me sentais terriblement mal d'avoir perturbé ce chancelant équilibre.

La vieille femme me répéta dans un souffle :

— Vous raconterez à personne... ?

Je n'ai pas eu le temps de répondre – et d'ailleurs, je ne sais pas ce que j'aurais pu répondre. Un bruit de clefs dans le hall la fit se redresser. Elle me fit un signe impérieux :

— Chut. Mlle Isebelle n'est au courant de rien.

Quelques instants plus tard, Roch et Isebelle apparurent, encore vêtus de leurs manteaux. Isebelle en perruque châtain mi-longue, sa courte étole de fourrure rousse donnait l'impression qu'un écureuil s'était lové à son cou. Tous deux me dévisagèrent avec étonnement, tout en retirant leurs gants.

— On se demandait qui était là, s'exclama Isebelle en souriant. On revient du théâtre.

Je n'avais jamais si clairement remarqué la blancheur de ses dents, ses canines légèrement décalées. *Mlle Isebelle n'est au courant de rien...* Vraiment ? Si elle s'était glissée et installée dans la place, au sein de cette famille, c'était pourtant pour y découvrir des choses, obligatoirement.

Papa m'avait un jour raconté l'histoire d'un fermier dont les poules étaient attaquées chaque nuit par un renard. Le fermier avait posé une épaisse clôture. En vain. Posé des pièges. En vain. Monté la garde des nuits entières. En vain, toujours. Jusqu'à ce que le fermier découvre enfin que l'intelligent animal avait élu domicile à l'intérieur même du poulailler... où il pouvait dévorer ses proies en toute tranquillité.

Ça n'avait pas dû être difficile pour Frédérique Lombardo de séduire un homme blessé comme Roch. Ni d'entrer dans une famille en morceaux. De là, elle savait tout... mais que voulait-elle savoir au juste?

La chambre dérobée et son occupant clandestin avaient-ils pu lui échapper ? J'en doutais. La renarde connaissait tout de la vie au poulailler. Même si on ne lui en parlait pas, elle ne tarderait pas à découvrir ce que j'avais provoqué ce soir. Et quand elle saurait, elle comprendrait que j'étais au courant de...

— J'allais partir, soupirai-je. C'était bien, la pièce de théâtre ?

— Un vrai pensum, dit Roch.

Je me sentais triste pour lui. Triste et déçue d'avoir donné mon amitié à une ennemie qui aimait lire *L'Invitation à la valse*.

Il se débarrassa de ses affaires, aida Isebelle à retirer les siennes. Durant une seconde, ma respiration se bloqua.

Sous son manteau, Isebelle portait un foulard de fine laine bleu myosotis. Une image en flash sauta devant mes yeux. Ce bleu. C'est au musée que je l'avais vu... Quand je l'avais suivi, de loin, persuadée qu'il s'agissait de l'écharpe de Fran.

Isebelle était dans la salle des instruments acoustiques ! Isebelle sans perruque que j'avais prise pour un visiteur. C'est elle qui m'avait poussée. Je n'en avais aucune preuve, mais la foudroyante et intime certitude.

— Notre poulette, là-haut, a encore eu un de ses méchants rêves, intervint Seconde. Je lui chauffe son lait.

Je sentis le regard fixe et perplexe d'Isebelle sur moi.

Roch savait-il qu'elle s'appelait en réalité Frédérique Lombardo ? Isebelle pouvait être un simple surnom, mais il y avait de fortes chances qu'elle cachât à toute la famille Fils-Alberne sa véritable identité.

Elle fréquentait Roch depuis six mois, m'avait-elle assuré dans le funiculaire le soir où elle avait prétendu aller chez ses parents trois fois par semaine. Or, sa mère au téléphone s'était plainte de ne l'avoir pas vue depuis trois mois.

Où allait-elle les soirs où elle désertait Fausse-Malice ? Rejoindre Manuel Silbet, ingénieur accusé d'espionnage par les laboratoires Fils-Alberne et devenu Melville Sieber, professeur de chimie ? Quelle force de caractère fallait-il pour vivre cette double vie !

Mon regard, involontairement, s'attarda sur elle. Elle le nota et son expression se durcit. J'ai plongé le nez dans ma tasse de lait que j'ai vidée avant de me lever. Mon cœur était serré. Ce n'est pas facile de changer son regard sur quelqu'un.

— Il est tard, dit-elle. Tu ne veux pas dormir ici plutôt ?

C'est elle qui avait évoqué la neige pour que je reste à Fausse-Malice, la nuit où Melville Sieber avait tenté de m'étouffer. Elle qui avait insisté pour que j'occupe une chambre seule. Après quoi, elle l'avait prévenu. Pourquoi voulaient-ils me tuer ?

Cela avait commencé avec ma relation avec Edern. Savais-je quelque chose... *que j'ignorais savoir* ?

— Non, dis-je. Je vais appeler un taxi.

— Tu as ta chambre, ici, désormais ! dit-elle d'un ton qui se voulut amusé et cordial. Tu es sûre ?

— Certaine. Merci beaucoup pour le lait, Seconde.

Dix minutes après, le taxi m'attendait à l'entrée de l'impasse. J'ai marché vite jusqu'à lui, en vérifiant autour de moi. La première fois que j'étais venue, j'avais plaisanté à propos du brouillard et de Jack l'éventreur... Mais ce qui me menaçait était autrement plus réel !

Chez moi, *Beau fixe sur New York* était terminé. L'appartement était plongé dans l'obscurité. Ma mère ne s'était pas aperçue de mon escapade. J'ai réintégré ma chambre sans bruit, me suis déshabillée très vite, glissée dans mon lit en frissonnant.

*

Le lendemain, j'ai appelé Loulou sur son portable. Parmi les copines c'est elle qui habite le plus près de chez moi. On avait parfois l'occasion de se rendre ensemble à Saint-Lyco.

Je n'obtins que sa messagerie : *Je sais, on ne peut pas se passer de moi, mais j'ai une vie, quoi ! Alors embrassez-moi et laissez un message !* Bip.

J'ai raccroché.

— Tu sais ce qui serait sympa ? dis-je à ma mère entre deux bouchées de müesli aux fruits rouges. Que tu m'emmènes au bahut en voiture.

— Houlà, se cabra Catherine Ayre. J'ai plus que soupé des transports ces jours-ci. Je n'ai même pas pris ma douche.

— Tu la prendras en revenant.

Elle fit une moue de rébellion pour la forme, mais je savais que c'était bon. Je ne pouvais décemment pas lui expliquer que j'avais la trouille de prendre le métro où je courais le risque d'être poussée sur les rails.

— Ça va ? dit-elle en me déposant au lycée. Le chauffeur de mademoiselle doit aussi ouvrir la portière ?

— Ça ira, dis-je en m'efforçant de sourire.

J'avais un nœud au ventre. Que me réservait Melville Sieber ?

Dans la cour du lycée, Fran, Loulou et Marie-Cécile discutaient avec Solal, le grand Gernoux, et Octave, de Première L, à qui j'ai toujours trouvé une ressemblance avec le pingouin de Batman – mais je ne le lui ai jamais dit. Me croirait-il si je disais que je trouve ce personnage sympathique et déchirant ?

— Mon devoir était grave nul, j'ai tout raté, disait Marie-Cé en me faisant la bise. Je ne savais rien.

— Avec tout ce que tu ne sais pas, ma biche, on remplirait la BNF, dit galamment Octave.

— Si j'obtiens 4 sur 20, continua-t-elle en lui tirant la langue, je m'en sors bien.

— Tu as l'air drôlement ravie pour quelqu'un qui va avoir 4 ! nota Solal.

— Si tu avais trouvé comme moi le modèle Kelly d'Hermès à moins 60 %, tu serais ravi toi aussi ! gloussa-t-elle.

— Un Kelly à moins 60 %, wouaah ! s'exclama-t-il, mimant l'extase. Même dans mes rêves les plus fous, je ne... C'est quoi, un Kelly ?

— Tes rêves, je les peuple, intervint Fatima débarquant avec sa sœur. Plus la moindre place pour un sac, mon chou.

— À propos de sac, dit Fran en baissant la voix. Vous avez vu celui avec qui s'est lové le prof de maths ?

— J'ai vu, dit Solal. Pour moi ce n'était pas un sac. Plutôt... un pull. Si vous voyez ce que je veux dire.

— Tu parles de *ce pull* avec la paire de gros tchoutchs à l'intérieur ? pouffa Gernoux. J'ai vu.

— Espèce de machos ! s'indigna Malika. Aucune de nous ne prétendrait sortir avec... un pantalon en parlant d'un garçon !

— Ho, Malikette ! se moqua l'un des garçons. Ne monte pas sur les grands chevaux de ton féminisme.

— Vous entendez ça ? s'insurgea-t-elle. Hé, les potes, aidez-moi !

— J'aimerais bien, chouina Loulou. Sauf qu'à cette heure-ci, j'ai pas envie.

— Dis-leur ce que tu ressens au moins !

— Juste une envie de dormir.

— Merci pour ton soutien, Loulou. Tu n'aurais pas un peu grossi ?

— *Forget it Jake, it's Chinatown.*

— Notre féministe en chef ne dit rien ? Willa... ?

— Notre proviseur et Voldemort se ressemblent de plus en plus, ou bien c'est une idée ? dis-je pour leur offrir un os plus consensuel.

Ils se ruèrent dessus. La conversation roula illico sur M. Duclef. Près d'un groupe de garçons, Iago capta mon regard et me fit signe de le rejoindre. Ce que je fis avec lenteur. On se retrouva à mi-chemin.

— Écoute, dit-il. J'ai été nul avec toi. Totalement nul. Mais, il faut que je sache... On en est où, tous les deux ? Dis-moi.

J'ai serré mon sac contre moi. Mon regard s'est fixé sur le distributeur de sodas, là-bas, derrière les arbres au fond de la cour. J'ai soupiré.

— C'est fini.

Voilà. Cela faisait bizarre. Ces drôles de mots sortis de mes lèvres.

— Mais pourquoi ? Dis-moi pourquoi.

Mes yeux ont abandonné le distributeur pour chercher les siens, qui m'avaient tant chamboulée et ne me chamboulaient plus. Des larmes de nostalgie me sont montées à la gorge.

— Je t'admirais tellement. Ce n'est pas avec moi que tu t'es montré nul, Iago. C'est avec Rosemonde.

On s'est contemplés. Sa figure s'est contractée. Iago, si beau, est devenu presque laid. Ça m'a fait mal, je lui ai tendu la main. Il m'a fixée, comme on fixe un insecte sur une planche. Il a tourné le dos sans un mot et il s'est éloigné.

Je suis restée plantée au milieu de la cour, les bras autour de mon sac, des larmes plein les yeux. J'ai fait demi-tour... Je me suis retrouvée face à Melville Sieber.

22

Petits ciseaux pointus

Durant quelques secondes, son visage impassible, son œil glacé m'ont jetée au bord de la panique. Je suis restée paralysée, clouée, les genoux flageolants. J'en ai laissé choir mon sac, et tous mes livres se sont éparpillés. Puis mon cerveau m'a expliqué, assuré qu'il ne pouvait rien arriver, ici, parmi 540 élèves, dans la cour de Saint-Lycomède. J'ai bredouillé :

— Désolée...

Il m'a aidée à rassembler mes affaires. *Mémoires d'outre-tombe* s'était ouvert et l'enveloppe *À l'attention de la famille Fils-Alberne* est tombée, rectangle net et blanc sur le ciment anthracite. Melville Sieber a été plus rapide que moi ; il l'a ramassée et me l'a tendue en même temps que mon sac. Il a lu la ligne du destinataire. Si cela lui disait quelque chose, son visage est demeuré impavide.

Avant de s'éloigner cependant, il m'a souri. Pas le sourire chaleureux et séduisant que tout le monde lui connaissait ; un sourire que je n'avais jamais vu, glacé, tout de haine et d'hostilité contenue, et qu'il me lança comme on lance un maléfice.

*

Nadia Butaw avait décidé que les lycéens bêtes et mal disciplinés que nous étions allaient aimer, de force ou non, la littérature anglo-saxonne. Elle y mettait beaucoup de cœur.

— *Thanksgiving and two gentlemen,* lut-elle. Une courte nouvelle du grand O. Henry. Quelqu'un sait qui est O. Henry ?

Un chat de la famille des O'Quelque-Chose. La Ligue des Rouquins.

Installée au rang du fond, j'ai ressorti, d'entre les pages de *Mémoires d'Outre-tombe,* l'enveloppe *: À l'attention de la famille Fils-Alberne.* Au point où j'en étais, je ne perdrais plus un honneur déjà perdu : j'ai ouvert. Même police que sur l'enveloppe.

J'ai lu : *Le 5 du mois prochain : 25 000 euros.*

Même heure. Lieu à déterminer prochainement.

Aucune signature évidemment.

— ... traduire, n'est-ce pas Mlle Ayre ?

J'ai posé les yeux sur mon livre :

— ... Pete Stuffy s'assit sur un banc, le 3e banc à droite, quand on arrive dans Union Square par l'est, depuis l'allée en face de la fontaine...

Et tandis que je traduisais, quelque chose m'a fait relever le nez. Les élèves étaient tous plongés dans leurs bouquins, j'ai été la seule à voir Melville Sieber traverser la cour en direction du bâtiment où était situé le labo de chimie. J'ai achevé ma traduction que la jeune Miss Butaw approuva avec satisfaction avant de désigner Octave pour me succéder.

Je fis suivre un petit mot plié à Fran : *Prête-moi tes petits ciseaux manucure.*

Ils arrivèrent un instant plus tard, enveloppés dans un emballage vide de fraises Haribo. De tout petits ciseaux, en or véritable, au bec pointu comme une aiguille. Je remerciai mon amie d'un signe avant de les empocher.

J'attendis le tour de Fatima pour lever le doigt. On était à seize minutes de la fin du cours.

— Puis-je sortir, s'il vous plaît ? réclamai-je, visage crispé. Il faut absolument que je sorte.

La discrète Miss Butaw m'attribua sans doute ce que Solal Mercier appelait une de ces « incommodités des filles ». Elle me donna l'autorisation et je laissai mes camarades entre les mains de O'Henry.

Je ne pouvais pas passer par la cour. La classe et la prof d'anglais m'auraient vue. J'ai donc fait le grand tour, ou plutôt détour, par les couloirs. J'ai croisé trois garçons qui revenaient d'une séance de sport. L'un d'eux était Iago. Il m'a suivie des yeux, sans un mot.

Même après qu'il fut passé, je sentais son regard.

La porte du labo était entrebâillée, comme si Melville Sieber attendait une visite. Je suis entrée sans refermer derrière moi. Il corrigeait des exercices.

— Il me semble que cette lettre vous appartient, Monsieur Manuel Silbet.

Il n'a pas tressailli. Il m'attendait bien.

— Je crains que non, dit-il le plus tranquillement du monde. Je l'ai écrite mais elle ne m'appartient plus.

— Vous ne l'avez pourtant pas envoyée.

— C'est vrai. Elle a été déposée.

— Par qui ? Isebelle ? Frédérique Lombardo ?

Il repoussa les feuilles, posa son stylo avec une admiration vaguement amusée.

— Vous avez appris beaucoup de choses en peu de temps.

— Je ne sais pas tout. Par exemple, sur quoi porte votre chantage.

— Vilain mot, grimaça-t-il. Pour moi il s'agit d'un dédommagement.

— Et les tentatives de meurtre, vous les appelez comment ?

Il posa les coudes sur le bureau, joignit les doigts.

— Fermez cette porte.

— Je n'ai aucune envie d'être seule avec vous...

— Vous l'êtes.

— ... enfermée.

— Certaines femmes seraient ravies d'être là, à votre place, ricana-t-il. À commencer par votre amie Francesca. Vous n'aurez qu'à rester près de la porte.

On aurait dit qu'il me proposait une table chauffée à une terrasse. J'ai rabattu la porte, d'un tiers. Il repoussa sa pile de copies à corriger, joignit à nouveau les doigts.

— Les détails de mon histoire avec Fils-Alberne ne sont guère passionnants. Il vous suffira de savoir que j'étais un sacré naïf quand j'ai travaillé – beaucoup – pour Fils-Alberne Lab. J'ai trouvé la composition d'un antilipidique dont la particularité est de détruire la cellulite. Fils-Alberne a tout de suite vu ce qu'il pouvait en tirer : des milliards sur le marché des cosmétiques. Mais, voilà : il veut la formule pour lui seul. Il m'accuse de travailler pour la concurrence, crée des preuves de toutes pièces et me vire. Il me fait alors un chantage, un vrai, ma chère Willa : la prison ou la formule. Je lui cède la formule, mais pas entièrement. Je garde un élément. Sans cet élément, l'antilipidique est inactif. Lorsqu'il découvre ça, Fils-Alberne, fou de rage, m'envoie un de ses sbires qui me tabasse et me le vole.

Il fit une pose. Il quitta le bureau fit mine de venir vers moi, et de se raviser.

— Et puis... c'est l'affaire Carlotta. Elle se suicide. Mais il s'accuse de l'avoir tuée non sans se donner la mort peu après, et par le feu... Que faire ? La formule est quelque part dans les archives du labo, non utilisée. Un chercheur pourrait tomber dessus et se l'approprier. Quant à moi, aucun labo ne veut me recruter par peur d'une récidive d'espionnage. Je deviens donc prof. Il y a un an, le médicament est sorti ! Stupeur et perplexité. Je fais vérifier la composition. C'est exactement ma formule. Or, il n'y a qu'une personne au monde pour la posséder : Henri Fils-Alberne ! L'idée germe en moi qu'il est peut-être vivant.

Frédérique-Isebelle entre alors en scène. C'était presque trop facile. Roch est un gros ours affamé d'amour. S'insérer dans cette maison, cette famille, s'installer dans leur intimité... Oui, tellement simple. Une fois en place, elle fait pas mal de découvertes.

— Qu'Henri est bien vivant. Caché...

— ... et toujours accusé du meurtre de sa femme.

Il sourit, avec un air de satisfaction nostalgique.

— Que découvre encore Isebelle ? murmurai-je, fascinée par leur duplicité.

— Que ce n'est pas Henri qui a mis l'antilipidique sur le marché. Il en est bien incapable dans son état de zombie ! C'est Roch. Il est tombé sur la formule par hasard, lors d'un inventaire de la pharmacopée du labo. Belle ironie, non ? Sans cela, je ne serais jamais réapparu. Oh, je ne doute pas qu'il aurait rendu à César ce qui lui appartenait, seulement... mon nom n'apparaissait nulle part. Quelle preuve avais-je ? De toute façon, ça ne changeait rien. Je voulais une réparation.

— Une revanche.

— Aussi. J'ai envoyé un premier courrier. Un premier coup de fil. Où je disais que je savais tout, que cela intéresserait beaucoup la police et la justice d'apprendre que l'assassin de Carlotta était en vie et en liberté... Depuis, ils paient.

— Vous détenez tous les secrets de la famille, pas vrai ? Ça vous plaît de la terroriser, de la manipuler à votre guise. Qui est Isebelle ? Votre femme ?

— Mon associée. Ma fiancée. Un soir, poursuivit-il, une élève, Liselotte je crois, nous a vus. On entrait dans un restaurant. Fred (Liselotte a dû m'entendre l'appeler Fred) était en tenue de motard, casque intégral sous le bras, et cheveux minuscules. Sans compter son côté « belles épaules carrées » et sa haute taille. Alors, incroyablement, mais ça tombait bien, j'ai compris quelques jours plus tard qu'on l'avait prise pour un garçon. Comme j'ai dû l'embrasser au cours du repas, la conclusion s'est vite imposée. *Le prof de chimie sort avec un garçon.* Ça ne me dérangeait pas, au contraire. Ça brouillait les pistes.

« Jusqu'au jour où, le soir de l'anniversaire de votre amie Francesca, vous vous êtes trouvée par un hasard malheureux face à Fred qui était venue me chercher à moto. En soi, cela n'aurait eu aucune importance... Si Edern Fils-Alberne ne vous avait pas invitée à Fausse-Malice quelques jours après. Fred vous a reconnue tout de suite.

— Mais moi, non. Je l'avais à peine vue. En plus, ce motard, vous l'aviez appelé Jim.

Il arpentait la salle, se rapprochait de la porte. Son œil me transperça.

— Qui peut dire ce que vous aviez exactement vu ? Retenu ? Nous avions enclenché une machinerie bien huilée qui commençait à nous rapporter une petite fortune. Et nous voilà à la merci d'une gamine qui pouvait, à tout moment, faire le lien entre le prof de chimie et la maison Fils-Alberne. D'ailleurs ! gronda-t-il en faisant un brusque demi-tour. Vous avez fini par le faire, ce lien !

— C'est pour ça que vous avez essayé de me tuer. Au musée des Arts et Métiers d'abord...

— Fred vous a poussée, mais pas assez fort.. Et trop vite. Vous vous êtes rattrapée à la rambarde.

— Mais la nuit à Fausse-Malice, ce n'était plus elle, n'est-ce pas ?

— Il faut de la vigueur pour étouffer quelqu'un. Et cette fois, je ne voulais pas vous rater. Si le jeune crétin n'était pas arrivé...

— La troisième fois, sur le toit...

— La troisième fois, c'est aujourd'hui, et je suis triste pour vous, Willa, croyez-le.

Il cessa de marcher. Il se trouvait au milieu de la salle.

— Croyez-le, répéta-t-il.

Vif comme l'éclair, il bondit, franchit en deux sauts la courte distance qui nous séparait et, avant que je puisse appeler, crier ou bouger, il m'avait bâillonnée, tordu le bras derrière le dos.

— Vous me faites mal ! hurlai-je.

Mais mon cri, sous sa paume méchamment plaquée sur ma bouche, se transforma en gargouillis. J'ai essayé de saisir les petits ciseaux de ma poche... Impossible ! Je m'en voulais de ne pas les avoir gardés à la main. Une chaise bascula. Une autre traîna en grinçant sur le carrelage. Sieber s'empara d'un flacon jusque-là caché derrière sa pile de copies.

— Dix onces. Quelques gouttes. Assez pour te bouffer le nez et les yeux, te dévorer la boîte crânienne et réduire ton cerveau en bouillie.

Mon épaule craqua. J'ai crié mais, son bras plié autour de mon cou, M. Sieber serrait. Un son pitoyable sortit de ma gorge. Il éleva le flacon au-dessus de mes cheveux. J'ai envoyé mon pied dans l'armoire vitrée. Mais après avoir enduré quarante générations d'élèves, elle était devenue increvable.

Tout à coup, dans un fracas de verre brisé, la porte s'ouvrit. Iago parut.

Il s'est jeté sur M. Sieber. Iago fait de la boxe, du cross... Et puis nous étions deux. Après une lutte violente et serrée, le bras qui m'étouffait m'a relâchée. J'ai roulé vers le bureau.

Le poing de Iago, précis, ajusté, puissant, a achevé d'envoyer au sol le prof de chimie.

Celui-ci a laissé choir le flacon sur le carrelage d'un plan de travail. Melville Sieber a poussé des hurlements terribles. Le verre s'était brisé et l'acide aspergeait son cou, son visage et sa chemise sur laquelle s'est immédiatement ouvert un grand trou.

— Tu n'as rien ? demandai-je, hors d'haleine, à Iago.

— Non. Et toi ?

— Ça va.

Il haletait lui aussi.

— Iago...

Melville Sieber s'était rué au point d'eau où il inondait ses brûlures. Dans le couloir, tout le monde accourait, élèves, profs, secrétaires... M. Duclef déboula au pas de charge.

— M. Sieber a tenté de me tuer, dis-je. Aujourd'hui, pour la quatrième fois. Sieber est un faux nom...

Et j'ai fondu en larmes.

*

L'ambulance et la police sont venues le chercher.

C'était une pagaille sans nom dans les corridors de Saint-Lyco. La pauvre Miss Butaw se lamentait qu'elle n'aurait jamais dû me laisser quitter la salle de classe.

Fran était effondrée, et c'est ce qui me faisait le plus de peine. Cependant vers midi, des enquêteurs sont arrivés. Fran en repéra un qui ressemblait à Colin Farrell.

— Francesca Hilbert, dit-elle. Je connaissais assez bien le coupable.

— Parfait. Voulez-vous répondre à nos questions ?

Il entrevit un échantillon de sa gamme de sourires .

— Avec joie, dit-elle avec un petit soupir. Vous êtes... ?

— Lieutenant Clotilde. Valéry Clotilde. Clotilde le nom, Valéry le prénom.

Elle disparut avec lui dans les couloirs. Non sans m'avoir lancé le bleu de ses yeux par-dessus son épaule fatale.

Duclef me fit venir dans son bureau. Je dus le supplier de ne pas téléphoner à ma mère. Maintenant que je n'étais plus en danger, je préférais raconter l'histoire moi-même, en prenant le temps et les gants...

— Fort bien pour ce soir, concéda Duclef. Mais j'attends votre mère demain. Sans faute.

Demain était loin.

À 17 heures, à la sortie, j'aperçus une silhouette qui m'attendait dehors. Iago.

Iago à qui je devais la vie.

On s'est regardés un long moment.

— Je n'oublierai jamais que tu m'as sauvée, Iago. Sans toi..

Il haussa les épaules.

— Sans toi, dit-il, je vais faire quoi, moi ? Toi aussi, d'une certaine manière, tu m'as sauvé. Est-ce que... Est-ce c'est obligé que ce soit fini, toi et moi ?

J'ai répondu oui, en silence.

— Dommage, murmura-t-il.

— Je veux te remercier pour autre chose, repris-je. Pour la première fois, un garçon m'a trouvé pas inintéressante...

— Passionnante.

— ... pas si moche...

— Plutôt belle.

— ... Pas trop conne.

— Brillante.

— Merci, Iago. Merci d'avoir été ce garçon-là.

— Tu ne m'oublieras pas ?

J'ai souri. Il a pris une respiration comme s'il voulait me dire, m'avouer quelque chose, mais il s'est tu. Mon beau Iago sembla si désarçonné, si enfantin que, soudain, je me suis inclinée vers lui :

— Une fille n'oublie jamais celui qui lui donne son premier baiser, murmurai-je. Je ne peux donc pas t'oublier.

Et je l'ai embrassé. Il a voulu me serrer contre lui mais je l'ai repoussé avec douceur. Il ne pouvait plus être question d'*un de ces baisers-là,* dorénavant.

Le baiser d'aujourd'hui devait être d'amitié, un baiser point final, un baiser de compagnon d'armes. Je crois qu'il l'a compris. Il m'a tourné le dos et s'est éloigné très vite.

Je suis allée en direction du métro... J'ai marqué un arrêt.

À quelques mètres, Edern me regardait fixement. Je me suis élancée, subitement légère de bonheur. Il venait me chercher à la sortie du lycée, cela signifiait qu'il ne me gardait pas rancune pour ce qui s'était passé ni pour ce que j'avais découvert.

J'aurais simplement voulu qu'il me sourie.

Soudain j'ai remarqué ses poings ; tendus le long de son corps, serrés comme des gants de boxe, sa poitrine qui se soulevait, son souffle blanc qui traversait le froid... J'ai alors compris ce qui se passait dans sa tête... Il m'avait vu embrasser Iago.

J'ai crié :

— Écoute !

Mon appel lui a fait l'effet d'un choc ou d'un retour à la réalité.

— Edern !

Il m'a tourné le dos et a fichu le camp en courant.

23

Neige et cendres

Il courait bien plus vite que moi, mon *daddy-long-legs* ! En trois minutes, il m'avait distancée à plate couture. Je l'ai perdu de vue place Clichy.

J'eus beau vérifier dans tous les sens, on ne le voyait plus. Il avait peut-être emprunté un Vélib' sur le terre-plein...

Au fond, ce n'était pas grave. Je savais où il allait. J'ai fait la queue pour acheter une crêpe beurre sucre. Quand j'ai mordu dedans, j'ai croqué un flocon en même temps car Madame la Neige refaisait son apparition.

La crêpe était si fondante, si accaparante qu'un camion de pompiers faillit m'écrabouiller. J'ai remonté le boulevard jusqu'à la place Pigalle. Dans le Montmartrobus, j'ai songé que Frédérique Lombardo avait dû apprendre l'arrestation de Manuel Silbet.

J'ai songé à Roch. Était-il si solide ?

Place du Tertre, j'ai flâné autour des peintres, les découpeurs de profils, j'ai pensé à *Un Américain à Paris*. J'ai appelé ma mère pour lui dire que je me rendais chez des amis.

— Je suis en train de te faire des tomates farcies et une tarte aux pommes.

C'est son menu anti-culpabilité. Le menu de l'humeur affectueuse. Ce qui voulait dire que je n'avais pas intérêt à lui faire faux bond.

— C'est quoi ce boucan ? demanda-t-elle soudain.

— Quoi ? Oh... Un camion de pompiers.

— Ils sont deux cents ou quoi ?

— Je ne sais pas.

— Tu as un drôle d'air, toi.

— J'ai un amoureux.

— Je le sais déjà ! riposta-t-elle.

Elle se tut et je pus imaginer son sourcil droit s'élever dans un doux étonnement.

— Un... autre amoureux ?

— Mm. Mm. Un vrai, cette fois.

— L'autre était un faux ?

Je lui ai dit que j'allais le voir, là, maintenant, qu'il s'appelait Edern et était assez farfelu pour qu'elle l'adore, qu'il...

La neige a soudain dessiné des traînées noires sur la peau de mes mains, sur le visage d'une petite fille qui tenait une sucette, sur le poil d'un caniche blanc... C'était un drôle de mélange noir et blanc.

— C'est de la cendre ! cria quelqu'un. Comme le volcan islandais !

— Il y a le feu derrière l'allée des Brouillards, dans une impasse ! clama un des cafetiers de la place.

— Je viens de là-bas, c'est une vraie fournaise !

Mon cœur cessa de battre.

Je me mis à courir, comme tous les gens sur la place, il suffisait de suivre. Les pavés de Montmartre glissaient sous la neige et la cendre mêlées. Les voitures de pompiers continuaient leur ballet autour, partout.

En débouchant dans la rue où commençait l'impasse, je vis la foule sombre tournée vers le ciel rouge, orange et noir.

— Laissez-moi passer, haletai-je. Ce sont mes amis !

J'ai répété ça tout en remontant la multitude, et tout en interceptant ce qui se disait.

À l'entrée de l'impasse, le souffle brûlant de l'incendie me suffoqua. Fausse-Malice brûlait ! J'ai essayé de me frayer un chemin dans la cohue. Un policier derrière des barrières de métal m'arrêta.

— Ce sont mes amis ! répétai-je. Y a-t-il des blessés ?

Il jeta un coup d'œil à son collègue qui m'emmena à part.

— Vous êtes de la famille ?

— Une amie. Je veux savoir s'il y a des blessés !

Il soupira, posa la main sur mon épaule. Il avait des yeux fatigués, aux poches larges et rondes comme des monnaies-du-pape. Pourtant il n'était pas âgé.

— Quel genre d'amie ? Une voisine ?

J'ai tapé du pied. Mes larmes coulaient.

— Un des garçons est mon fiancé ! criai-je.

Mais je n'avais plus de voix.

— Est-ce le jeune homme qui est retourné dans les flammes ? Il dit qu'il y a sa petite sœur !

Marni ! Et qui était retourné dans les flammes ? Roch ? Edern ?

— Y a-t-il des blessés ? ai-je hurlé pour la troisième fois.

— On vient d'emporter une personne décédée, lâcha enfin le pompier aux yeux fatigués qui parurent d'un coup plus fatigués.

Soudain, avec un soulagement indicible, j'entrevis un vieux visage triste au-dessus d'un châle imprimé de parapluies et, dans la même ligne de mire, un second visage, aussi triste.

— El … Seconde… Qu'est-ce qui s'est passé ? Qui est mort ?

El recevait la neige et la cendre sans le moindre geste pour se protéger. Il en avait plein les cheveux, sur le devant de son pull, les manches.

— M. Henri. C'est M. Henri qui est mort. Il a mis le feu à la… petite chambre. Mlle Isebelle vient d'être transportée, le bahut en feu est tombée sur elle, elle ne pouvait plus bouger. Elle est sérieusement blessée. M. Edern n'était pas là, mais lorsqu'il est arrivé, il s'est rué comme un fou dans c'te fournaise en appelant sa petite sœur, personne n'a pu le retenir, personne n'aurait pu.

— Et M. Roch ?

— Il n'est pas encore rentré du travail. Ça va être un choc.

Le deuxième étage de Fausse-Malice flambait comme une torche. Lorsque les lances des pompiers atteignaient les flammes, une fumée noire et brûlante montait, crachait ; la neige fondue piquait les yeux. J'essayais d'ouvrir les miens, de guetter…

Soudain, une silhouette apparut.

Une couverture sur la tête, Edern n'avait de visible que ses *long legs*. Et elles couraient, les *long legs* !

elles couraient devant le feu comme devant une vague géante.

Il dépassa le portail devenu gris. Deux pompiers le reçurent dans leurs bras. La couverture roula et Marni se retrouva découverte, chiffonnée, noircie, toussant, mais vivante et sans blessure.

On allongea la petite sur une civière et on la remonta vers l'entrée de l'impasse, suivie par Edern. J'ai couru vers lui. Quand il m'a vue, il a ouvert ses bras fatigués. Il sentait la fumée, le plastique brûlé, les cheveux roussis, le feu de feuillages.

— Papa est mort, dit-il.

— El me l'a apprit. Je suis désolée. Comment va Marni ?

— Ça va, je crois.

— J'ai eu tellement peur quand j'ai su que tu étais... là-dedans !

Il eut une violente quinte de toux. Dans sa figure noircie, sa bouche était une bizarrerie rose. Il regarda la fournaise, là-bas, entre les immeubles, mais brièvement.

— Adieu Fausse-Malice, murmura-t-il. Maman ne t'a jamais aimée.

— Viens, on va aller voir Marni avant que l'ambulance l'emporte.

Seconde bourdonnait déjà autour de la petite fille.

— Bichoute, tu mangeras ce qu'on te donne à l'hôpital, hein ? T'y restes pas, le monsieur il a dit, c'est que pour des examens.

— Ça va ? ai-je demandé en embrassant Marni.

— Mm. Ça *glauque* et je *hagarde* un peu...

La main d'Edern a pris la mienne et l'a serrée contre sa poitrine. Je sentais ses côtes et ça m'a émue aux larmes. Je me suis jetée dans ses bras.

On est montés dans l'ambulance et, au moment exact où le pompier allait la refermer, là-haut, dans le ciel sanglant, l'ombre d'un hibou s'est envolée sur Paris.

Et juste derrière, une nuée de chauves-souris a jailli d'un coup, comme une explosion, comme des pensées joyeuses.

Paris, 20 décembre

Cher Iago,

Il est difficile, parfois, de dire les choses de vive voix. C'est pourquoi je t'écris. Je veux d'abord t'assurer que je ne t'en veux pas. Finalement, je trouve que c'est une bonne chose que cela me soit arrivé à moi, et non à Rosemonde.

J'ai entrevu la vérité lorsque Melville Sieber a affirmé avoir projeté deux tentatives de meurtres sur moi, et non trois. Je croyais jusqu'alors qu'il s'agissait toujours du même agresseur, motivé par les mêmes mobiles.

Je me trompais.

Je n'ai compris vraiment que le jour où l'on s'est embrassés pour la dernière fois. Tu voulais me dire (m'avouer ?) quelque chose que finalement tu n'as pas réussi à libérer.

Je revois ce jeu idiot dans le grenier du HOPH, Omar le chat coincé sur le toit du HOPH. Je me souviens parfaitement que tu n'as pas voulu que j'y aille. Tu disais qu'il faisait froid là-haut. En effet, le vent y était si glacial que Rosemonde m'a prêté le gros pull-over jaune qu'elle portait, le temps de se rendre à la buanderie chercher une nappe ou un drap pour le chat.

Je suppose que c'est là que tu es entré en scène. Je n'étais qu'une ombre entre les cheminées et dans la nuit, et finalement on ne voyait que ce fichu pull jaune, pas vrai ?

Je reste persuadée que tu n'as pas voulu la (me) tuer en croyant la pousser. Tu as juste un peu trop vu de ces films où les femmes perdent leur bébé en tombant d'un escalier. Cela arrive. Ou pas. Cela dépend de la femme, cela dépend du bébé, cela dépend de la chute, cela dépend de l'escalier, cela dépend de la couleur du tapis.

J'ai décidé que ma chute à moi, sur le toit, serait notre secret à nous. Je n'en parlerai jamais car tu m'as sauvé la vie ensuite. Nous voici quittes.

Je te souhaite avec ou sans Rosemonde, avec ou sans bébé, un bonheur aussi grand que celui qui est le mien avec Edern.

Je t'embrasse,

Ton amie,

Willa

P.-S. : Dis à Fran que j'ai pour elle une aumônière Vuitton, modèle *Gloria Swanson*. Pure vintage. Elle

vient de notre abominable grand-tante Guitte morte centenaire, et dont j'ai entendu cent fois ma mère menacer… de la tuer.
Joyeux Noël.

NORD COMPO
multimédia

Composition et mise en pages
Nord Compo à Villeneuve-d'Ascq

N° d'édition : L.01EJEN001934.N001
Dépôt légal : septembre 2021
Loi n° 49-956 du 16 juillet 1949
sur les publications destinées à la jeunesse
Achevé d'imprimer en août 2021 en Espagne par Liberdúplex